Né le 6 octobre 1932 à M...
Paris, est marié et père d...
losophie, il fait la guerre...
de banlieue parisienne ...
plume. Il a été critique de cinéma au journal Pilote. *Il publie*
d'abord des romans policiers, Darakan, *la série des Reiner qui*
fut adaptée à la télévision avec Louis Velle dans le rôle de Reiner.
Passionné de cinéma, il écrit aussi des romans qui sont des pasti-
ches de films d'épouvante ou de films d'action comme Dracula
père et fils *et* Les Fabuleuses Aventures d'Anselme Levasseur.
Dracula, Tarzan, les Trois Mousquetaires y sont mis en scène
avec beaucoup d'humour. D'autres romans sont presque autobio-
graphiques comme Les Mers Adragantes *et* Les Appelés, *sur la*
guerre d'Algérie. Il connaîtra la célébrité, sous le nom de Patrick
Cauvin, avec des best-sellers comme L'Amour aveugle, Monsieur
Papa, Pourquoi pas nous ?, E = MC², mon amour, Huit jours en
été, C'était le Pérou, Nous allions vers les beaux jours, Dans les
bras du vent, Laura Brams *et* Haute-Pierre. *La plupart de ces*
livres ont été portés à l'écran.

Un homme, une femme et un enfant surdoué s'installent pour
quatre saisons qui s'annoncent reposantes et joyeuses dans un
vieux manoir, *Haute-Pierre*.
Après un été splendide, l'automne se referme sur Haute-Pierre,
où d'étranges phénomènes se produisent soudain. Mais
aujourd'hui qui peut encore croire aux maisons hantées ?
Vous serez envoûtés par ce roman de Patrick Cauvin, qui conju-
gue romantisme et humour avec un fantastique sens du suspense. Un vrai Cauvin. Vous n'en devinerez jamais la fin avant
d'y être parvenus sans même vous en rendre compte.

Paru dans Le Livre de Poche :

L'AMOUR AVEUGLE.

MONSIEUR PAPA.

E = MC², MON AMOUR.

POURQUOI PAS NOUS ?

HUIT JOURS EN ÉTÉ.

C'ÉTAIT LE PÉROU.

NOUS ALLIONS VERS LES BEAUX JOURS.

DANS LES BRAS DU VENT.

LAURA BRAMS.

PATRICK CAUVIN

Haute-Pierre

ROMAN

ALBIN MICHEL

PREMIER TEMPS

CAS Nº 1

Svönergass – Norvège

Le cas de Svönergass est particulièrement intéressant car il bat en brèche un bon nombre d'idées reçues. On peut en distinguer trois.

La première est que la maison hantée est liée à un passé lointain. On s'imagine que ces lieux sont en général anciens, délabrés et imposants, c'est le thème des châteaux, des manoirs écossais, des ruines de demeures seigneuriales au cœur des forêts, sur des pitons rocheux, thème que le cinéma a popularisé. Rien de tel à Svönergass, où la maison a été construite en béton en 1957. C'est une demeure massive, laide et fort commune.

La deuxième veut que la maison hantée soit en général isolée, d'aspect particulier et souvent peu accessible. Rien de tel encore ici, Svönergass est situé dans un bourg très actif. Il y a juste à côté une conserverie de poissons et l'arrêt du car se trouve devant la porte d'entrée. Elle ressemble à toutes les maisons du quartier.

La troisième est que les phénomènes de hantise ont paru longtemps situés dans des régions privilégiées, les pays nordiques ayant toujours semblé épargnés. Or Svönergass est recouvert de sept à huit mois sur douze par la neige et la température moyenne pour l'année y est de trois degrés centigrades.

Les spécialistes l'appellent la maison des « apports ». Les seuls phénomènes qui y ont été décelés et étudiés sont très précis : on trouve dans les quatre pièces carrées qui composent Svönergass des objets dont on ne peut expliquer la provenance. Ainsi, le 17 décembre 1964, les scellés ayant été apposés et la maison étant totalement vide, le professeur Sandervold et son équipe découvrirent au matin dans la cuisine, au milieu du carrelage, une miche de pain qui leur parut en calcaire; examiné en laboratoire et traité au carbone 14, « l'apport » se révéla être du pain véritable datant de près de cent vingt-cinq ans. La liste des objets serait longue et fastidieuse. On peut noter parmi les plus importants un sac de voyage en cuir du début du siècle, des bougies et trois petits chevaux à bascule, portant tous sur le poitrail la marque « ING. 1827 ».

La maison est inhabitée depuis 1972. Les « apports » semblent avoir cessé, même s'ils se manifestent encore par des objets plus réduits : dé à coudre, briquet d'amadou, fragments d'assiettes.

La thèse de Sandervold est que la maison « reconstitue » des éléments qu'elle a déjà possédés. Cette explication se heurte à un obstacle d'importance : l'emplacement qu'occupe Svönergass n'a jamais été construit auparavant. Le lieu était désert, depuis les origines des temps jusqu'en 1957.

Le cahot les souleva légèrement du siège et derrière eux, dans l'empilement des oreillers et du matelas roulé, le rire de l'inspecteur Smittey éclata.

« Je le savais, hoqueta-t-il. Je le savais, il s'est gouré! »

Marc freina et regarda la bande rose buvard qui soulignait le ciel au ras des collines. C'était ce qui restait du jour. Tout le reste était mauve, dans une demi-heure il ferait nuit. Près de lui, Andréa souleva ses jambes ankylosées au-dessus de l'amoncellement de casseroles. Dans le soir tombant, la toile du jean était plus claire, presque blanche.

« Tu n'as pas de plan?

– Je me repère à l'instinct. »

Le rire de l'inspecteur Smittey grimpa au sur-aigu.

« A l'instinct! » piaula-t-il.

Andréa sentit l'hilarité la gagner.

Marc ferma les yeux et décrispa ses mains du volant. Le moteur tournait toujours.

« On a passé Dénezé, on a tourné à droite, roulé quatre kilomètres, retourné après la ferme avec une drôle de gueule, donc c'est sur la gauche. C'est certain. »

Andréa posa son coude sur la tête en bronze de

Dante Alighieri et pêcha entre deux doigts une Stuyvesant dans la poche de son blouson.

« Pas de souci à se faire alors, conclut-elle, c'est comme si on y était. »

Il la regarda.

« Tu sors tes cigarettes une par une, dit-il, ça m'a frappé dès le premier jour. Pourquoi fais-tu ça?

– La raison est simple, je n'en fume qu'une à la fois. »

Les soubresauts de l'inspecteur ébranlèrent la voiture.

« C'est un geste qui reflète un tempérament mesquin et étriqué, dit Marc sévèrement, je viens de m'en rendre compte à l'instant. »

Elle lui sourit. Dans le couchant, ses pupilles virèrent au parme.

« Je te hais », dit-il.

Elle tourna la tête vers l'arrière.

« Notez ça, inspecteur. En cas de crime ce peut être un indice de préméditation.

– C'est fait. »

Marc fourragea dans ses cheveux. Trop courts. Il n'aurait pas dû aller chez ce coiffeur de quartier. Il en était revenu avec une tête d'enfant partant en colonie de vacances. A près de quarante-cinq ans, c'était dur à avaler. Montezuma s'était une nouvelle fois tordu de rire. Non, ce n'était pas Montezuma ce jour-là, un nom de roi aztèque plus compliqué.

« On retourne à la ferme avec une drôle de gueule, décida-t-il, c'est là que les dieux m'ont lâché. »

Il embraya et la voiture s'arracha doucement. Dans le coffre, les caisses de bouquins pesaient lourd. Depuis le départ, malgré la vitesse limitée, il avait frotté deux fois, le train arrière crissant sur l'asphalte avait soulevé des étincelles.

« C'est reparti, dit Smittey.

– On a un an pour trouver, dit Andréa, on n'a pas à s'en faire. »

Il resta en seconde malgré son impatience, la route était étroite et s'il se payait un nid-de-poule les essieux pourraient en prendre un coup, ce n'était plus qu'une vieille Ford à présent.

« Attention aux troglodytiques, souffla l'inspecteur, j'en ai vu bouger un tout à l'heure.

– Troglodytes, pas troglodytiques.

– Troglodytes. »

Depuis qu'on lui en avait parlé, il délirait là-dessus. Des êtres quasi néanderthaliens émergeaient de la terre sombre, debout, leurs longs bras touchaient le sol, ils s'esquivaient, furtifs, le long des départementales, leurs yeux fauves roulaient sous les arcades proéminentes et leurs crânes fuyants.

Marc vit la ferme sur la gauche alors qu'il l'attendait sur la droite. Il braqua et les quinze kilos de Dante Alighieri heurtèrent la hanche d'Andréa. Smittey, derrière eux, bascula et s'enfouit dans les oreillers. Marc vit un pied jaillir dans le rétro.

« C'était prémédité, dit Marc, je préparais ce coup depuis le départ. J'aurai votre peau à tous les deux. »

Andréa cligna les yeux et toussa dans la fumée blonde.

« Ce n'est pas la même ferme. »

Marc gémit.

« Mets les phares », conseilla l'inspecteur.

Marc Conrad n'obéit pas. Il aurait dû allumer ses lanternes depuis longtemps déjà mais quelque chose en lui s'y refusait, cela aurait signifié que la nuit allait venir. D'ailleurs, la nuit ne venait que lorsque les automobilistes allumaient leurs phares, c'était le signal qu'elle attendait pour envahir le ciel. Ils étaient peu nombreux à connaître cette réalité.

Il sentit la main d'Andréa sur son épaule.

« Tu as bien dit deux tourelles rasées au sommet? »

Il soupira. Il leur avait bien décrit trente fois le manoir. Il avait pensé en faire des photos au cours de ses visites, mais, finalement, il valait mieux s'en remettre à une description orale, cela leur avait permis d'y rêver davantage.

« Oui, pourquoi? »

Andréa écrasa le mégot dans le cendrier. Le rougeoiement s'éparpilla et disparut.

« Regarde derrière toi. »

Il négligea le rétroviseur et se retourna.

Derrière une ondulation de terrain, entre les bouquets d'arbres, il vit le toit.

Son cri de guerre fit rebondir l'inspecteur Smittey entre les ballots informes.

Il fit demi-tour sur place, les roues mordant dans l'herbe des bas-côtés... Le paysage oscilla et pivota dans le pare-brise.

« L'instinct, hurla-t-il, l'instinct seul! »

Subitement, les lieux étaient familiers. Une sente s'ouvrait, un long filet pâle entre les herbes noires. La Ford fit deux embardées. Andréa baissa la glace et, dans la fraîcheur du crépuscule, l'odeur d'herbe entra. Une odeur tendre et mouillée, l'odeur de l'année qui viendrait. Ils la respireraient durant quatre saisons entières. C'était comme le salut de cette terre nouvelle qui était la leur. Il sentit ses poumons se gonfler, sa main droite lâcha le volant, saisit la nuque d'Andréa et il l'attira vers lui.

« Une bise, hurla-t-il, une bise de châtelain. »

Elle se mit à genoux sur la banquette, passa au-dessus du buste de Dante et écrasa sa bouche contre la joue de Marc.

« Ce n'est pas un château, dit Smittey, c'est un manoir, tu n'es pas un châtelain, tu es un manoirien. »

Il devina la chapelle et les maisons du village, une

dizaine, la certitude le traversa que, sous la lune, les toits d'ardoise devaient briller.

Il y eut un virage et il vit la grille. Le souffle de l'inspecteur était contre sa joue.

« Je le vois. »

Marc devina le sourire d'Andréa et coupa le moteur.

Le silence tomba net. Le souffle était toujours là, près de son oreille. Il savait quel visage avait l'inspecteur en cet instant.

Ils descendirent en silence. Marc vivait l'instant en sachant qu'il s'en souviendrait. Cela s'était produit quelques fois dans sa vie. La dernière remontait à trois ans, dans le tabac de Vincennes, le jour où il avait rencontré Andréa. Il avait mis la main sur la poignée de sa rapière et frisé sa moustache; elle avait sorti une cigarette de son blouson et les choses étaient devenues précieuses, elles feraient partie des minutes d'or qui composaient le trésor de sa mémoire. D'Artagnan.

L'humidité montait. L'inspecteur sprinta et colla son visage entre les grilles.

Marc sentit le bras d'Andréa autour de sa taille et il la prit par les épaules. Il y eut derrière eux comme un gémissement de métal qui s'étire. La voiture soupirait.

Cette fois, c'était le dernier rayon. Au-delà de l'allée, les trois fenêtres de la façade étaient rouges. La lueur pénétrait par l'arrière de la maison, envahissait la pièce et ressortait par-devant. Un long et doux poignard de lumière pourpre embrochait la demeure. Malgré l'éloignement il lui sembla distinguer la haute cheminée de la salle centrale.

L'inspecteur Smittey restait collé à la grille, fasciné. L'étreinte d'Andréa s'accentua.

« Ton impression?

– Pas d'impatience, dit-elle, je ne suis pas encore entrée. »

Il sortit de sa poche le trousseau de clefs. Celle qui ouvrait la grille était la plus grande, le pêne joua, il sentit la pellicule de rouille s'effriter sous ses doigts. Il ouvrit. Smittey fonça en boulet de canon, Marc et Andréa pénétrèrent ensemble dans le parc. Les arbres étaient immobiles. Les branches basses masquaient en partie la façade. Ce ne fut que lorsqu'ils les eurent dépassées qu'ils purent voir la maison dans sa totalité.

Haute-Pierre se dressait devant eux.

*

La cafetière vibrait sur le camping-gaz, secouée de borborygmes. Il se brûla les doigts à la poignée, chercha un chiffon, n'en trouva pas et enleva rapidement son vieux pull trop large qu'il enroula en partie autour de sa main. Il souleva l'ustensile tremblant sous les spasmes et sortit dans le jardin. Il la déposa au milieu des trois bols dépareillés sur la vieille table de bois. Elle était bancale, il faudrait l'arranger. Il y avait beaucoup de choses à arranger. Des années qu'il n'avait pas approché un marteau à moins de cinquante mètres, il allait falloir s'y mettre.

Il remit son pull-over et s'installa sur le fauteuil Louis XV. C'était presque le seul meuble de la maison. Ils l'avaient découvert dans le salon du bas, oublié au milieu de la pièce. La toile était trouée et les ressorts gémirent. Il renversa la tête vers le ciel et aspira la chaleur du soleil sur son visage. Parfait.

En clignant des yeux, il pouvait voir au-dessus de lui la bordure des crêtes.

Elle était là, derrière son dos. Massive, splendide, vieille demeure installée au cœur de cette terre depuis cinq siècles. Il en sentait le poids protecteur et affectueux.

14

Ma première maison.

Ne pas se retourner. Pas encore. Il fallait économiser les bonheurs, ne pas se repaître d'un coup, goulûment, de cette charge de pleine joie qui était en elle... Il la découvrirait lentement, pierre à pierre, en gourmet, il devait faire sourdre de chaque millimètre carré un plaisir profond qu'il savourerait.

Il avait un an pour cela.

Un an à vivre ici, à respirer le plein été, cet éclat sur les pierres usées, et puis la vigne vierge deviendrait rouge et tout se replierait dans l'hiver. Ils feraient des feux de bois et un jour le printemps reviendrait. Ils seraient seuls, Haute-Pierre, Andréa, l'inspecteur et lui. Trois cent soixante-cinq jours.

Il versa le liquide noir, l'odeur en était différente de l'accoutumée. Les choses en plein air prenaient sans doute un autre parfum, il y avait celui du chèvrefeuille qui planait et se mêlait aux autres, et puis celui de la maison elle-même, il l'avait senti hier soir quand ils y avaient pénétré tous les trois... Cela venait peut-être des boiseries, des cheminées... Une odeur ancienne un peu sucrée. Le pain était rassis mais c'était sans importance. Ils l'avaient acheté hier à Paris, en fin de matinée... Le dernier pain parisien.

Il se fit une tartine en forçant sur le beurre. D'ordinaire, il n'en mettait qu'une pellicule mesurée, mais ce matin tout était différent, le cholestérol était une invention de médecins urbains et sclérosés... Terminé tout cela.

Il y avait eu des chants d'oiseaux vers cinq heures puis ils s'étaient tus. Il n'y avait plus rien à présent que le soleil, les collines, Haute-Pierre et lui.

Il gonfla la poitrine et sentit ses muscles se relâcher. Des années qu'il n'avait pas été aussi bien. Il écouta le roulement infiniment lointain du silence qui n'était pas une absence de bruit mais cette rumeur de bout du monde, le son d'une planète tournant dans le froissement des éthers.

Le tour du parc. Voilà, c'est cela, je vais faire le tour du parc en fumant la première. A l'extrémité, là où le mur d'enceinte s'écroule, je me paierai la vue d'ensemble de Haute-Pierre.

Mon Dieu, ce soleil...

La mesure exacte entre le déjà chaud et le pas trop brûlant. Une perfection d'équilibre. Un matin de fine harmonie. Voici pourquoi les rois étaient venus s'installer dans ces lieux... Ils avaient dû rechercher ces matins de miracle, ce ciel d'un bleu de fleur bleue lavé par des orages lointains, ce bonheur de l'herbe... La Touraine.

Ses tennis étaient mouillées de rosée lorsqu'il atteignit le mur de lierre qui fermait la propriété. Il resserra la ceinture de son peignoir de bain et regarda le manoir s'épanouir dans la lumière. Les hautes fenêtres de l'étage, les cheminées d'angle, tout s'insérait dans un rectangle parfait... Il faudrait un jour enlever le crépi qui défigurait une partie de la façade... L'ancien propriétaire avait vraiment eu...

« Marc! »

En contre-jour il vit la silhouette courir vers lui à travers les herbes hautes.

« Tu as bien dormi?

— Louis X, dit le Hutin, a bien dormi.

— Ravi de l'apprendre. Tu as du lait dans la cuisine.

— Et les sardines?

— Dans le sac par terre. »

Louis X dit le Hutin s'éloigna en sifflotant. Son short était tellement large qu'il paraissait immobile lorsque son propriétaire marchait.

Trois particularités essentielles du personnage : consommation record de sardines à l'huile, surtout au petit déjeuner. Mépris total de la chose vestimentaire. Et, évidemment, changement d'identité toutes les vingt-quatre heures. Cela faisait environ cinq ans que la chose durait, ce qui signifiait que l'enfant avait porté plus de dix-huit cents noms différents. Chaque matin, il descendait de son lit, bâillait, embrassait Andréa, serrait la main à Marc, ouvrait sa boîte de sardines et disait :

« Nicéphore Niepce a bien dormi. »

Ou Vasco de Gama ou Guillaume de Tyr ou Victor Riqueti de Mirabeau ou Don César de Bazan ou Aristote ou Albert Einstein ou Donald Duck ou Marie-Antoine Bouju (homme de lettres) ou inspecteur Smittey.

Les choix du garçon étaient étranges et inopinés, variant suivant ses lectures, les conversations qu'il entendait, les débats télévisés... L'année dernière, pour son anniversaire, Marc lui avait offert un dictionnaire des noms propres en trois volumes, ce qui l'avait considérablement rassuré sur les années à venir. Il n'y avait pas très longtemps, Andréa lui avait avoué ne plus savoir parfois quel était le prénom de son fils.

Il entendit rire dans la maison et traversa la pelouse en sens inverse. L'herbe était haute, il n'avait jamais tondu le gazon de sa vie et à cela aussi il allait falloir se mettre. Ça ne devait pas être tellement plus sorcier que de tirer un scénario du Code civil. Ce qu'il avait pratiquement réussi à faire une bonne dizaine de fois.

Andréa lui sourit et s'affala sur une chaise de jardin, son bol à la main.

Il l'embrassa. Elle sentait l'eau... cette odeur qui plane dans les lieux frais où une source ténue court à l'ombre de la mousse.

Marc enveloppa le paysage d'un geste large.

« Alors ? »

Elle croisa les jambes en tailleur et tendit son visage dans l'or de la lumière.

« Le bonheur », dit-elle.

Elle se tourna vers Louis X.

« Tu crois que tu vas te plaire ici, le Hutin ? »

Il épongea l'huile de la boîte avec un morceau de pain et aspira avec force.

« Le Hutin se plaît partout. »

Andréa posa son bol vide dans l'herbe et se leva.

« Promenade ?

– Le tour du propriétaire », dit Marc.

Le Hutin parla la bouche pleine.

« Avale », dit Andréa.

Les yeux de Louis X s'exorbitèrent. Une autre caractéristique de l'enfant était de s'étrangler à chaque repas avec une régularité de métronome. Lorsqu'il retrouva son souffle, sa voix était blanche.

« On va au souterrain ? » répéta-t-il.

Il y avait un souterrain. Le notaire en avait parlé à Marc lors de la signature du contrat. Rien de spécial, dix mètres à demi praticables et puis le passage avait été muré mais il devait y avoir sept kilomètres de couloirs car Haute-Pierre avait été reliée autrefois à un château aujourd'hui disparu. Marc avait dû promettre au garçon d'essayer d'y entrer. Le lendemain, il s'appelait Haroun Tazieff.

« Pas aujourd'hui, trancha Andréa, il faut s'installer d'abord, on a plein de courses à faire. »

Marc avait vu la liste. Ça allait de la batterie de cuisine au canapé-lit en passant par la cuisinière à gaz, un tire-bouchon, de l'Harpic W.C., du dentifrice, des sacs-poubelles, trois transats, des petites cuillères... le tout remplissant deux pages vingt et un vingt-sept.

Ils laissèrent Louis X continuer à s'empiffrer et gagnèrent la partie avant du parc. Les murs étaient à l'ombre mais le soleil ruisselait à travers les vitres. Ils entrèrent dans la maison par la porte d'honneur.

18

Dans le grand salon, le dallage vieux rose prenait, sous l'éclat des rayons, des tons de velours passé. Les poutres s'illuminaient cinq mètres au-dessus de leurs têtes. La haute cheminée semblait peser un poids d'éternité. Ils se tenaient au centre de la salle totalement vide dans un doux brouillard de poussière ensoleillée. Andréa posa sa tête sur la poitrine de Marc.

« Je n'aurais même pas osé rêver habiter un jour un truc pareil », murmura-t-elle.

Marc sentit sous ses mains le tremblement d'émotion de la jeune femme.

« Je te l'avais dit, un type comme moi, c'est le bonheur assuré. »

Il la sentit se détendre.

« J'ai gagné le gros lot », dit-elle.

Il la serra davantage contre lui et enfouit son nez dans ses cheveux. L'odeur de source... Il était arrivé à présent. Ce moment marquait dans sa vie une étape... Il avait trouvé le lieu où il devait vivre et la femme avec qui il allait vivre. Tout était bien.

Il leva les yeux et, dans la pluie jaune de l'été, il vit dans son short trop large le petit roi courir dans le vieux parc du manoir. Oui, décidément, tout était bien.

Sur le rebord de la fenêtre, Dante Alighieri les fixait d'un regard de bronze.

*

« Gitane maïs. »

Le bras de Philippe passa devant ses yeux au ras du comptoir, frôlant les verres.

La plume du feutre de Marc balaya la mousse du demi pression et en reculant il s'empêtra dans le fourreau de son épée. Derrière, Aramis jura, les doigts rivés sur les boutons du flipper. Steve Wonder hurlait dans la fumée du tabac.

« Des cons, geignait Philippe, ils m'ont encore refilé des cons, dix ans que je travaille pour eux, dix ans que je change d'équipe et dix ans que je tombe sur des cons. »

Il se brûla les lèvres dans le café et Marc acheva sa pensée.

« Ça doit vouloir dire qu'il n'y a que des cons dans ce métier.

– Et moi je dois en être un autre pour continuer à le faire.

– Sandwich siouplaît, dit Porthos, aux rillettes. »

Le garçon débordé boxa le percolateur, tourbillonna, jongla avec le sauvignon.

« Quatre crèmes en terrasse. »

Marc sentit sa moustache se décoller et l'aplatit sur sa lèvre.

« Ça roule quand même, non ? Tu es content ? »

Philippe se gratta la tonsure. Il pesait cent dix kilos, à la fin du tournage il serait à cent quinze. L'angoisse le faisait enfler. Marc l'appelait le réalisateur gonflable. C'était leur quatrième film.

« Ils m'ont filé un con comme directeur de production, si j'achète un paquet de cacahuètes, il ramasse les épluchures. Tu sais ton texte ?

– Au rasoir. »

Philippe Bonnier rit.

« Tu te fatigues pas trop la mémoire cette fois.

– Je joue pour le costume. »

Porthos mordait dans le sandwich, des miettes volèrent sur son pourpoint.

« Pas plus cabot que les scénaristes. »

Marc se sentait bien. Il aimait cette ambiance. Derrière les vitres du bar-tabac, entre les têtes, les autobus se croisaient devant la tour du château. Le vent soulevait les couvertures des magazines du kiosque à journaux. Huit heures du matin.

A l'autre bout du comptoir, l'assistant manœuvra le mégaphone.

« Patron, les cascadeurs sont arrivés. »

Philippe hocha la tête. Tout était en place, dans une demi-heure ils pourraient tourner.

Comme d'habitude, Marc sentit l'angoisse. Elle était légère mais suffisante pour qu'il pût appeler cela le trac. C'était pourtant son sixième rôle. Il avait pris cette habitude de se réserver quelques répliques dans chacun des téléfilms qu'il écrivait. Il avait été successivement député, gendarme (« Allons, circulez, il n'y a plus rien à voir », quidam faisant la queue au cinéma (« Scusez-moi, c'est quand qu'y passe le grand film? »), préfet, docteur en chapeau haut de forme (« Je suis désolé, il est perdu »), ivrogne au Moyen Age (rôle muet), et aujourd'hui mousquetaire.

Le plus drôle, c'est qu'il réalisait un rêve d'enfant. A douze ans, il avait lu *Les Trois Mousquetaires* et, comme tous les gamins de sa génération, il avait eu d'Artagnan pour idole. Cela avait dû changer pas mal. Quels étaient à présent les dieux des petits garçons? Certainement pas un jeune cadet de Gascogne. En tout cas, aujourd'hui, d'Artagnan c'est moi. Il ne faut jamais désespérer.

« Un rhum blanc et des tartines. »

Marc se retourna. Elle avait un blouson en jean, une cigarette vissée au coin gauche de la bouche, des yeux lilas au soleil après la pluie, en début de printemps le matin de bonne heure. Elle avait dû se peigner avec les doigts et semblait exténuée.

Philippe la serra contre lui.

« Andréa Chivers, la costumière des reines, la reine des costumières. Marc Conrad, scénariste. »

A travers le gant à crispin, Marc sentit la chaleur de sa main. Il désigna le verre d'alcool sur le comptoir.

« Vous attaquez de bonne heure. »

Elle lui sourit. Des dents parfaites, presque carrées.

« C'est ça ou je tombe par terre. »

Philippe resserra son étreinte.

« Une nuit blanche sur les quarante-cinq robes de la suite de la reine, elle est merveilleuse.

– Voila ce que c'est que de tourner dans une super-production. »

Derrière eux, Aramis se déchaînait dans le vacarme du flipper. Elle mordit dans les tartines et Marc sentit la fatigue dans la difficulté qu'elle avait à bouger les mâchoires. Trente-cinq ans pas loin, pas plus.

« Je peux vous demander de me donner la réplique ? »

Elle hocha la tête et prit le script.

« Vous êtes Anne d'Autriche.

– « Vous répondez de nous, du roi comme de moi-même, monsieur le capitaine ? »

Marc affermit sa voix, se campa la main sur la poignée de la rapière.

« Vous êtes la plus jolie costumière du royaume, Andréa, venez dès ce soir partager à la taverne la pitance du pauvre d'Artagnan. »

Elle tendit la main, souleva le verre et grimaça sous la brûlure du rhum.

« La triste Andréa sera vannée ce soir, monsieur le mousquetaire, mais demain ce ne sera pas impossible.

– Montjoie Saint-Denis! Morbleu, palsambleu et ventre-saint-gris, belle Andréa, vous emplissez de joie le cœur d'un militaire.

– Je ne savais pas que tu avais un texte aussi long, remarqua Philippe, allez, on y va. »

Le flipper s'arrêta net et il y eut un remous vers la sortie. Devant l'esplanade du château de Vincennes, les cars de la régie stationnaient, Marc entre les têtes distingua les caméras. Il la regarda et sentit une paix l'envahir... On versait une eau limpide dans une vasque craquelée par des étés d'abandon et de sécheresse. Il ne saurait jamais dire comment ni pourquoi de cette fille morte de fatigue accrochée à son rhum de bar-tabac lui venait une telle paix.

Les boucles de sa perruque lui chatouillèrent la joue.

« Une dernière chose, dit-il, je n'ai cet engin sur moi que pour quelques heures, alors dites-moi tout de suite qui je dois embrocher avec : amant, mari, fiancé, ami d'enfance, amoureux transi, foi de d'Artagnan, il est déjà mort.

– Vous pourriez essayer mon propriétaire, à part cela je ne vois pas très bien qui.

– Pas d'homme dans votre vie, Milady? »

Elle pêcha entre deux doigts une cigarette dans la poche de son blouson.

« Mon fils, dit-elle.

– Ah, ah, fit d'Artagnan... Et comment s'appelle-t-il? »

La bouffée de tabac sembla lui procurer un intense plaisir. Elle fumait bien, largement, de toute son âme.

« Ludwig van Beethoven.

– Ah! ah! reprit d'Artagnan. Vous devez beaucoup aimer la musique allemande ou alors il fait pom-pom-pom-pom, chaque fois qu'il frappe à votre porte.

– Il s'appelle Ludwig van Beethoven aujourd'hui, hier c'était Jolly Jumper. »

Marc opina du chef d'un air entendu.

« Je crois qu'il faudra que vous m'expliquiez tout cela plus longuement et à tête reposée. »

Elle lui sourit. Il la regarda. Il se demanda si cela faisait longtemps que le café était vide.

Un des machinistes réglait ses Gauloises, ils le regardèrent partir en courant.

« C'est un beau scénario, dit Andréa, ce n'est pas tout le temps comme ça.

– J'aime bien l'époque, je l'ai écrit dans la joie. Vous serez où demain?

– Aux Buttes-Chaumont, toute la journée.

– Je vous prends à dix-neuf heures. »

Les yeux lilas. Pas vraiment lilas. Il lui faudrait le reste de sa vie pour préciser ce qui, dans tout ce lilas, n'en était pas vraiment. Il y avait un peu d'automne quelque part, un soupçon de rouille.

« A demain, d'Artagnan. »

Il sortit dans la lumière survoltée. Ses éperons sonnaient sur le pavé.

Si je rencontre une escouade de gardes du Cardinal, songea-t-il, je me les estoque par paquets de douze.

Andréa. Andréa Chivers.

En traversant au feu rouge, il prit conscience qu'il venait de foncer tête baissée dans une histoire d'amour avec une femme qui ne l'avait même pas vu. En perruque, fausse moustache, fausse barbiche, col à pointes, casaque et tout le saint-frusquin, elle ne serait sans doute pas capable de le reconnaître s'il revenait au bistrot habillé comme tout le monde.

Devant les grilles, sous les marronniers, les dames de la cour attendaient en perruques poudrées, buvant du café dans des Thermos. Il vit Philippe de loin, juché sur un praticable, discutant avec l'opérateur. Comme à chaque fois, il se prit le pied dans un câble et comme à chaque fois le même sentiment le submergea : il écrivait tout seul dans son coin, peinard, il entassait les feuilles, vidait un stylo à bille et le résultat de tout cela c'étaient ces conneries, ces appareils, cet affolement, les flics qui barraient les rues, les sunlights, la foule des curieux. Il avait tracé des signes sur du papier et il avait déclenché un raz de marée. Tout cela était un peu effrayant...

« Les mousquetaires, en place s'il vous plaît! »

Il en vit d'autres qui se battaient en duel sous les arbres... C'étaient les doublures, les cascadeurs... Oui, il avait déclenché tout ça.

Ça allait être à lui, cette fois pourtant il ne retrouva pas le filet d'angoisse habituel. Il se sentit bizarrement calme. Quelque chose s'était produit et ce quelque chose s'appelait Andréa.

*

Cinq heures.

Winston Churchill s'arc-bouta, souleva la bûche, frémit sur ses jambes et la bascula dans la cheminée. Il recula dans la ruée endiablée des flammes.

« Le crapaud va se rôtir le cul », affirma-t-il avec une conviction sereine.

Andréa allumait les dernières bougies.

« Vulgarité gratuite, Sir Winston, ce jeune homme a trois ans de moins que vous, il n'a donc encore pu atteindre votre stade de sagesse. »

Bien que la cuisine fût située loin du salon où ils avaient dressé la table, Marc avait entendu les deux dernières répliques. Il continua à arroser le gigot avec une cuillère de bois achetée la veille 9,90 francs au Carrefour géant de Saumur et referma la porte vitrée de la cuisinière acquise l'avant-veille au Super Mammouth sur la route d'Angers.

Winston n'avait pas tous les torts, le jeune Pascal Bonnier était une véritable catastrophe à deux pattes.

Marc se releva et marcha vers la salle de réception. Les chandelles des deux candélabres marchandés trois semaines auparavant aux puces de Montreuil éclairaient jusqu'aux poutres. La lueur dansante de la cheminée illuminait le reste. Il sourit d'aise. C'était splendide. Une soirée sous Louis XIII. Sur la nappe blanche, les assiettes et les couverts payés 277 francs les vingt-quatre à « Petitprix casse les prix » avenue de Saint-Ouen prenaient des airs de lourdes vaisselles espagnoles frappées aux armes royales.

Marc se frotta les mains.

« Haute-Pierre est en beauté ce soir. »

Andréa ouvrit les bouteilles en sifflotant.

« Ils ont dû se perdre, ils ne seront pas ici avant deux heures. »

Marc jeta un œil par les croisées.

« Pleine lune, dit-il, on y voit comme en plein jour. Tout est prêt, il n'y a plus qu'à attendre. Winston, dès qu'ils sont là, tu mets la musique. »

L'ombre d'Andréa s'élargit, vacilla et couvrit la moitié du mur nord.

« J'espère que France n'a pas oublié son tutu. »

Winston Churchill tomba en arrière et une longue plainte de désespoir monta sous les plafonds de Haute-Pierre.

« Je ne te comprends pas, dit Marc, c'est une excellente ballerine. »

C'était, après Pascal, la deuxième plaie de l'Egypte. Ils avaient passé l'année précédente quinze jours de vacances en Bretagne avec les Bonnier. Chaque soir, France Bonnier, sous l'œil navré des spectateurs, interprétait *Le Lac des cygnes* en tutu rosâtre et chaussons satinés. Cela ressemblait au naufrage du *Titanic* mimé par un hémiplégique bourré de whisky jusqu'aux yeux.

Pendant l'exécution de la chose opérée par leur progéniture, les époux Bonnier fermaient les yeux et tentaient de s'évader en esprit des réalités terrestres. Pascal, le crapaud, insensible aux efforts de sa sœur, poussait durant ces doux instants des ululements funèbres. Sous la chaise de sa mère, l'enfant d'Andréa poursuivait sa litanie les dents serrées : « A mort les cygnes, je hais les cygnes, à mort les cygnes! »

Ils ne resteraient que trois jours cette fois. Bonnier était en repérage pour un feuilleton de six heures, le premier tour de manivelle aurait lieu dans trois semaines. Philippe commencerait alors à regrossir.

« Churchill, vous allez préparer la sauce de la salade? »

Sir Winston bondit et sa silhouette dansa sur les pavés. Ils l'entendirent fourrager dans un placard. Marc sentit la tendresse l'envahir. Un gosse merveilleux. Drôle, toujours prêt à s'élancer dans mille aventures – balades forcenées à vélo, découvertes poussiéreuses des recoins de grenier, poursuites folles de mulot dans les herbes, confection de sauces diverses. Chaque soir il s'écroulait mort de fatigue, un sourire en demi-cercle sur ses lèvres. La campagne lui réussissait. Et puis, dans quelques jours, le grand projet qu'ils avaient en commun, Marc et lui, prendrait forme. C'était leur secret ignoré d'Andréa : la table de ping-pong.

Les phares jaillirent à trente mètres. Les lignes verticales de la grille strièrent le sol et s'allongèrent dans l'herbe, serpents rigides et véloces.

« Les voilà! »

Marc se dressa.

« Churchill, les flambeaux! »

Ils sortirent sur le perron. Le garçon était déjà là. Marc gratta l'allumette et la résine des torches s'enflamma instantanément. Andréa sprinta vers le pick-up et poussa le volume au maximum. Les fanfares d'*Aïda* emplirent la nuit.

France Bonnier bondit la première hors de la voiture, se dressa sur les pointes, esquissa deux entrechats et un jeté battu, et, avec la grâce d'un diesel pénétrant sur une voie de triage, évolua vers les trois silhouettes porteuses de flambeaux.

Philippe et Claudine s'extirpèrent. Dans la lueur

des flammes, Marc et Andréa repérèrent avec délices leurs yeux d'émerveillement.

« Un vrai château, dit Philippe, tu y es arrivé! »

Les femmes s'embrassèrent.

« Bordel de merde, commenta Claudine, c'est un vrai rêve, et Tchaïkovski en plus! »

Rédactrice adjointe d'un magazine féminin, elle alliait à la violence de l'expression une élégance vestimentaire indubitable doublée d'une méconnaissance affirmée de la musique classique. Elle se jeta sur Winston Churchill et lui plaqua dans chaque oreille un baiser dont le claquement surmonta le London Symphony Orchestra dans sa totalité.

« Et Pascal?

– Il dort à l'arrière.

– Toujours ça de gagné, dit Marc, on va prendre l'apéro tranquille. »

Ils pénétrèrent dans le salon illuminé et Claudine Bonnier poussa deux douzaines de jurons d'affilée avec la détermination que seule engendre la sincérité.

« Viens voir le reste, dit Andréa, je veux te voir folle de jalousie. »

France tourbillonna deux fois sur elle-même et s'arrêta sous les yeux impassibles de l'ex-Premier ministre de Grande-Bretagne.

« J'ai fait des progrès, dit-elle, je te montrerai. »

Soupir du garçon.

Elle le toisa. Ses douze ans lui permettaient d'avoir une tête de plus que lui.

« Comment tu t'appelles aujourd'hui?

– Winston Churchill.

– C'était qui?

– Un peintre chinois du XIIe siècle. Viens m'aider à la cuisine. »

Philippe prit le verre à moutarde et le monta à hauteur de la flamme des chandeliers. Il vérifia le calibre des bulles de champagne et, rassuré, s'accouda à la cheminée.

« Fantastique, dit-il, je viendrai tourner ici. Tu as dégotté la perle rare. »

Marc but.

« J'ai mis deux ans, dit-il, et il y a des travaux, mais c'était ça que je voulais. »

Les yeux du réalisateur errèrent sur les hauts plafonds peuplés d'ombres.

« Et c'est décidé, tu y passes un an?

– Entier. »

Ils entendirent Andréa et Claudine s'esclaffer à l'étage supérieur.

« J'ai un boulot fou. J'ai signé six épisodes d'une heure et demie que je dois livrer terminés en février. Une histoire de camionneur paralytique. Je te raconterai.

– Et après?

– J'attaque la série pour Antenne 2. Et c'est toi qui la tournes. »

Philippe leva son verre en un toast silencieux. Marc pensa que ce type était au fond le seul ami qu'il s'était fait durant les dix dernières années. Il est vrai qu'il n'en avait jamais eu beaucoup.

« Tu es sûr de ne pas t'ennuyer?

– J'ai Andréa. »

Elles redescendirent. La jupe de soie sauvage de Claudine tourbillonna sur ses bottes fauves.

« J'en bave, Philipounet, tu entends, j'en bave, cette saloperie de manoir est une nom de dieu de merveille! »

Marc versa du champagne pour les femmes.

« La fête commence, dit Andréa, le premier qui est soûl couche dans les oubliettes. »

Claudine se frappa le front.

« Le cadeau! Foutredieu, on oubliait le cadeau!

– J'étais sûre qu'on n'y échapperait pas », dit Andréa.

Ils les entendirent fourrager dans le coffre. Marc sentit l'inquiétude le gagner. A une époque encore peu lointaine, ils jouaient à un jeu idiot qui consistait à s'offrir mutuellement des présents parfaitement repoussants. La lutte avait été longtemps indécise. Les Bonnier avaient marqué un point à la Noël 82 en leur offrant un faux bronze de trente-cinq kilos représentant le maréchal Bugeaud tendant une rose des sables à une Bédouine adossée contre un chameau. Andréa prétendit qu'il n'en était rien et qu'il s'agissait en fait d'un facteur apportant un télégramme à une paysanne en train de traire un bovidé. Pour l'anniversaire de Philippe l'année dernière, ils avaient égalisé en leur offrant un tableau de six mètres carrés (2 × 3) où un peintre inconnu avait brossé avec application une marguerite fanée nageant dans un verre à dents. Le pire était donc à craindre. Cramponnés l'un à l'autre, Andréa et Marc sortirent à leur rencontre.

Philippe et Claudine revenaient triomphants, traînant derrière eux un canon de petit calibre.

« Il ne marche pas, dit Philippe, mais les roues sont bonnes. »

France et Churchill sortirent de la cuisine.

« Tout est prêt. »

Un mugissement s'exhala de la voiture. La tête crapaudine de Pascal Bonnier émergea lentement par la portière.

« Bienvenue à Haute-Pierre! » s'exclama Marc.

La lune était si pleine que les ombres se dessinaient parfaitement, grises sur l'argent de l'herbe.

Journal I

C'est comme un château.

C'est même un château complètement. Le premier soir où je l'ai vu, ça m'a fait vraiment drôle. Pour y arriver, Marc s'était gouré évidemment mais enfin il a bien choisi le château c'est sûr. Même que la nuit ça fout un peu la trouille mais enfin ils sont là tous les deux et je peux les appeler. En plus il fait beau et c'est la campagne alors tout va bien. Cet après-midi on a joué au foot avec Marc, il ne sait pas tirer droit, il dit qu'il brosse les balles mais c'est une excuse quand il tape à côté, en fait, il veut faire son Platini alors il dit qu'il brosse mais il brosse pas, il loupe, il dit aussi qu'il distille les balles, quand on joue avec Marc il dit jamais qu'il tape dans la balle, il dit qu'il la distille. Enfin, c'est son affaire, il est vraiment marrant par moments. En tout cas, il y a un arbre qui gêne. C'est un noyer, s'il n'y avait pas cet enfoiré de noyer juste au milieu ça ferait un coin terrible pour s'entraîner et comme je connais la mère Andréa, elle ne voudra jamais le couper, chaque fois qu'on touche à un brin d'herbe, ça lui arrache le cœur. A Paris elle avait sa plantation de géraniums sur la fenêtre et c'était tout un travail, alors ici avec les rosiers, les trucs jaunes, les marguerites et le reste du bordel, il y a de quoi l'occuper. Ce que je préfère, c'est le salon avec les colonnes corinthiennes, on les appelle comme ça

31

parce qu'il y a des raisins dans le haut, enfin je suppose... C'est super quand ils font du feu le soir dans la cheminée, ça aussi ça fout la trouille mais c'est beau. D'ailleurs, quand c'est beau, ça fout toujours la trouille, j'ai déjà remarqué. J'aime bien faire des remarques comme ça, comme des pensées de Pascal, ce genre de choses.

Pas d'enfants dans le village, pas de quilles, enfin j'en ai pas vu mais c'est vrai que j'arrive. Ils sont peut-être en vacances. Où ils vont les péquenots quand ils vont en vacances? Peut-être une autre campagne.

La télé est arrivée. On est pas dans le même endroit et pourtant c'est toujours les mêmes. Bien sûr je sais que c'est partout pareil mais enfin ça fait drôle quand même : à Montmartre, dans la toute petite pièce et ici dans le château avec les arbres géants et tout le bordel eh bien c'est toujours le même Tartempion qui fait le journal avec sa petite bouche étroite toujours en sourire même quand il y a cinq mille morts.

Je vais écrire tous les jours dans ce cahier. Andréa voulait que j'achète le cahier de vacances. J'ai dit Polop. Parce que le mois d'août avec les participes passés et les pronoms possessifs et tout le bordel et π 314,116 multiplié par deux fois le rayon, alors là je dis Polop! On a discuté sec et en fin de compte, pas de cahier de vacances mais je fais comme un journal. D'accord. J'aime bien, ça ne me gêne pas, ça me permet de marquer mes pensées si j'en ai.

Au fait, le crapaud et la sauterelle sont partis, elle y est allée quand même avec son tutu rosé buvard dégueulasse à vomir et ses pattes de canard et elle a dansé deux fois de suite... Andréa fermait les yeux comme si c'était la bombe atomique et Philippe était bleu. Les copains de Marc sont marrants.

Je m'arrête parce qu'il faut quand même que je joue un peu et ça fait dix mille heures que je sue sur ce *cahier et c'est bien pour aujourd'hui, ça suffit. Je vais appeler Marc pour faire un foot.*

Il va encore dire qu'il brosse la balle. On va se marrer.

Ici c'est bien pour jouer aux Mousquetaires. J'en reparlerai.

Louis Capet, dit Louis XVI.

DEUXIÈME TEMPS

CAS N° 2

Casa Scattone – Italie

Située dans le village de Renaggino à quatorze kilomètres d'Eboli dans l'Extrême-Sud italien, on trouve la Casa Scattone dans la rue principale, à quelques mètres de la place de l'église. La maison est ancienne, elle date du XVIIᵉ siècle et paraît brûlée par le soleil. Peints autrefois, les murs ont pris une couleur de vieux biscuit et le balcon semble sur le point de tomber en poussière. Les pièces sont grandes, hautes de plafond et aujourd'hui très délabrées, le plâtre s'y écaille.

Angela Duarte, qui y vécut seule de 1937 à 1948 malgré les événements qui s'y produisirent, en fut la dernière habitante. C'est elle qui prévint les autorités des phénomènes qui défrayèrent la chronique des milieux paranormaux pendant deux années.

La Casa Scattone fut surnommée « la maison du peintre » pour une raison évidente. Angela Duarte fit en 1937, année de son installation, repeindre tous les murs. Au bout d'un mois, elle fut surprise un matin de trouver dans le salon près de la cheminée une sorte de gribouillage sur l'une des cloisons. Bien qu'elle ne reçût jamais personne, elle pensa à un enfant qui se serait introduit chez elle et aurait laissé cette trace de son passage. Le phénomène se reproduisit pourtant dans des endroits inaccessibles, en particulier dans les angles, près du plafond. Curieusement les graffitis se firent par la suite plus nombreux et cessèrent d'être informes pour devenir représentatifs. On commença à distinguer des visages, des mains, et un cheval ailé se dessina bientôt sur le mur ouest de la chambre d'angle. Angela Duarte, fervente pratiquante, fit alors appel au curé de sa paroisse qui alerta les carabiniers. Un journaliste local s'empara de l'affaire et c'est en pleine guerre, durant l'été 1942, que Don Strapello, directeur à Naples d'un périodique traitant des phénomènes de spiritisme et de psychokinésie, étudia l'affaire assez sérieusement et rédigea plusieurs mémoires à ce sujet.

L'une des pièces fut totalement fermée pendant quinze jours. Lorsque Strapello, Angela Duarte et quelques personnes y pénétrèrent à nouveau en août 1942, ils découvrirent, après avoir brisé les scellés, que les murs étaient recouverts d'une fresque encore inachevée, représentant une crucifixion. Strapello se souvint et nota le sentiment d'horreur qui les envahit tous lorsqu'ils constatèrent que les rôles avaient été inversés et que c'est la Vierge Marie qui se tenait nue sur la croix tandis que son fils Jésus, en vêtements de femme, la regardait, prostré, au pied du Golgotha. Giacomo Boniccio, spécialiste de peinture italienne des XVIe et XVIIe siècles, accepta de faire le voyage de Rome et après une étude minutieuse des murs attribua cette œuvre à Andrea Da Sorello, peintre mort fou en 1637, ancien moine défroqué ayant appartenu à l'école de Fra Angelico.

Angela Duarte, malgré les supplications de Don Strapello, fit blanchir les murs à la chaux. La Casa Scattone est actuellement inhabitée et cela depuis la mort d'Angela Duarte.

CETTE fois c'était l'été.

L'air tremblait au-dessus des coteaux sous le soleil vertical. Qui avait parlé de douceur angevine?

Il avait traversé deux villages morts, les volets clos sur des siestes ombreuses. C'était bien une idée de Parisien, ces vingt kilomètres de vélo par jour... Ordinairement il pédalait le matin, à la fraîche. Les rayons mouillés par la rosée brillaient dans la lumière, il fendait l'air frais dans la descente de Louresse et suivait la route des bois pour rejoindre les bords de Loire... Il aimait le fleuve et s'arrêta près du parapet pour souffler un peu... Dans la brume, les horizons dévoilés se marbraient de villages blancs, les murs ici avaient des couleurs d'ivoire, la même que l'on trouve chez les primitifs italiens dans l'Ecole toscane. Il laissait monter vers lui la vapeur des eaux planes et rejoignait Haute-Pierre par des routes plus larges. Dans la touffeur des feuilles de la vigne, les hommes disparaissaient jusqu'à mi-corps. Les grappes mûrissaient de jour en jour. On dirait plus tard que cet été-là avait été un bel été... Il fallait en profiter à la fois comme un cadeau du présent et comme un souvenir, une zone d'or dans l'oubli qui viendrait.

Il avait terminé ou presque le premier épisode. Il

restait quelques boulons à visser, des répliques à lisser mais ce n'était rien. D'ailleurs, il aimait ce travail d'artisan donnant le dernier coup de patte. C'était l'instant où le labeur se faisait caresse, c'étaient à la fois des gestes de finition et d'adieu. Le thème était idiot mais ça pouvait faire une bonne série.

Et ce matin il s'était laissé surprendre, il avait travaillé trois heures, Andréa et Fenimore Cooper étaient partis au marché, revenus, et il avait décidé de ne rouler que l'après-midi.

La France croulait sous la chaleur. Aux informations on parlait de plages saturées, d'embouteillages monstres aux portes de Paris et ici il n'y avait que les collines et le chuintement des pneus sur l'asphalte. C'était peut-être cela, le luxe à présent : la solitude, la paix.

Après les Bonnier, quelques amis d'Andréa étaient venus, il n'y avait pas eu assez de lits durant un week-end... Jean-Louis passerait la semaine prochaine pour quelques jours avec Esther et puis ce serait l'automne et les visites s'espaceraient.

Il prit le virage en danseuse et constata avec satisfaction que son corps s'adaptait de plus en plus aux subtilités de la bicyclette, il n'en avait jamais fait autant de toute sa vie et commençait à y prendre goût.

Un champion. Un champion vétéran mais un champion.

La sueur lui soudait la chemise aux omoplates. C'était idiot : des gouttes coulaient de ses avant-bras sur ses poignets. Le premier bistrot serait le bon. Il y en avait un à Louresse près de l'église. Un carré de terrasse à l'ombre. Un paradis.

Il accéléra, la gorge plâtreuse.

Andréa ferma les yeux. Malgré les rideaux tirés, le soleil emplissait la chambre de clarté et elle n'arrivait ni à lire ni à dormir. Elle prit une cigarette dans la poche de sa chemise de toile et se tortilla pour atteindre les allumettes sur la caisse renversée qui servait de table de nuit. Une caisse en bois près d'un lit à baldaquin. Inadmissible. Il faudrait qu'elle trouve des meubles dans une salle des ventes. Ce qu'elle aimait en Marc, c'était qu'il se moquait totalement de ce genre de chose. Avec Fenimore ils avaient scotché aux murs de la salle des gardes des photos et des affiches de cinéma. Humphrey Bogart et Lana Turner en plein XVIᵉ siècle. Le pire, c'est que ça collait parfaitement. Pourquoi cet idiot était-il parti en plein après-midi? Elle se moquait de lui à propos de cette bicyclette : il devenait sportif sur ses vieux jours. Elle aspira une énorme bouffée, se détendit et dut se rendre à l'évidence : elle avait envie de faire furieusement l'amour.

Evident que le lit à baldaquin leur réussissait de ce point de vue. Admirablement. Il fallait penser à autre chose.

Amoureuse. Comme à quinze ans. Et c'était encore mieux à trente-sept. Dans une heure, j'irai compter mes salades. Je finirai paysanne avec sabots, fichu de cretonne et panier d'osier.

Elle se recroquevilla, cherchant une place fraîche et, dans le silence, perçut un galop léger dans l'herbe au ras des portes-fenêtres.

Fenimore devait poursuivre les Indiens, à moins que ce ne soit l'inverse. Il faudrait qu'elle lui interdise de courir pieds nus dans le parc. Elle ne le ferait d'ailleurs sans doute jamais : ce devait être si bon.

L'ombre était totale et surtout il était ébloui par le soleil de l'extérieur.

Il entra, les mains sur les reins et se laissa guider par un clapotis d'eau contre des verres pour atteindre le comptoir.

« Vous allez perdre des kilos, m'sieur Conrad... »

Marc se tâta les hanches. Un bourrelet mais léger. Il ne fondrait guère, et, de toute façon, il s'en foutait.

« C'est l'enfer dehors. »

Le patron secoua ses mains mouillées et tendit un doigt vers l'arrivant.

« Je vous donne pas la main, je suis dans les rinçages. »

Marc serra l'index et s'accouda au zinc avec un soupir.

« Une chopine fraîche?

– Vous voulez ma mort? Une bière. »

Ses yeux retrouvaient lentement les murs familiers. Il y était venu souvent déjà depuis deux mois. Le patron lui avait livré du bois.

« C'est pas vous qui avez fait le feuilleton qu'est passé hier soir? Ma femme m'a dit ça peut pas être m'sieur Conrad, c'est vraiment trop con. »

Marc rit et essuya la mousse qui pétillait sur sa lèvre.

« C'est pas moi, je peux vous le jurer. »

Quand Fléchard avait déchargé les bûches Marc lui avait offert un verre et ils avaient bavardé. C'est à ce moment qu'il lui avait dit écrire des scénarios pour la télé.

« Ça doit pas être si facile de raconter des histoires... »

Marc jouissait de la fraîcheur. Un petit bistrot de campagne... C'était déjà son quartier général. Sa vie était semée de bistrots-haltes. Cela commençait au lycée, un tabac rue d'Endoume, la Chope rue des

Ecoles les années étudiantes, les rades autour des casernes, le Fouquet's pour les années fastes et puis, aujourd'hui, chez Fléchard.

Il finit le verre d'un trait, les yeux fixés sur le calendrier des postes, la seule tache claire sur des murs vieux marron. Tout avait un air boucané, il y avait un halo plus sombre autour du poêle massif dont le tuyau traversait la salle.

« Vous êtes à Haute-Pierre? »

Il se retourna.

Il n'avait pas vu le vieux assis dans un angle sur la banquette de moleskine. Dans la bouteille verte, le vin était noir.

« Oui, depuis plus d'un mois. »

Un retraité. Le haut du front était blanc. Sur la table, la casquette retournée était cernée de chopines vides.

« C'était la maison à Pontieu. »

Le nom éveilla une résonance chez Marc. Les papiers du notaire. Il avait acheté à la famille du défunt, une femme épaisse qu'il n'avait vue que quelques minutes à la signature. La fille sans doute. Le vieux plissa les paupières. La fumée de la Gitane maïs montait droite, frôlant les sourcils gris.

« Un sacré, Pontieu. Il a bu tout son vignoble. »

Les avant-bras de Fléchard s'écrasèrent sur le zinc.

« La dernière année, il en était à douze litres par jour. »

C'étaient les enfants qui avaient entretenu Haute-Pierre, lui dormait dans les communs, un grabat dans l'ancienne grange.

« Il avait des terres autrefois, un type très riche, mais tout est parti en chopines. »

– Une belle cirrhose, je présume », dit Marc.

Il constata qu'il avait laissé le vélo au soleil. Les pneus pouvaient se dégonfler, ou éclater, il ne savait plus. Quelqu'un lui en avait parlé en tout cas.

« Sacré Pontieu, il payait toujours le coup.

– Je vous en offre un, dit Marc, il faut toujours se mettre bien avec les gens du pays. »

Fléchard rit et pêcha une bouteille de vin dans le bac.

« Vous avez bien raison, on est tellement sauvages dans le coin qu'on attend les étrangers avec des chevrotines. »

Le vieux plissa le front. La partie blanche de son front faisait comme un casque neigeux lui conférant une allure maladive.

« Les Parisiens sont des gens qui croient toujours qu'on n'aime pas les Parisiens, dit-il, et le plus beau de tout, c'est qu'ils ont raison. »

Marc pensa qu'il arriverait bien à fourrer cette réplique dans une télé quelconque.

Fléchard lui resservit une bière.

« Il y a Parisiens et Parisiens. »

Le commerçant adoucissait les angles. En plus du bois, Marc lui prenait des caisses de vin du pays et le gosse faisait à chaque passage des orgies de Coca-Cola.

« Pontieu, dit le vieux, s'il n'avait pas bu, il en avait dans le crâne. Seulement voilà...

– Il buvait, acheva Marc.

– Un trou », dit le vieux.

Ils trinquèrent de loin, à travers la largeur du bar.

« Il n'était pas très vieux je crois?

– Cinquante-quatre, dit Fléchard. Et un colosse. Mais les derniers mois il débloquait sérieusement. »

Marc termina la deuxième bière. C'était vraiment le régime idéal pour mincir et en plus il allait suer comme un porc sur le chemin du retour.

« Il est mort comment? »

Il ne sut jamais pourquoi il avait posé la question. L'envie de rester encore un peu dans le café, de continuer la conversation avec le vieux qui semblait sympathique.

Fléchard désigna l'église d'un coup de menton.

« Contre le mur, dit-il, on l'a trouvé un matin. Il s'est fait ça avec une bouteille cassée. Il avait aiguisé un morceau de verre sur une pierre, et crac... »

La main trancha la gorge, retomba sur l'éponge et se mit à frotter le zinc.

Un suicide. Personne ne lui en avait parlé. Pourquoi ? Qu'est-ce qu'ils croyaient ? Qu'il aurait peur d'acheter la maison d'un suicidé ? Les héritiers avaient dû le craindre... Il y avait encore des superstitions...

« Les gendarmes sont venus, poursuivit le vieux, un cirque de trois jours, pourtant c'était pas compliqué, il était mort, il était mort, c'est tout... »

Marc haussa les épaules. Il était temps de partir.

Lorsqu'il regagna Haute-Pierre, il trouva Fenimore Cooper endormi à l'ombre du pommier et Andréa enfoncée dans un profond sommeil sur le lit à baldaquin. Il la regarda longuement, sa respiration était si paisible qu'il en conclut qu'elle devait être heureuse. Il eut envie d'elle mais n'osa pas la réveiller. Elle était belle. Jamais aucun homme n'avait eu autant de chance que lui.

*

La sardine vacilla et tomba silencieusement sur l'émeraude des herbes.

Cimarosa avait une passion sans bornes pour Jean-Louis Bergomieux.

Il en oubliait presque ce matin de pomper l'huile de sa boîte avec son pain. Il est vrai qu'il y avait de quoi subjuguer un gosse de huit ans et demi : cela faisait près de trois années que Jean-Louis Bergomieux sévissait sur les écrans du samedi soir où il interprétait tous les rôles pouvant comporter la plus haute dose possible de félonie, traîtrise, lâcheté, cruauté sadique, perversion profonde, immonde hypocrisie, roublardise perfide, etc.

Et c'était à Marc qu'il le devait.

Marc l'avait déniché un jour dans un café-théâtre où il ânonnait sans conviction une débilité poético-métaphysique et en avait parlé à Bonnier qui lui avait confié, quinze jours plus tard, un rôle d'infâme suborneur. Du coup, Bergomieux avait abandonné son métier de représentant en Albulplast pour devenir le salaud le plus populaire de l'écran.

Assez fréquemment, il levait son verre pour porter un toast à son ami.

« A l'homme qui a fait de moi une véritable ordure.

– Tu l'étais déjà, répliquait, en général, Marc, je n'ai fait que te découvrir. »

Esther se tailla une tartine de bûcheron. Avec son mètre douze de tour de poitrine, elle personnifiait à elle seule toutes les Juives sépharades vivant ou ayant vécu entre Tunis et la rue des Rosiers.

« La semaine prochaine, dit Cimarosa, quand tu vas retrouver la grosse blonde, qu'est-ce que tu vas lui faire? »

Bergomieux haussa un sourcil méphistophélique.

« Je n'ai pas lu le script en entier mais je crois que je tente de la faire disparaître dans le four d'une cuisinière. »

Cimarosa hocha sentencieusement la tête.

« Super. J'ai hâte d'y être. »

Bergomieux soupira.

« Pas moi, les gens du quartier me regardent

vraiment d'un drôle d'air. Tu devrais demander à Marc de m'écrire un rôle de brave type. »

Marc alluma la première cigarette de la journée.

« Pas question. Je ne suis pas suicidaire. Tu es un salaud et tu le restes. On la fait, cette balade ? »

C'était leur dernier jour à Haute-Pierre et ils avaient passé tout leur temps à discuter métier, écroulés à l'ombre des arbres du parc. Depuis longtemps Marc avait envie de voir Rogency. C'était à une trentaine de kilomètres et toutes les cartes ne mentionnaient pas le château. La région en était bourrée. Jean-Louis Bergomieux tenta de serrer les épaules massives d'Esther.

« On est trop bien ici, ne bougeons pas.

— Promenade obligatoire, dit Marc, vous n'y couperez pas cette fois. »

Le temps était superbe, la chaleur moins forte que dans les premiers jours d'août, le ciel d'un bleu de Riviera revu par le Technicolor.

Ils s'entassèrent tous les cinq dans la Ford. Le compositeur italien Domenico Cimarosa tenta comme à l'ordinaire de voyager dans le coffre, mais se retrouva maugréant sur les cuisses monumentales d'Esther.

Ils tombèrent tout de suite sur la forêt en quittant la départementale : c'était une forêt domaniale très profonde, les arbres se rejoignaient au-dessus de la route et le soleil ne pouvait traverser les ombrages.

« Sinistre, commenta Andréa. Marc appartient à cette catégorie de types capables de vous dégotter un château subcarpatique peuplé de vampires en plein Val-d'Oise.

— C'est pour cela que tu m'aimes. »

Bergomieux baissa la vitre et l'air frais entra.

« Ecris un remake de Dracula, je tiendrai le rôle.

– Parle d'autre chose, dit Esther, il n'y a pas que la télévision dans la vie. »

Bergomieux caressa l'avant-bras musculeux de la jeune femme.

« Il y a la télévision et toi, mon immense amour. »

Elle avait une tête de plus que lui et lui rendait quinze kilos, ce qui leur permettait d'égrener toutes les dix secondes un stock inépuisable de plaisanteries.

La route zigzaguait. Ils sortirent de la forêt et la chaleur s'amplifia dans l'habitacle.

Esther se tourna vers le conducteur.

« Tu connais la route ?

– L'instinct. »

Cimarosa eut un ricanement bref.

Ils longeaient une route encaissée. Entre les arbres, une maison apparaissait parfois, accrochée à la falaise.

Marc ralentit pour déchiffrer une borne kilométrique. Rogency, onze kilomètres.

« Qu'est-ce que je disais ? Rien ne vaut la conduite naturelle. C'est une question d'ondes. »

Andréa étendit ses jambes et ferma les yeux. Elle se sentait parfaitement bien.

« Restez encore, dit-elle, il y a encore plein de choses que vous n'avez pas vues.

– Je tourne dans trois jours au Portugal, je suis un duc félon. Je leur en fais voir de dures...

– Je pars avec lui, dit Esther, l'héroïne est capable de se rebiffer. »

Andréa sourit, la jalousie d'Esther était célèbre.

Cimarosa se pencha brusquement.

« Regardez... »

La tour avait déjà disparu mais ils pouvaient voir les remparts sur la crête. Une ceinture effritée où pierre et végétation se mêlaient.

« Rogency », annonça Marc.

Il ralentit et la Ford pénétra lentement dans le village. Il avait été fortifié autrefois et ils passèrent sous une poterne. On pouvait voir encore dans la pierre, dans les renfoncements, les emplacements des treuils où s'enroulaient les chaînes soulevant le pont-levis disparu. Au faîte, une pierre en forme d'écu portait des armoiries indiscernables.

Marc se gara et tous descendirent. Ils étaient sur une place de village déserte. Des maisons la fermaient et devant eux s'élevait une bâtisse plus ancienne percée de fenêtres gothiques.

« Tu crois que c'est ça? demanda Marc.

– Nous suivons tous ton instinct.

– La porte doit être de l'autre côté », dit Bergomieux.

Ils s'avancèrent dans une ruelle, Cimarosa shootant dans les cailloux. Esther renversa son visage vers le ciel limpide.

« La Tunisie, murmura-t-elle, le soleil, l'enfance, la plage.

– Tu devrais nous faire un couscous », dit Marc.

Ils débouchèrent sur une autre placette et Cimarosa s'arrêta.

Elles étaient toutes les deux assises sur un banc de pierre près d'une vieille porte. La main d'Andréa se posa sur l'épaule de son fils.

Leur immobilité était totale. Un uniforme sans doute. Deux robes de toile écrue et des espadrilles. Elles les regardaient venir sans aucune expression sur leur visage.

Pas d'âge. Il n'aurait pas été plus étonnant qu'elles aient quinze ans que soixante.

Bergomieux s'arrêta.

« Salaud à l'écran mais lâche à la ville, souffla-t-il. Elles me foutent les jetons. »

Marc continua à marcher dans leur direction.

Ridicule de leur demander où se trouvait le château, cependant...

Une des bouches sourit. Pas de dents. Le visage se plissa et reprit instantanément son inexpression, cela avait été rapide, une sorte de réflexe, les sauriens faisaient cela, ils étaient comme des pierres et tout d'un coup quelque chose bougeait et ils redevenaient inertes.

Il y avait une plaque contre la porte mais il ne pouvait la déchiffrer de l'endroit où il se trouvait. Pour l'atteindre, il lui fallait passer devant les deux femmes.

« Marc! »

Il se retourna et attendit Andréa.

« Qu'est-ce qu'il y a? »

Elle le rejoignit. A quinze mètres, Cimarosa, Esther et Bergomieux semblaient pétrifiés. C'était ridicule.

« J'ai oublié le nom exact mais je suis allée plusieurs fois à Sainte-Anne pour voir le père d'une amie, j'y ai vu quelques exemplaires semblables à ceux-ci. Partons. »

Des folles. C'était étrange. Ce vieux village écrasé de soleil, cerné de murailles éboulées et ces deux êtres immobiles sur le pas d'une porte.

Marc sourit.

« On s'en va. »

Sans un mot ils regagnèrent la voiture.

« Qu'est-ce que c'était? gémit Esther, dites-le-moi ou je hurle.

— Un truc congénital, dit Andréa, des sortes de mongoliennes.

— Ils se ressemblaient, dit Esther, tu as vu? C'était ça, le pire, ils se ressemblaient.

— Pourquoi tu dis « ils », protesta Jean-Louis, c'étaient des femmes. »

Marc haussa les épaules. Il fallait chasser cette impression.

50

« Je n'en suis plus si sûr. »

Il se tourna vers l'enfant. Andréa le serrait contre elle.

« Ça va, Cimarosa? »

Il ne sourit pas de son vrai sourire. Marc lui appuya sur le nez de la pointe de l'index.

« Rien de terrible, dit-il, ce sont des malades, c'est tout.

– Il y en a plein à la télé, dit Jean-Louis. Mon pote, tu nous offres un verre et rapidement. Un cognac double pour moi.

– Pas avant cinquante kilomètres, dit Esther, j'en ai les jambes qui tremblent. »

Bergomieux eut un hennissement.

« Les haltérophiles sont toujours extrêmement impressionnables.

– Allons chez Fléchard, proposa Andréa, on boira du vin.

– Je crois qu'il y a un autre château pas loin, dit Marc, on pourrait...

– Jamais, brama Esther, tu conduis et tu te tais. »

Ils devaient s'arrêter en fait dans une auberge près de Doué-la-Fontaine. Ils s'y sentirent bien et décidèrent d'y manger. Ils commandèrent deux portions de sardines à l'huile en entrée pour Cimarosa et se goinfrèrent de lapin chasseur. Marc régla l'addition et, comme il se trouvait seul à cet instant avec le patron, les autres ayant regagné la voiture, il posa la question qui lui brûlait les lèvres; la réponse était celle qu'il supposait : depuis plus d'un demi-siècle, le château de Rogency, ou ce qu'il en restait, avait été converti en asile d'aliénés. On n'y mettait que des incurables.

*

Le vendredi, tout était plein.

Il avait fini par trouver une table dans un restaurant du fin fond du XVe arrondissement. Bonnier, qui écumait entre deux régimes amaigrissants les établissements à fine cuisine, lui avait conseillé Chez Pierrot. Personnel sympathique, plats copieux et de qualité, ambiance calme, bref le bistrot rêvé pour amener en fin de semaine une femme exténuée par huit jours d'enfer. Et cette fois-ci il l'emmènerait chez lui.

Le sort s'acharnait. Il était allé chercher Andréa aux Buttes le lendemain de leur rencontre. Dans la voiture ils s'étaient jetés l'un sur l'autre avec une voracité de piranhas. Vacillants, ils avaient avalé un sandwich au comptoir d'un café, elle n'avait rien mangé depuis la veille.

« J'ai retenu une chambre au Crillon. »

Les yeux d'Andréa avaient pétillé. Elle avait mordu dans son jambon-beurre et postillonné en parlant des miettes de pain.

« J'en rêve déjà. Je téléphone à Wolfgang Amadeus et on y va. Il a toujours tendance à s'endormir devant la télé. »

Il la regarda courir vers la cabine. Elle dégageait une impression de joie de vivre époustouflante. Il frotta l'une contre l'autre ses paumes moites. C'était un signe indubitable, il était amoureux.

Elle revint trente secondes plus tard, et l'entraîna d'autorité vers la sortie. Il n'eut pas le temps de ramasser la monnaie sur la soucoupe.

Ils se retrouvèrent dans la voiture sans avoir eu le temps de respirer. Il fit vrombir le moteur.

« Ce n'est pas de l'amour, c'est de la course à pied. »

Elle portait le même blouson de jean que la veille.

« Changement de programme, on a des invités.

– Qui?

– Je crains que ce ne soient les oreillons. »

Ils grillèrent un feu rouge et arrivèrent en trombe dans une petite rue derrière Montmartre. Ils escaladèrent les trois étages et trouvèrent Mozart allongé languissamment devant la télévision. Ses joues étaient rouges et la déglutition semblait difficile.

Marc serra pour la première fois la petite main trop chaude.

Peut-être cette soirée les avait-elle davantage rapprochés que les fastes érotiques qu'il avait imaginés sous les lambris de l'hôtel Crillon. Après la visite du docteur, il avait traversé Paris à la recherche d'une pharmacie ouverte. L'enfant endormi après des introductions conflictuelles de suppositoires, gélules diverses, sirops amers et gouttes dans le nez, ils avaient fini la soirée dans la cuisine en terminant un fond de vieux whisky et un restant de pizza froide.

Marc avait aimé l'endroit, c'était un trois-pièces minuscule avec vue sur un jardinet, la chambre d'Andréa était pleine de dessins, de poupées en fil de fer qui lui servaient pour les costumes, de vieilles robes et de tissus qu'elle achetait aux Puces le dimanche.

Elle lui avait parlé du père de Wolfgang Amadeus, ils s'étaient séparés quand l'enfant était né... Un assureur-conseil avec lequel elle mourait d'ennui.

« Je le chronométrais en secret chaque matin, quand je me suis rendu compte qu'il passait plus de dix minutes pour égaliser ses moustaches aux ciseaux, je lui ai proposé de nous séparer. Je crois que ce fut un grand soulagement pour lui. »

La vie d'Andréa s'était organisée autour de son

fils et de son travail, elle était libre et heureuse, et dans cette vie, Marc entrait à pieds joints.

Il était revenu deux soirs de suite, avait apporté au malade un robot téléguidé proférant des onomatopées assourdissantes et, sur sa demande, un masque monstrueux, une sorte de Frankenstein sanguinolent qui avait fait hurler Andréa. Et puis il avait dû partir sur le tournage dans les Pyrénées, pour retaper deux scènes, l'un des acteurs s'étant luxé la cheville au cours d'une cascade.

Ce soir serait le bon. Dîner Chez Pierrot et ils fileraient chez lui.

C'était en effet sympathique... Peu de monde... Dans la nuit qui venait, on apercevait les lumières d'un chantier, les anciens abattoirs de Vaugirard. Le quartier s'était vidé, on devinait tout un passé bruyant et populaire, des immeubles nouveaux poussaient autour : béton et verre Sécurit.

Ils buvaient un bourgogne magnifique qui faisait briller ses yeux. Elle portait une chemise d'homme en jean. Décidément, c'était une manie, mais il aimait cela. Aucune femme n'était plus femme que dans un vêtement masculin et Andréa n'échappait pas à la règle.

Au dessert, il lui avait parlé de son vieux rêve : la maison.

Depuis des mois, dès qu'il le pouvait, il écumait la France à la recherche d'une demeure. Il y passerait un an entier, loin de Paris, il y vivrait, il y travaillerait... Plus tard peut-être, il s'y installerait définitivement, il avait besoin et envie de ce calme, de cet entracte... Aujourd'hui, il savait qu'il ne s'y installerait pas sans elle.

« Je vais trouver, je le sens. Est-ce que tu viendras avec moi ? »

Elle posa couteau et fourchette et mit ses coudes sur la table.

« Donne-moi dix secondes pour réfléchir.

– Pas une de plus. »

Il regarda les aiguilles tourner.

« Alors? »

Elle soupira.

« Un an entier?

– Entier.

– Et l'école pour Sitting Bull?

– Il y a des écoles partout.

– Et mon travail?

– Offre-toi une année de vacances, tu en as besoin. Et puis où que nous soyons tu pourras quand même remonter à Paris en cas d'urgence. La France n'est pas si grande.

– Et si tu ne me supportes pas?

– Je te virerai. »

Elle souleva son verre. Le rubis du bourgogne accrocha la lumière.

« O.K., dit-elle, je m'embarque. »

Ils trinquèrent. Marc comprit que sa vie venait de basculer.

« Il reste deux choses à faire, dit-il, trouver une baraque qui nous plaise et faire l'amour le plus rapidement possible. »

Il était toujours surpris par la tendresse de son sourire.

« La proposition est claire et ne me semble pas devoir poser trop de problèmes. Offre-moi un café avant. »

Il commanda deux cafés et ils continuèrent à bavarder. Dans une demi-heure elle serait dans ses bras. Seigneur.

A dix heures pile, elle se leva et se dirigea vers les toilettes. Il avait envie d'un cognac mais jugea qu'il n'avait pas le temps, et puis cela ferait ridicule, comme s'il avait besoin de cela pour se donner du courage, ce qui était d'ailleurs parfaitement exact. Bien qu'elles se soient espacées, il avait eu sa dose d'aventures mais il ne s'était jamais débarrassé totalement du trac qu'elles lui procuraient. Et puis, avec Andréa, c'était différent.

Elle ne revenait pas et il vola une cigarette dans le paquet qui traînait entre les assiettes. Trois tables plus loin un couple se leva et disparut. Il se demanda s'ils allaient eux aussi faire l'amour. Sans doute. Il envia l'allure décontractée de l'homme. Allons, il fallait réagir, il n'était plus un petit garçon.

Près de dix minutes. Elle n'avait tout de même pas fichu le camp par la porte de derrière.

Il aspira nerveusement la dernière bouffée. Qu'est-ce qui se passait ?

Il vit venir le garçon ondoyant à travers les tables.

« Excusez-moi, je crains que nous n'ayons un petit problème...

– Que se passe-t-il ?

– Nous n'arrivons plus à ouvrir la porte, si vous aviez des lumières concernant les serrures... »

Il n'avait aucune lumière. Lorsqu'il arriva, le patron et l'un des cuisiniers tentaient de soulever le loquet de l'extérieur avec un couteau de cuisine. La poignée tournait à vide.

Marc colla sa bouche à la porte.

« Fière de toi, hein ? Tu cherches à m'échapper par tous les moyens... »

Il entendit son rire.

« Sors-moi de là, Marc, et tout est pardonné si... »

Il y eut une détonation violente.

Le patron se releva cramoisi, la lame venait de casser net.

« Je viens de tenter de me suicider sans succès, dit Marc. Reste calme. »

La voix lui parvenait étouffée.

« Si tu étais enfermé dans une pièce de deux

mètres carrés tu comprendrais qu'il est difficile de faire autrement que de rester calme. »

Trois nouveaux garçons arrivèrent. Marc se demanda si le patron s'appelait vraiment Pierrot, il n'avait pas une tête à ça.

« Nous sommes absolument désolés, ce genre d'incident n'était jamais arrivé.

– Appelez les pompiers, dit Marc, c'est la seule solution. Je lui tiendrai compagnie pendant ce temps. »

Ils lui apportèrent une chaise capitonnée et coururent téléphoner.

« Continuons à bavarder, dit Marc, et gardons l'espoir.

– Notre première nuit démarre en force », constata-t-elle.

L'un des garçons passa la tête.

« Puis-je me permettre de demander à Monsieur s'il désire boire quelque chose ?

– Un cognac », dit Marc.

Ils entamèrent une conversation à bâtons rompus, toujours séparés par l'épaisseur de la porte.

« S'il y avait le feu, dit-elle, j'aurais déjà brûlé depuis longtemps. »

Les pompiers arrivèrent un quart d'heure plus tard.

« Les voilà, dit Marc, écarte-toi de la porte, ils attaquent à la dynamite. »

Ils fourragèrent avec des tournevis et finirent à la pince-monseigneur. Andréa leur serra la main à tous.

« L'addition, demanda Marc, on a pris du retard. »

Pierrot se fendit en deux.

« Elle est pour moi, et faites-moi l'honneur de prendre une coupe de champagne pour me prouver que vous ne m'en voulez pas. »

Ils ne voulurent pas refuser pour ne pas vexer le

patron qui avait l'air d'un brave homme. A deux heures du matin ils attaquaient la troisième veuve-clicquot et Pierre leur avait raconté sa vie deux fois de suite sans s'en apercevoir. Elle était absolument sans intérêt mais il y mettait beaucoup de conviction.

A trois heures, ils se retrouvèrent chancelants sur le trottoir.

« On aurait dû prendre des escargots en entrée, murmura Andréa, si j'avais su que c'était gratuit, j'aurais pris des escargots.

– Tu as pris des escargots, dit Marc, une douzaine entière.

– Ah! dit Andréa, en s'asseyant sur le trottoir, six de plus c'était l'idéal. Un bon restau, il n'y a que les serrures qui laissent à désirer. »

Ils parvinrent à retrouver la Ford après quelques difficultés d'orientation. Il possédait cette voiture depuis cinq ans et ce fut la première fois qu'elle ne démarra pas. Au bout d'un quart d'heure d'efforts, la batterie fut à plat et ils décidèrent d'attendre le premier métro. Ils s'endormirent enlacés sur la banquette arrière.

Ce fut ce qu'Andréa devait appeler leur première nuit d'amour.

*

La voiture d'Esther et Jean-Louis n'avait pas franchi le portail que le camion boucha l'horizon. Wilhelm Furtwängler escalada le parapet et joua les sémaphores.

« Les lits! Voilà les lits! »

Marc sentit une eau vivifiante se répandre en lui : la période camping prenait fin, c'en était terminé des matelas par terre et des lits de camp dans les pièces quasi vides. A présent, ils s'installaient définitivement.

Les trois jours qui suivirent furent harassants. Andréa avait entrepris de nettoyer de fond en comble. L'eau ruissela sur les dalles, Marc au sommet de l'échelle chassait les toiles d'araignées, et les nids dans les poutres et au sommet des deux tourelles. Le garçon avait entrepris de curer un bassin découvert sous les mousses dans le fond du parc. Ils finirent ces journées couverts, elle d'une crasse noire, lui de poudre grise, l'enfant d'un enduit verdâtre. Après la douche, le crépuscule venu, ils faisaient du feu dans la cheminée monumentale et mangeaient déjà somnolents un demi-kilo de spaghettis. Aucun d'eux n'eut la force de tourner une seule fois le bouton de la télé. Andréa et Marc finirent la dernière bouteille de vieux cognac apportée de Paris et s'écroulèrent dans les draps neufs pour huit heures d'affilée.

Il accrocha aux murs les derniers posters et photos de tournage qui ne l'avaient pas encore été, et le soir du troisième jour, le 15 août, ils estimèrent que la vie de château allait pouvoir enfin réellement commencer.

Le lendemain Marc et Victor Hugo prirent la voiture et se rendirent chez M. Berthoux, directeur d'école.

Il n'y a rien de plus désert qu'une école l'été. Dans la cour ombragée de platanes, le silence était total. Les lieux peuplés de cris savent mieux se taire que les autres. Sous le préau l'ombre était fraîche, un asile de paix tentant d'emmagasiner entre ses murs cette calme douceur qui serait rompue dans quelques semaines... Un jour, ce cristal fragile volerait en éclats, les enfants sont les assassins du silence... Marc serra la main du petit dans la sienne. Il avait eu horreur de ces endroits mais Victor Hugo semblait admirablement décontracté, plus que lui sans doute, ce devait être une question de génération.

« Tu aimais l'école quand tu étais petit?

– Pas du tout. Une sainte horreur. »

Sa mère l'y avait traîné durant tout un premier trimestre hurlant de rage et de détresse. Il se rappelait avoir passsé les premiers mois du cours préparatoire à tenter de fuir comme un forcené à travers des couloirs vert d'eau cloutés de portemanteaux et de cartes Taride entassées le long du mur. Aujourd'hui encore, cette couleur réservée aux murs d'enseignement faisait lever en lui d'anciennes paniques.

Ils pénétrèrent dans le hall et Marc renifla la vieille odeur de craie. L'enfance était un âge douloureux. Il faudrait qu'il fasse un jour un scénario sur ce sujet.

« Montez, c'est au premier. »

Les escaliers de bois craquaient sous leurs pieds.

Sur le palier, M. Berthoux s'avança, main tendue. Par déformation professionnelle, Marc le classa dans la catégorie des rondeurs, il aurait pu jouer Tartarin ou maître Panisse, en plus nordique.

« Marc Conrad. Bonjour, monsieur le directeur. »

Il les fit entrer dans son bureau. L'homme avait la soixantaine souriante. La pièce était bourrée de bustes en plâtre de Louis XIII, Richelieu, Mazarin, de trois connétables et d'un bronze de Marie de Médicis.

« L'histoire, dit Berthoux, ce fut ma première et dernière passion. De l'Ancien Régime à l'école primaire, laïque et obligatoire. On ne fait pas toujours ce que l'on veut. J'ai suivi votre feuilleton sur Anne d'Autriche. Vous êtes un passionné du XVIIe siècle?

– J'ai lu Dumas à douze ans, il en reste toujours quelque chose.

– J'ai une armure d'époque, on dit qu'elle a appartenu à De Guiche et qu'il l'a portée au siège d'Arras lors de l'attaque des Impériaux. Je vous montrerai ça. »

Marc sourit.

« " Ce sont les cadets de Gascogne, de Carbon de Casteljaloux. " »

Berthoux se gratta la moustache avec enthousiasme.

« Rostand également! Nous allons nous entendre. J'ai commencé une monographie sur Le Bret, un personnage fascinant.

– Mais grognon.

– Rostand le dit, mais rien n'est sûr. En fait, si Cyrano est le porte-parole de Neuvillette, Le Bret fut la tête de Cyrano.

– Thèse hardie, si vous me démolissez Cyrano, je vais sortir ma colichemarde. »

Les pieds de Victor Hugo commencèrent à se balancer lentement dans le vide.

Berthoux gratta furieusement la vieille moquette de ses pantoufles à carreaux.

« Ce pays vit dans l'histoire, monsieur Conrad, je ne sais pas comment il s'y est pris mais il s'est arrêté il y a quatre cents ans. J'ai parfois l'impression que si je sortais en haut-de-chausses et feutre à plume, personne ne s'en apercevrait.

– J'ai eu cette sensation en pénétrant à Haute-Pierre. »

Berthoux se renversa sur son fauteuil.

« Haute-Pierre... »

Il avait prononcé le nom comme s'il avait sucé un bonbon.

« Vous vivez dans un joyau, monsieur Conrad. Savez-vous que j'ai failli l'acheter?

– J'ignorais.

– Trop cher pour moi, mais je suis ravi que Haute-Pierre revive. J'ai eu l'impression que pendant bien des années la demeure était morte.

– M. Pontieu... »

Le directeur balaya le vide.

« Un exemple typique de poivrot. Savez-vous qu'à sa mort on a sorti deux camions entiers de bouteilles vides ? Je possède quelques documents sur la maison, je vous les montrerai, maître Vandier doit en posséder également.

– Il doit me les envoyer.

– Monsieur Conrad, la maison que vous habitez est bourrée d'histoire jusqu'au faîtage... Il y a Doullon bien sûr, le ministre, la suite vaut la peine d'être connue. Vous avez visité le souterrain ?

– Pas encore.

– Les Broissac l'ont muré, il va jusqu'à l'ancien château, c'est indiqué sur le cadastre. »

Les pieds de Victor Hugo montaient alternativement de plus en plus haut.

« Je venais vous présenter un nouvel élève. »

Berthoux eut un coup d'œil rapide vers le jeune visiteur. Il n'y avait qu'un enseignant pour pouvoir aussi pleinement faire abstraction d'un enfant.

« Aucune difficulté. Vous avez son livret ? »

Marc le tendit par-dessus la table.

Berthoux le feuilleta, il pensait visiblement à autre chose.

« Parfait, entrée en C.M.1, il sera avec Mlle Vernet, une excellente éducatrice. »

Berthoux égrena quelques compliments mécaniques supplémentaires sur les compétences pédagogiques de Mlle Vernet dont il semblait se moquer éperdument et enchaîna sans respirer sur la politique extérieure du Grand Cardinal.

Marc le laissa parler une demi-heure et invita Berthoux à venir prendre un verre quand il le voudrait à Haute-Pierre. Il accepta et raccompagna les visiteurs jusqu'au bas des escaliers.

« Si vous voulez voir les classes, je vous laisse visiter, toutes les portes sont ouvertes mais elles se ressemblent toutes et, si vous avez de la mémoire, elles sont identiques à celles que vous avez connues. Rien n'est moins changeant qu'une école malgré les réformes et les discours et c'est aussi bien ainsi.

– Le purgatoire n'a pas besoin de plusieurs visages », dit Marc.

Berthoux s'épanouit.

« Je vois que nous avons beaucoup d'idées en commun. »

Marc lui serra la main avec sympathie, ce serait peut-être agréable au cours des longues soirées d'hiver de bavarder avec le petit homme d'autrefois.

Victor Hugo avait pris de l'avance et l'attendait sur le trottoir, dans le soleil. Par-dessus les toits de Louresse, les collines filaient vers le ciel.

« Au fait, dit Berthoux, vous savez comment Pontieu est mort?

– Suicidé », dit Marc.

Berthoux frotta ses mains courtes sur le velours de son pantalon trop large.

« Mieux que ça, dit-il. Il prétendait connaître la date exacte de sa mort.

– Ivrogne et cinglé. »

Berthoux eut un rire rapide.

« Il a eu raison d'une certaine façon : le jour précis où il avait dit devoir mourir, il est mort. »

Deux corbeaux s'étaient envolés, ils tournaient au-dessus des platanes de la cour.

« Un bel exemple de ténacité, c'est l'art d'avoir raison porté à son comble, dit Marc. Mais qui pouvait bien l'avoir prévenu avec une telle précision du jour et de l'heure?

– C'est ici que les choses deviennent intéressantes. »

Le vent fit frissonner les feuilles au-dessus de leurs têtes. Elles étaient au comble de la vie. Dans un mois, moins peut-être, une langueur s'insinuerait dans chaque fibre, il y aurait un dessèchement impalpable, comme une lassitude dans cette fête plénière et verdoyante. C'était encore inconcevable.

« Qui l'avait prévenu? » répéta Marc.

Berthoux fit crisser les graviers sous le feutre des pantoufles.

« Haute-Pierre », dit-il.

Dans l'axe de l'entrée de la vieille école, Victor Hugo bâilla, les mains dans les poches.

Andréa à Catherine Buchler (extrait de lettre)

Ça y est! Tu ne peux pas savoir ce que c'est. The Paradise, ma vieille. The Paradise n'est pas à Hollywood comme tu le crois bêtement, victime de ton éducation cinéphilique. Il est à Haute-Pierre. La prochaine fois, je t'enverrai des photos. En deux mots, c'est un manoir, bord de Loire, deux tourelles, plafonds de cinq mètres, cheminées monumentales dans chaque pièce. Un salon dingue comme dans Mademoiselle de Maupin. *Des glaces partout, un décor pour la dramatique de tes rêves, ma grosse, au fait, comment va le régime? Suivi, négligé ou oublié? Mon piaf est aux anges, en ce moment il est en train d'enfiler des buts à Marc avec une joie sans mélange. Le reste du temps, il pourfend ses habituels spadassins avec son habituelle rapière sous les poutres quadricentenaires. Ils s'entendent admirablement, problème sempiternel de ces jeunes femmes émancipées modernes dans le vent et infiniment séduisantes que nous sommes, ma grande. Le fiston et l'amant auront-ils des relations harmonieuses? Eh bien oui, ils en ont. Marc par pur masochisme adore prendre des buts et taille des épées dans toutes les branches d'arbres qu'il rencontre.*

Ecris-moi, parle-moi de toi, de tes amours que je subodore folles, et du film. Ce crétin d'Edward va-t-il enfin finir à soixante-cinq berges bien tassées par devenir le plus sûr espoir de notre si beau cinéma français? Quels sont les derniers caprices de nos stars? As-tu vu Bobby Redford sous les hauts palmiers de Beverly Hills?

Comme je pressens, comme je devine que tu vas me demander de te parler de Marc que tu n'as jamais vu, ma grosse grande vieille laide, je préfère prendre les devants. Je joindrai une photo la prochaine fois pour que tu puisses te rendre compte de la merveille, mais pour te donner une idée, il faut que je te dise qu'il réalise physiquement la synthèse améliorée de Cooper dans le plan 255 séquence 41 des Conquérants du Nouveau Monde, *de Boggy Bogart plan d'ouverture de* The Enforcer, *et de Newman Popaul dans tous ses films. Tu ajoutes une pointe de Cary Grant pour la touche d'humour, un compromis de Stallone et de Woody Allen pour la musculature et, le mélange fait, tu obtiens un cocktail qui, en aucune façon, ne te donnera la moindre idée de ce qu'est réellement le personnage dont je suis la servante attentive, l'amante lascive, l'esclave admirative, la femme passionnée, etc. etc.*

Je n'ai plus vu un carton à dessin à moins de cent mètres depuis deux mois. En gants de filoselle, chapeau de paille et sécateur Manufrance, je taille chaque matin de soleil rosiers sauvages, clématites et autres aubépines dont je fais d'artistiques bouquets qui égaient le bureau du seigneur et maître dont le scénario me paraît se tisser avec entrain dans la plus totale allégresse et la plus remarquable absence d'efforts.

Que te dire encore alors que, le bonheur étant sans histoire, je ne puis t'en faire le récit? Je serais condamnée à l'introspection ou à une analyse sensible et délicate de mes états d'âme qui rendraient cette lettre encore plus emmerdatoire qu'elle ne l'est. Nous avons reçu des amis et je me suis repue de leurs envies mesquines à la vue d'une telle béatitude sereine, jouissance infinie née de la bave des envieux sur laquelle poussent les lauriers de la félicité. La formule est de Marc à peu de chose près... N'oublie pas de m'écrire, ma très grosse grande vieille laide moche... Parle-moi de ces bons vieux sordides rigolos incidents qui ne peuvent manquer de se produire au cours d'un tournage et qui font le charme et l'horreur de notre superbe et chiatique métier.

Je couvre tes joues sphériques et repoussantes de bises amicales et mouillées. Marc dépose à tes pieds la gerbe de ses hommages et Sigmund Freud (c'est la période psychanalyse) te demande instamment de saluer de sa part l'ombre de Carole Lombard dont il est toujours, et ce depuis l'âge de six ans trois mois, l'amoureux éperdu. Je t'embrasse. Viens nous voir dès ton retour.

Andréa.

P.-S. Sigmund Freud bat Marc Conrad 118 à 23.

TROISIÈME TEMPS

CAS Nº 3

Radwing House – U.S.A.

Curieusement, les maisons hantées se trouvent en proportion supérieure dans le Nouveau Monde comparé à l'Ancien. Le cas de Radwing House, vieille demeure de la fin du XIXᵉ siècle construite par Ed. Radwing dans les plaines herbagères du Connecticut, demeure exemplaire car tous les habitants qui se succédèrent à l'intérieur de ces murs, soit quatre générations de Radwing, les Jones qui acquirent la maison en 1912 et tous ceux qui y vécurent jusqu'en 1972 constatèrent les mêmes phénomènes.

Radwing House est la maison des rires.

Nombreux furent ceux qui les entendirent. Un congrès entier de parapsychologues s'installa douze jours durant au premier étage, dans l'enfilade des chambres.

Les faits sont précis. A la tombée de la nuit, quelquefois en plein jour lorsque le ciel est sombre, des sons se font entendre dans le couloir menant aux quatre pièces du haut. Ces bruits ne font aucun doute, il s'agit de rires étouffés, de chuchotis inaudibles. Il semble qu'il y ait plusieurs personnes, on a pu en identifier quatre. On pense immanquablement à des enfants pris de fou rire et ayant peur de se faire remarquer. L'intensité augmente et, au bout d'une heure, on peut constater que les chuchotis du début se sont transformés en éclats prolongés et apparemment inextinguibles.

Murs et cheminés furent sondés à la recherche d'un éventuel appel d'air, d'une fosse de résonance, voire d'un trucage éventuel. L'enquête poussée à fond a permis d'affirmer que Radwing House ne possédait rien de tel. La source des sons se trouvait à un point précis, au-dessus de l'escalier, dans le vide, à deux mètres trente au-dessus du sol. Il semble qu'un micro invisible soit suspendu et déverse ces rires dès qu'une baisse de la lumière se produit. Les sons cessent avec la montée du jour. Une lumière électrique ou de toute autre origine que la lumière naturelle n'a aucun effet sur eux.

Le fait que l'on ait cru reconnaître quatre voix orienta un temps les recherches sur le fait qu'Ed. Radwing avait eu quatre enfants ayant tous vécu dans la maison, l'un d'eux, l'aîné, Ed. Radwing Jr fut pendu en 1897 pour viol et meurtre, mais cette thèse qui n'expliquait d'ailleurs rien devait s'effondrer lorsque, après la guerre, les techniques d'analyses audiophoniques ayant évolué, on s'aperçut, en analysant les « rires » directement et non plus d'après leurs enregistrements, que l'on pouvait sans risque d'erreur affirmer que les voix qui les produisaient ne pouvaient en aucune façon avoir une origine humaine, ni même animale. Le mystère n'a jamais été éclairci. Radwing House fut rasée en 1973 et a fait place à un parking à dix-sept niveaux.

C'ÉTAIT un temps où les notaires étaient calligraphes. L'encre avait viré au rose, le rose mouillé des briques cuites par le soleil et les années... Les majuscules disproportionnées étalaient l'élégance des pleins et des déliés. Personne n'écrivait plus ainsi. Il imagina le clerc tirant la langue un jour de février 1850, arrondissant les volutes, multipliant les arabesques.

« *Devant Maître Vandier, notaire à Doué soussigné ont comparu ce jour Madame Angélique Gabrielle Marguerite Marie Lelon de La Fosse, épouse de Monsieur Marie Artus Timoléon de Roset, duc de Brassac, avec lequel...* »

Un temps d'écriture manuscrite et de prénoms en série...

« Tu ne viens pas dormir? »

La lampe projetait des ombres immenses. Quelle tête pouvait bien avoir un type qui s'appelait Timoléon?

Marc avait reçu de l'étude la photocopie des anciens actes de vente et avait passé tout l'après-midi à les décrypter. Il y en avait d'illisibles en ancien français... Quelque chose de fascinant se dégageait de tout cela, il n'était pourtant pas amateur de paperasses ni un rat de bibliothèque... Mais tous ces gens avaient vécu dans ces lieux.

« Un ancien propriétaire s'appelait Timoléon. »

Andréa passa derrière lui enroulée dans une serviette de bain.

« Grande nouvelle, je t'appellerai ainsi quand nous ferons l'amour si un jour tu arrives à émerger de tout ce fatras. »

Marc remuait des liasses. Il y avait quelques originaux, le papier avait pris des teintes d'ossements. Peut-être les feuillets mouraient-ils eux aussi.

« *Ledit manoir de Haute-Pierre appartenant en propre à Madame Louise Catherine Leroyer de Chanterive, veuve en premières noces de Monsieur Claude Jean Gabriel Blovin du Meunier ainsi que le constate un acte passé le trente décembre mil huit cent vingt-six devant...* »

Andréa fouillait dans sa coiffeuse. Elle l'avait trouvée dans une salle des ventes à Saumur et arrachée de haute lutte à une équipe de brocanteurs rapaces pour la somme de trois cent cinquante francs. Elle avait passé deux jours à enlever une peinture olivâtre, trois autres jours à rafistoler pieds et tiroirs, et un dernier à cirer le tout avec amour. Marc lui avait affirmé qu'elle possédait la seule coiffeuse au monde ressemblant à une pierre tombale, mais cela n'avait pas entamé d'un millimètre l'enthousiasme de la jeune femme qui avait transporté son acquisition près du lit à baldaquin.

Le fameux lit à baldaquin.

Ils y avaient couché dès le premier soir. Ou plus exactement ils y avaient dormi. Andréa, malgré la fatigue du voyage, s'était jetée sur Marc et ils avaient basculé sur le couvre-pieds écarlate brodé de fleurs de lis.

« On l'étrenne ? »

Marc, d'un coup de reins, avait voulu jaillir de son pantalon, il avait vu un acteur faire cela dans un téléfilm l'année dernière en Italie. C'est à cet instant que le bois du sommier avait fait entendre un son lugubre.

Ils s'étaient arrêtés, l'oreille aux aguets.

« Qu'est-ce que c'est? » avait chuchoté Andréa.

Marc avait réfléchi dix pleines secondes et proféré sentencieusement :

« C'est le lit. »

Andréa s'était relevée avec précaution.

« Je n'en suis pas sûre. Qui a bien pu coucher là-dedans?

– La dernière en date devait être Marguerite de Navarre, c'est elle qui a dû protester. »

Ils vérifièrent à quatre pattes l'état des montants et les jugèrent suffisamment vermoulus pour résister à leur poids mais certainement pas aux diverses reptations et soubresauts que comporte, même pour un couple tiède, l'acte amoureux dans sa forme habituelle.

« Je te propose le tapis.

– Trop poussiéreux, grimaça Andréa. Le carrelage?

– Trop froid. »

Ils errèrent un instant dans la maison endormie. Marc râlait.

« Une baraque de quatre cents mètres carrés habitables et pas trouver cinquante centimètres pour tirer un coup!

– Ne sois pas vulgaire.

– Si on proposait à Don Corleone d'aller dormir dans le jardin? On prendrait sa place. »

Ils avaient fini sur la moquette de la salle de bain où Marc prétendit le lendemain avoir attrapé un début de pneumonie, un lumbago et une luxation du gros orteil dus à l'exiguïté des locaux. Ils avaient, depuis, changé le sommier du lit et Marguerite de Navarre était devenue silencieuse.

« Tu comptes passer la nuit à feuilleter tout ça? »

Marc ne répondit pas... Il faudrait qu'il fasse une sorte d'arbre généalogique de la maison... Avec tous ces papiers ce ne devait pas être impossible. Et puis le notaire pourrait l'aider, Berthoux également. Il pouvait aussi faire des recherches aux Archives.

Elle vint derrière lui et l'entoura de ses bras. Ses cheveux sentaient la pomme.

« Ne tombe pas trop amoureux de cette maison, tu vas finir par m'oublier, moi. Et puis il ne faut pas connaître le passé des choses. Pas davantage que celui des gens. »

Il renversa la tête contre l'épaule d'Andréa. Au-dessus de sa tête, les poutres luisaient faiblement.

« Je ne m'y habitue pas, dit-il, j'ai dû vivre trop longtemps dans des studios de vingt mètres carrés. Je n'arrive pas à concevoir qu'elle m'appartient vraiment.

– Elle est à toi, dit Andréa, je peux te l'affirmer. »

Il eut la sensation de n'avoir pas vraiment traduit sa pensée : il avait l'impression que l'endroit lui échappait, qu'il ne le possédait pas vraiment, que Haute-Pierre était emplie de recoins et de lieux qu'il ignorait encore... Cela pouvait devenir une folie : peut-être un jour jugerait-il que tout instant passé en dehors d'elle était du temps perdu. A travers ces feuillets desséchés, il pouvait l'appréhender mieux, la posséder encore davantage, il avait prise sur elle par le passé... C'est peut-être grâce à lui que Haute-Pierre un jour se rendrait.

Elle desserra son étreinte et se redressa, les mains sur la nuque de Marc.

« Je dois aller à Saumur demain matin, il faut que j'achète les fournitures au môme, une paire de chaussures aussi. Tu n'as besoin de rien?

– Non. »

Septembre. Dans quatre jours. Bientôt tout serait doré. Fléchard l'avait prévenu : l'automne, tout était jaune, c'était le moment où la demeure serait la plus belle. Il faudrait qu'il se décide à prendre des photos et aussi à commencer les travaux des deux chambres latérales. Habiter une maison, c'était l'embellir. Il ne faudrait pas que ça tourne à l'idée fixe. Et puis il restait le deuxième épisode à finir. Il avait traîné sur les dernières séances. Il faudrait s'y remettre sérieusement dès demain.

Il y eut un trottinement au-dessus de leurs têtes. Quelques secondes plus tard, l'enfant passait la tête dans l'entrebâillement de la porte.

Il portait un pyjama où s'étalait la tête de Marylin Monroe sur le devant et celle de Greta Garbo sur l'arrière.

« Je peux entrer? »

Dignement, il traversa la chambre maternelle et s'empara de son dictionnaire qui traînait près de la fenêtre.

Marc le regarda repartir. Le livre devait être aussi lourd que lui.

« Tu en as besoin pour dormir? »

Le garçon ne ralentit pas sa marche.

« Pas pour dormir mais il faut quand même que je sache comment je m'appelle demain. »

Andréa soupira.

« Ça me paraît en effet indispensable. Dépêche-toi, je monte te border. »

Il acquiesça dignement. Cligna de l'œil en direction de Marc en un salut amical et disparut.

« Je me demande s'il sait comment il s'appelle réellement, dit Marc rêveusement.

– Quand? Aujourd'hui? »

Il gémit et s'étira.

« Je me couche. Vous m'épuisez tous les deux avec vos manies. »

Il entendit Andréa monter dans le lit et pousser quelques grognements de bien-être.

Il allait refermer le dossier lorsque ses yeux

accrochèrent un feuillet d'un format différent des autres. 11 octobre 1924.

Andréa bâilla et ferma les yeux. Je suis une femme heureuse. Parfaitement heureuse. Ces mois ont coulé comme une belle rivière. D'autres jours suivront... Peut-être serai-je forcée en décembre de remonter sur Paris pour ce Shakespeare de la troisième chaîne. Mais rien n'est fait, et puis cela ne brisera pas le rythme.

« ... *Ayant le 11 de ce mois constaté le décès de Stéphanie Antoinette Morlon, propriétaire des biens susdits comprenant le Manoir de Haute-Pierre, décès survenu à l'hospice de Rogency où elle avait été placée quatre mois auparavant, privée de sa raison...* »

Les deux femmes sur le banc devant la vieille porte.

Il revit l'œil sans vie s'ouvrir lentement et se refermer... D'autres devaient attendre derrière ces murs de Moyen Age. Attendre. Quoi?

« Timoléon! »

Marc frissonna et referma le dossier. Plus tard.

Il s'assit sur le lit et l'odeur de pomme se rapprocha. Les cheveux d'Andréa étaient contre sa bouche.

« Timoléon, enfin tu es venu! »

Marc hocha la tête.

« J'ai trouvé le nom de la propriétaire avant Pontieu : Morlon, Antoinette Morlon. Et je te signale que côté fantôme on va être servis.

– Pourquoi?

– Pontieu s'est suicidé et Antoinette a fini chez les dingues! Et tu sais où? »

Andréa s'accouda sur l'oreiller.

« Je m'en fous, dit-elle.

– A Rogency... »

Les lèvres d'Andréa effleurèrent les siennes.

« Venez, Timoléon... »

Le buste de Marc s'inclina... Il sentit les doigts

défaire les boutons de sa chemise... le désir venait, il était là, déjà...

Rogency.

Chercher une maison, c'est pénétrer dans le royaume de la mort, du divorce, de la faillite, donc du malheur. Il s'en était rendu compte deux ans auparavant lorsqu'il avait commencé les recherches.

Cela avait été tout d'abord une sorte de prétexte pour se balader et au fond un bon moyen pour connaître une région... Au volant de sa voiture il avait parcouru des centaines de kilomètres dans des chemins écartés qu'il n'aurait jamais pris de lui-même. Au premier coup d'œil il savait que la maison ne lui conviendrait pas mais cela n'avait pas d'importance, il visitait. Parfois les propriétaires étaient là – il était tombé sur des veuves éplorées, perdues au milieu de châteaux de trente pièces... Elles y vivaient seules et noires, la fortune s'était envolée, il les suivait dans des couloirs vides, devinant les vies disparues. Les phrases étaient les mêmes : « Mes enfants habitent loin, ils ne viennent plus souvent... » « Depuis notre séparation, les charges sont trop lourdes, l'hiver surtout, je ne vis que dans deux pièces... » Il avait noté d'ailleurs dans ses archives un projet de scénario sur ce thème : un homme qui visiterait, s'imbiberait de ces vies, de ces lieux à demi déserts... Il y avait des rencontres plus drôles : près de Chinon il avait visité une masure, un logement minuscule, une sorte de niche à chien, avec une étable de trois cents mètres carrés. « En supprimant tous les boxes, vous vous faites une salle à manger magnifique, et puis vous avez le grenier au-dessus pour recevoir des amis. » Le vieux mimait l'enthousiasme, baissait de dix millions d'un coup, tapait comme un sourd sur les murs : « Du solide, vous en avez pour la vie. » « Et puis ici, c'est le calme. » C'était vrai. Tout autour, des champs jusqu'à l'horizon répandaient une tristesse infinie. Les murs suintaient d'humidité, s'effritaient en salpêtre, le toit fuyait, des bassines s'alignaient dans l'escalier. « Ma femme ne descend pas, elle a un petit cancer... » Il parlait d'autre chose, qu'il laisserait une vache ou deux si cela intéressait le monsieur. Qu'est-ce que c'était, un petit cancer ?

Il avait tenu à servir la goutte. Un tord-boyaux effrayant que Marc avait avalé les yeux hors de la tête, cramponné à la table. « Elle est douce, hein ? Un petit lait. » Il avait dû boire deux verres de la dynamite liquide tandis que l'autre revenait à son sujet, faisait des suggestions d'architecte : en construisant un bâtiment qui joindrait les communs à l'étable, en rehaussant le toit et en supprimant la bergerie, c'était l'idéal pour un Parisien et ce n'était pas un tel travail, ça faisait un peu peur comme ça mais on prenait vite le coup, c'était pas sorcier de faire du ciment et de monter des tuiles... Pour quatre-vingts millions, c'était l'affaire du siècle... soixante-dix s'il en versait cinq en liquide.

Marc avait fui, disant qu'il réfléchirait.

Le soir, il couchait dans des auberges de village toujours vides, discutait avec le patron qui chaque fois lui indiquait des maisons à vendre... il repartait le lendemain, voyait encore deux ou trois fermettes et rentrait sur Paris, bredouille mais satisfait de sa promenade de deux jours.

L'envie l'avait pris quelque temps auparavant. Dans le milieu qu'il fréquentait, tous avaient leur maison de campagne, il se savait suffisamment faible pour penser que cela l'avait influencé... Et puis ce serait agréable de s'y installer définitivement plus tard... il lui était venu des envies de retraite, de calme, et c'était vrai qu'avec son travail c'était l'idéal... Il était ce qu'il concevait d'appeler un scénariste recherché. Il travaillait vite et bien, il abattrait encore plus de pages loin des coups de téléphone, de la furia urbaine... son style s'en ressentirait, deviendrait plus calme, moins futile peut-être, plus dépouillé.

Mais il ne trouvait pas.

Ses voyages s'espaçaient. Un cameraman l'avait emmené chez lui en Sologne passer un week-end, une maisonnette superbe perdue dans les bois, les vignes vierges bouchaient les fenêtres; il avait dormi comme un loir et l'envie l'avait repris.

Quinze jours plus tard, il avait découvert Haute-Pierre.

Rencontrer aurait été plus exact.

Ce matin-là, il n'y croyait plus. Il avait déjà visité une orangerie du XVIIIᵉ siècle enfouie dans un parc royal que des promoteurs avisés avaient à grands coups de dalles de béton et de plaques de fibrociment transformée en H.L.M. banlieusarde de type Nanterre mâtiné Gennevilliers. L'employé de l'agence était un jovial. Il lui avait expliqué que ce qu'ils allaient voir à présent était un vieux truc sans grand intérêt avec cuisine minuscule, W.C. peu commodes et salle de bain minimum. Le propriétaire était mort, les enfants n'y venaient jamais et pour cause, mais que ce n'était pas très loin, un coup d'œil n'engageait à rien et ce serait de toute façon une occasion de prendre l'air. Curieux homme.

Il y avait plusieurs types de vendeurs. Il avait connu le style sinistre, conducteur de corbillard qui traduisait une maison en chiffres : « Salle de séjour de 27 m^2, quatre fenêtres en façade, 3,25 m sous plafond, surface au sol de 140, fenêtres à meneaux, toiture en tuile mécanique, eau, butane, électricité, chauffage mazout, cuve enterrée de 250 m^3, 1 hectare 325 de terrain, 4 cerisiers, 2 noyers... » Après la litanie, ils retombaient dans un mutisme lugubre jusqu'à la demeure suivante.

Il y avait les excités. Ceux qui, après avoir écouté trente secondes la description de ce qu'il cherchait, se jetaient dans ses bras, la face rayonnante de bonheur : « J'ai ce qu'il vous faut. Exactement. Un bijou. Un bijou dans un écrin. Et pour rien. Le propriétaire est aux abois : le fisc et un anus artificiel. Il ne vend pas, il donne. Une maison de rêve. Pas une maison, une bonbonnière, un joyau. Des émirs doivent venir visiter, des armateurs japonais aussi... Priorité à la France! Ne cherchez plus, vous venez de trouver. Votre chance est inouïe. » Après avoir arpenté le joyau aux cloisons croulantes et s'être frayé un chemin à travers les herbes folles des couloirs, Marc faisait remarquer qu'il n'avait pas vraiment le coup de foudre, ce qui n'entamait jamais l'enthousiasme de l'autre. « J'ai un relais de poste, juste à côté, une merveille, un trésor enchâssé dans un village médiéval... Un havre de paix. Il est à vous, une bouchée de pain... »

Le dernier vendeur était un cas exceptionnel. Avec une bonne humeur sans égale, il démolissait joyeusement tout ce qu'il proposait... « Pas plus tard qu'avant-hier j'avais trois pans de murs écroulés. Le client insiste pour les voir, je lui montre : une ruine. Je lui indique les trous dans les murs, les poutres qui flanchent, la gouttière qui fuit, le parquet qui gondole, rien à faire, il a fallu qu'il achète... j'ai dû céder. »

Marc riait.

« Et comment s'appelle votre manoir aux W.C. trop petits et à la salle de bain exiguë?

— Haute-Pierre. Ça peut vous plaire, remarquez, rien ne m'étonne plus depuis quinze ans que je fais ce boulot, j'ai même vendu un silo à grains à des Hollandais qui l'ont transformé en chalet suisse...

Enfin vous allez voir, hein, mais à mon avis, ce n'est pas ce qu'il vous faut. »

Et Haute-Pierre était venue au-devant de Marc. Les deux tourelles coupées à la Révolution à la hauteur des toits... Les deux vases de pierre ravinés par les pluies et les mousses... Les boiseries du petit salon l'avaient décidé... Les hautes cheminées. Et ils avaient pénétré dans la chambre d'apparat où trônait le lit sous le haut baldaquin à plumets maintenu aux poutres par des chaînes énormes... Deux pièces d'angle étaient à refaire, mais il pouvait s'installer tout de suite...

A quoi un choix pouvait-il bien tenir? Cela n'avait pas été un choix d'ailleurs, une impression d'évidence... L'odeur du parc par la porte-fenêtre... Il lui fallait cette maison trop vaste, peu pratique... C'était le contenu de ces vieux murs qu'il devait avoir sous les yeux lorsqu'il s'éveillerait. Pas une autre.

« Alors? »

Marc avait pris sa respiration. Il y avait des millions de questions à poser. La toiture, le chauffage, le...

Une lassitude bienheureuse l'envahit.

« Je crois que je la prends. »

Jovial s'était tapé sur les cuisses.

« Les Parisiens! Heureusement qu'on a les Parisiens! Et évidemment vous discutez même pas le prix! Invraisemblable. Enfin, je m'en occuperai pour vous. Vous êtes pas artiste par hasard? Des scénarios? Eh bien vous êtes artiste alors, je m'en doutais, enfin elle est à vous, vous l'aurez voulu. »

Il avait passé plus d'une heure à déambuler d'une pièce à l'autre, envoûté par les lieux, les escaliers de pierre blanche tournaient dans la lumière grise... Tout ici était tamisé, les siècles avaient voilé les angles des murs, les couleurs passaient au fil des heures... Les ors des embrasses des lourds rideaux se fanaient doucement, vieilles fleurs rousses mourantes... Il y avait un silence tendre sur tout cela, des femmes en robes longues et collerettes tuyautées marchaient dans le fond du parc, leur visage doux et lisse comme ceux des statues... Un temps où les capes d'épais brocarts tournoyaient sous les chandelles au son de musiques languides et aigrelettes... Elles étaient mortes, les douces demoiselles aux lèvres closes, les cavaliers étaient partis dans la mousquetade des sabots sur les pierres mal jointes des anciennes cours... Un clavecin disparu égrenait des notes interminables et suspendues...

Marc se secoua. Haute-Pierre était à lui et il y vivrait un an entier. C'était la seule chose au monde dont il fût absolument certain.

Et Andréa était apparue dans sa vie, quelques mois plus tard.

Il n'arrivait pas à dormir. C'était rare. Quelque chose avait craqué, le bahut sans doute ou une lame de parquet de l'étage. Les lettres couraient devant ses yeux... Duchesse de Brassac..., l'autre surtout, celle d'avant Pontieu : Antoinette Morlon, la folle. 1924... Andréa se retourna et gémit. Marc dégagea lentement son bras ankylosé de sous le corps de la jeune femme. Il sentit la vie revenir dans ses muscles en vibrations convergentes. Antoinette Morlon, morte à l'asile. Ce ne devait pas être drôle, la folie en 1924. Que lui etait-il arrivé? Et l'autre rigolo qui s'était ouvert la gorge pour prouver à d'autres poivrots qu'il avait raison. Comment pouvait-on savoir la date de sa mort? Il avait dû compter les semaines, les jours, les heures... Peutêtre Pontieu avait-il connu la pire des morts... Encore un sujet de scénario, mais la télévision n'était guère friande d'histoires fantastiques ces temps derniers... Il semblait qu'une lueur commençait à poindre... l'aube peut-être... Malgré l'obscurité il tenta de distinguer les aiguilles de sa montre mais n'y parvint pas. Ne pas éclairer, Andréa dormait. Le bras de Marc retomba sur le drap. Cinq heures peut-être. Plus, car les jours raccourcissaient... Il ferma les yeux. Au fond du parc la dame coulait entre les arbres, une coiffe serrant son visage invisible. La duchesse? Antoinette Morlon?...

*

Lariboisière souleva la pierre et Marc vit la cordelette du biceps se tendre sous l'effort. Le profil hirsute de Gino Chivers s'auréola de la lumière de la torche.

Marc laissa tomber le pic et suça son ongle cassé. Encore trois blocs et ils pourraient passer. Ils avaient peiné au début, les pierres s'étaient soudées les unes aux autres et l'acier dérapait sur la surface trop lisse. Enfin, la première rangée du haut était tombée d'un coup.

« On y est, dit Gino, encore un effort et le trésor est à nous.

– Pas de trésor dans les souterrains », dit Lariboisière.

C'était la période médicale, hier c'était Laennec, avant-hier docteur Semelweiss.

« Comment tu sais ça, toi?

– C'est comme ça. Jamais dans les souterrains. »

Gino hocha la tête, impressionné par l'affirmation péremptoire de son neveu.

Marc grimpa sur un éboulis.

« Passe-moi la torche. »

Il fallait attendre encore que la poussière retombe. Pourtant on pouvait déjà distinguer les parois du boyau, elles semblaient tourner au bout d'une dizaine de mètres.

Marc hésitait. La voûte semblait solide mais il ne

pouvait risquer d'entraîner le gosse dans l'aventure. Il regarda sa montre. Dans vingt minutes, Andréa devait venir. Ils étaient convenus qu'elle les appellerait toutes les heures.

Gino piétinait, ses Pataugas démesurés écrasaient les fragments de roche. Il se hissa près de Marc et huma l'air sec.

« Je passe devant, si je passe vous passerez aussi, alors que si vous passez il n'est pas sûr que je passe. »

Marc hocha la tête. Avec ses quatre-vingt-dix-sept kilos, Gino aurait du mal à se faufiler.

« A toi l'honneur. »

Les deux pieds se soulevèrent. Marc dans le pinceau lumineux vit la double sphère des fesses tendre la toile kaki du pantalon et les sculptures caoutchoutées des semelles apparurent. Marc pensa au relief cannelé des pneus de voiture.

« Passe-moi le pic et la torche. »

La lumière vacilla.

Marc sentit la présence du garçon à un frôlement contre sa hanche et il le souleva de terre pour qu'il pût voir.

La carrure épaisse de Gino se détachait, noire sur les parois illuminées. Il était arrivé au tournant.

« Tu vois quelque chose?

— Ça descend, on dirait. »

Il n'était pas loin encore mais la voix leur parvint bizarrement assourdie.

La silhouette de Gino disparut, son ombre dansa contre les pierres disjointes.

Marc eut une grimace. La crampe. Sans être lourd, Lariboisière pesait sur son avant-bras. L'obscurité les enveloppa complètement. D'après le cadastre le souterrain était droit, la réalité semblait différente... La théorie est droite autant que la réalité est tordue.

« Ecoute... »

Marc sentit le corps mince frémir. Gino parlait.

« Il parle à quelqu'un », haleta Lariboisière.

Les cheveux. Ils avaient une vie propre. Ils pouvaient bouger d'eux-mêmes... Un milliard d'êtres indépendants et vivants sur la peau de son crâne. Marc tendit l'oreille. Il y avait deux voix, certains mots étaient inaudibles.

« Excusez-moi, j'espère que... »

L'autre voix, plus aiguë :

« ... Dérange pas, je vous en prie... Visiteurs rares... »

La poitrine de Marc se gonfla.

« Déconne pas, Gino. Où es-tu? »

Gino Chivers. Il n'avait jamais pu faire une plaisanterie qui soit plus légère que lui. Le seul licencié en physique nucléaire qui soit devenu concierge rue des Martyrs. Une étonnante destinée.

« C'était Doullon, très sympathique, je vais vous présenter. Vous pouvez venir. »

Marc étreignit l'épaule mince de l'enfant, il eut une impression de fragilité presque douloureuse.

« Allez, go. »

Lariboisière disparut par l'ouverture. Marc suivit, actionnant la deuxième torche. Le goulot était étroit mais ils pouvaient progresser à genoux. L'impression de propreté était étonnante. Il n'y avait aucune trace de végétation.

La lampe de Gino pivota et les deux faisceaux se croisèrent en un duel de lumière.

« Attention les marches. »

Cela faisait deux sortes de paliers naturels et le souterrain continuait en pente plus douce.

« Vous avez marché, hein, pour Doullon? »

Marc vit briller les dents du sourire fendu.

« Très fin, reconnut Marc, c'est sans doute ta meilleure depuis longtemps.

– Depuis que tu as changé les plaques », renchérit Lariboisière.

Avant de lui présenter son frère, Andréa avait raconté l'histoire à Marc pour lui donner une idée du personnage. Alors qu'il habitait un quartier calme du XVIIe, Gino avait passé une nuit, avec quelques compagnons joyeux, à échanger les plaques des rues et les numéros des maisons, ce qui lui avait permis sans déménager de passer en quelques heures du 12 avenue Garibaldi au 137 de la rue Berthoin. Cela avait créé quelques désordres les jours suivants, aussi bien parmi les automobilistes, les P.T.T., les employés du gaz, les livreurs, l'E.D.F., une ambulance et deux douzaines de cars de tourisme.

« On continue ?

– Attendons Andréa, si elle ne nous entend pas elle va s'inquiéter. »

Lariboisière remonta la manche gauche du vieux pull de Marc et se pencha sur la montre.

« Il reste dix minutes, on peut avancer encore. »

Marc braqua la lampe en direction du plafond. Tout avait l'air solide... Déjà Gino s'était mis en mouvement. Marc laissa passer le garçon et ferma la marche. Qui avait creusé ? Et pourquoi ? Qui avait emprunté ce passage ? Il réfléchit qu'ils devaient avoir parcouru une cinquantaine de mètres.

« On doit être sous la maison. »

Gino s'arrêta. Ils restèrent immobiles et écoutèrent. Le silence était total. Lariboisière avait raison, ce n'était pas ici que l'on trouverait des coffres bourrés d'écus d'or.

« On va tout de même bien ramener quelque chose, maugréa Gino, je ne ressors pas sans un vieux tibia ou quelque chose d'approchant.

– Tu as vu trop de films.

– Surtout ceux que tu écris. »

Lariboisière soupira. Ils avancèrent d'une dizaine de mètres et Gino se redressa.

« Ça s'élargit. »

Pour la première fois, Marc sentit la tension décroître. C'était un jeu et rien d'autre. Le gros homme trébucha.

« Merde! »

Devant Marc, les silhouettes s'écartèrent, libérant son champ de vision. Lariboisière siffla.

Ils étaient dans une salle. Un cube presque régulier d'une dizaine de mètres d'arête.

« Je viens de te trouver ta salle de séjour », dit Gino.

Marc leva les yeux. À dix mètres au-dessus de lui, les cercles déformés des deux lampes couraient sur la pierre. L'oncle et le neveu fourrageaient dans les angles. Le couloir continuait, à l'extrémité opposée, cela formait comme l'entrée d'une grotte.

« C'est à présent qu'on doit être sous la maison. Tu as la ficelle? »

Marc sortit le rouleau de la vieille musette de toile. Sous ses doigts il sentit les clous rouler et en prit un. Avec la face plane du pic il l'enfonça dans le sol, au milieu de la pièce, et serra autour avec un double nœud l'extrémité de la ficelle.

« Ça ne servira pas à grand-chose de mesurer comme cela, le couloir n'est pas droit. »

La barbe de Gino crissa sous ses doigts.

« J'en tiendrai compte pour le calcul, laisse faire le spécialiste. »

Marc se tut. Chivers pouvait extraire de tête des racines cubiques de six chiffres, il pouvait donc être capable de lui indiquer la distance qu'ils avaient parcourue au centimètre près.

De la poche de son blouson Lariboisière sortit sa boîte de sardines et deux tartines conséquentes. Il était également en possession d'un canif à deux lames, tire-bouchon et ciseau à ongles, pistolet en plastique de type Colt 45 avec amorces; il avait également fourré dans la musette de Marc les numéros de Noël 1932 et 1938 de *L'Illustration* pour lire en cas d'effondrement de la paroi derrière eux.

Gino lorgna sur les sardines du neveu.

« Et avec quoi tu ouvres ça? »

Lariboisière procéda à l'extraction de la clef et, avec l'habileté que confère l'habitude, le couvercle s'enroula doucement comme un tissu argenté et huileux.

Gino déglutit.

« Tu pourrais nous en offrir une. »

Lariboisière étala de la pointe du canif la première sardine sur le pain, la mie s'imprégna d'huile claire.

« Dix balles.

– Dix balles la boîte?

– Dix balles la sardine.

– Va au diable. »

L'enfant ne sourcilla pas et continua à manger, impassible. Il rêvait de ce pique-nique souterrain depuis quinze jours.

Marc s'accroupit à un angle, promenant lentement sa torche sur la pierre. Les mains de Gino palpaient le sol.

« Aucun ruissellement... Pas d'infiltrations... »

Il restait cinq minutes. Il fallait repartir. Marc se dirigea vers la cavité qui marquait la continuation du souterrain. Derrière lui, Gino et le gosse transigeaient sur le prix concernant la tartine avec sardine ou sans sardine. Le boyau semblait plus sombre, la nature de la roche différente, plus friable, donc plus dangereuse... Il faudrait revenir seul avec Gino et laisser le gamin sur la touche. Ce ne serait pas une petite entreprise que de lui faire accepter de rester en surface.

« Cinq francs mais tu l'imbibes d'huile...

– Six francs... »

Marc se pencha, passant le haut du corps à

l'intérieur de la galerie et sentit la fissure régulière de la pierre sous ses doigts.

Gino céda. Il chercha la monnaie dans la poche de son pantalon de velours. Il mangerait dans dix minutes, le repas allait être servi, mais il était prêt à donner dix ans de sa vie pour cette maudite tartine nappée d'or liquide. Il en salivait depuis le moment où ce maudit gosse avait sorti sa boîte. Rien au monde ne valait une tartine huileuse.

« Venez voir. »

Gino tourna la tête vers l'extrémité de la caverne. Marc avait totalement disparu à l'intérieur du boyau.

Il se leva.

« Tu as trouvé Doullon ? »

Marc ne répondit pas. Gino s'approcha. Ce n'était pas la suite du souterrain. Ce n'était qu'une cavité très courte, une sorte de niche taillée pouvant contenir deux hommes accroupis. Marc à genoux regardait la paroi gauche. Son index suivait les lignes creusées dans la pierre.

« Qu'est-ce que c'est ? »

Les rainures étaient si profondes qu'elles semblaient pleines d'une encre d'ombre. Lorsque l'orientation de la lampe varia, elle se délaya et les lignes apparurent nettement. Une inscription.

Ce fut Lariboisière qui réagit le premier, la bouche pleine.

« C'est une date. »

Marc inclina la tête.

« Exact. »

MDCCLXXXXII

Gino répondit le premier à l'interrogation muette de son neveu.

« C'est du latin. Cela veut dire 1792. »

Ils sursautèrent ensemble, éblouis par la soudaine lumière. Andréa était invisible derrière sa lampe.

« Alors ce trésor?

– Des perles, dit Lariboisière, des perles et des diamants, pour trente kilos. »

Les yeux de Marc revinrent sur la date. Celui qui l'avait gravée avait dû y passer un temps très long, comme s'il avait voulu que jamais elle ne puisse s'effacer.

1792

*

Il avait encore à rouler pendant une dizaine de kilomètres.

La discussion téléphonique avec Bernadieu avait été sympathique. L'entrevue le serait donc aussi sans doute et il n'arrivait pas à comprendre la raison pour laquelle ses paumes étaient moites. L'endroit peut-être. La première fois, le village ruisselait de lumière et pourtant, avant même d'avoir aperçu les deux femmes, il avait ressenti un malaise. C'était venu du silence de cette place morte, c'était presque inexplicable, la disposition des lieux lui avait rappelé quelque chose qu'il avait oublié. Un tableau sans doute, les façades lointaines peintes à l'arrière-fond d'une toile italienne de la Renaissance... Cela expliquait la sensation de déjà-vu qui avait été la sienne. Et puis, derrière son dos, la tension d'Andréa et des autres avait dû, sans qu'il s'en soit aperçu, augmenter d'autant la sienne propre. Rien de lugubre pourtant, un simple agencement architectural qui influait fâcheusement sur sa mémoire inconsciente. Cela arrivait à tout le monde, il y avait des lieux qui, sans que l'on sût pourquoi, paraissaient hostiles, où l'on se sentait sans raison tendu et mal à l'aise... Cela devait faire partie de l'alchimie entre l'espace et les hommes, de ces interactions qui se produisent entre un être et les choses au milieu desquelles il se trouve.

Le fait qu'il avait ce jour-là décidé de s'arrêter de fumer ajoutait à sa nervosité. Cela faisait partie du plan de régénérescence physique qu'il s'était fixé, au même titre que les vingt kilomètres à vélo, les exercices d'assouplissement dans le parc et autres galipettes qu'il s'octroyait de temps en temps au fur et à mesure des promenades. Lorsqu'il l'avait mise au courant de sa décision, Andréa l'avait vivement félicité et avait allumé avec un plaisir manifeste la première blonde du jour. Elle lui avait exposé une théorie complexe de laquelle il ressortait que les fatigues, toux, troubles divers, cancers, enrouements qui frappent le fumeur ne sont pas dus au tabac mais à la peur du tabac et au taux d'adrénaline que le sentiment de culpabilité du fumeur déverse dans son sang. En un mot, un fumeur meurt non pas parce qu'il fume mais parce qu'il croit qu'il est mauvais de fumer et qu'il se sent incapable de s'arrêter. En fait, le cancer était une mort par déception envers soi-même, une désillusion, une autopunition. Andréa adorait ce genre de théorie.

Marc serra le frein et coupa le contact.

Au-dessus de lui, le vert des arbres avait viré... Déjà, au cœur des frondaisons brillait comme une goutte de cuivre. Demain elle grossirait et le fleuve d'or recouvrirait les collines.

Il s'aperçut que bien qu'à nouveau il n'y ait eu personne sur la place, il s'était garé exactement au même endroit que la première fois.

Il reconnut les pavés ronds et s'étonna de l'impression de familiarité qu'il éprouvait. Ce n'était pourtant que la deuxième fois qu'il venait à Rogency.

Lorsqu'il déboucha de la ruelle, il constata avec

soulagement que devant la porte de l'asile le banc était vide.

Marc sonna.

La porte massive s'ouvrit et il pénétra dans le hall.

Elle vint vers lui sur des semelles de feutre. L'uniforme blanc aurait dû lever toute équivoque : elle faisait partie du personnel. Mais il y avait la taille, très réduite, et quelque chose de non achevé dans le visage qui l'apparentait à un monde anormal... Une enfant, une enfant d'une cinquantaine d'années.

« J'ai rendez-vous avec M. le directeur, je m'appelle Marc Conrad.

– Si vous voulez bien me suivre. »

Une voix fluette, étonnamment fraîche... Sous la coiffe petite, les cheveux étaient rares, ils moussaient, rosâtres, dévoilant la peau du crâne.

Ils s'étaient emparés du pouvoir. Voilà, c'était cela la vérité. Quelque part dans les caves, les véritables infirmières, le personnel, le directeur, tous gisaient ligotés et bâillonnés... Les fous avaient revêtu les uniformes. Le chef des cinglés allait le recevoir et à un signal tous lui sauteraient dessus et le dévoreraient vivant. Ce serait un bon thème dans le cadre d'une série d'épouvante sur la deuxième chaîne. Le grand guignol avait connu un immense succès populaire au début du siècle, pourquoi est-ce qu'on ne le relancerait pas avec des...

« Si vous voulez bien attendre quelques secondes, monsieur Conrad... »

De son index minuscule, elle désignait un fauteuil à haut dossier dressé contre le mur.

Il s'assit. Il avait traversé de longs couloirs sans voir personne. Pas un son ne s'élevait derrière les murs épais. Ils avaient fui. C'est ça, le personnel égorgé enfoui dans une fosse creusée dans le parc, tous s'étaient sauvés semant une panique sanglante dans les villages des alentours. Les deux plus atteints étaient restés pour accueillir les visiteurs, l'une faisait l'infirmière et l'autre jouait à être le directeur. Deuxième épisode. Titre : L'Asile démoniaque. Je demanderai à Jean-Louis de jouer le tueur schizophrène.

Une cigarette. Non. Surtout pas, ne pas céder.

Il croisa les jambes et le siège craqua. Il avait dû déjà éprouver cette tension qui naissait de la pesanteur du silence dans les salons d'attente de son enfance, médecins, dentistes... C'était toujours ce calme assourdissant scandé par une toux retenue, une feuille tournée d'un magazine, un froissement de robe.

Il se leva et se dirigea vers la porte. Il y avait une cour intérieure. Les ombrages la cachaient aux trois quarts et il ne put à travers la densité verte du feuillage distinguer la trace d'une présence... La porte s'ouvrit dans son dos et Marc se tourna vers Bernadieu.

Ils se serrèrent la main et les deux scénarios successifs de Marc s'écroulèrent d'un coup. Personne ne pouvait avoir plus l'air d'un directeur d'asile psychiatrique qu'Alexandre Bernadieu. Lorsqu'il devait plus tard se rappeler cet entretien, il ne put jamais se défaire d'une impression générale qui l'avait enveloppé peu à peu et que l'on pouvait appeler la désillusion. La médecine roulait à pas de géants, les théories psychiatriques envahissaient le monde, la folie n'était plus ni fatalité ni destin irrémédiable, la chimie, la chirurgie s'en étaient mêlées, peut-être l'un des mérites de ce siècle était-il de vaincre lentement et sûrement les différents délires humains... Le triomphe sur la pathologie mentale se faisait de jour en jour plus précis. C'était vrai, c'était vrai partout, sauf ici, à Rogency.

Cela venait peut-être des murs trop épais, de tout

le poids de ces années... Si le mot incurable avait été chassé du vocabulaire, il avait gardé tout son sens sous ces plafonds. « La folie est morte. » « Triomphe de la médecine »... Et sous les ombrages de la cour, derrière ces murs, dans des dortoirs aux hautes voûtes blanches, de vieilles femmes vivaient, la face vidée d'expression humaine... Les années filaient dans les yeux sans regard... Des biologies avariées avaient lésé pour la vie les âmes et les esprits... Des neurones disjoints laissaient passer des ondes sporadiques. La mort venait, la mort d'une vieille folle. A la télévision des spécialistes péroraient, pourvoyeurs d'espoir.

Bernadieu montrait les hauts rayons de la bibliothèque couvrant les murs de la pièce... Des dossiers. Toutes ces femmes étaient entrées à Rogency, à quinze ans, quarante, soixante-quinze... Elles avaient vécu dans ce château quelques mois, deux années, dix, quarante... Un même jour toujours recommencé.

« Le temps ne semble pas mordre sur elles, c'est un phénomène étrange et peu étudié, pas du tout même je crois... La vieillesse n'est peut-être que la prise de conscience du temps qui passe, sans conscience il n'est plus qu'un éternel présent. La folie est une installation dans l'instant, peut-être une fuite merveilleuse hors de l'inéluctabilité effroyable du changement... »

Marc sourit.

« On dirait que vous les enviez. »

Bernadieu lissa le bras de son fauteuil.

« Ce serait aussi ridicule que de les plaindre... La plupart sont au-delà du plaisir et de la douleur, dans un lieu où les deux se mélangent sans que nous y ayons accès. Est-ce que je dois déduire de votre visite que vos prochains personnages ne seront pas tout à fait normaux? »

Marc chassa sur son genou une poussière imaginaire.

« Je n'en sais trop rien. Disons que, pour l'instant et pour les raisons que je vous ai expliquées, je suis intéressé par l'une de vos anciennes pensionnaires, Antoinette Morlon, décédée dans vos murs en 1924. »

Bernadieu hocha la tête. Il avait le cheveu morne, rien ne pouvait insuffler vie à cette savane sèche et pauvre qui recouvrait le dessus de sa tête.

« J'ai là le dossier. C'est l'une des anciennes propriétaires de la maison que vous habitez, je crois.

— C'est cela. Je suis en train de faire une sorte d'arbre généalogique de cette demeure. »

Bernardieu enroula autour de son index une mèche étriquée et cassante. Sa main libre se posa sur la couverture du dossier.

« Nos archives remontent bien plus haut, ma secrétaire l'a retrouvé sans trop de peine. »

Il feuilleta les pages d'un air songeur et enchaîna :

« Je n'ai pas connu le docteur Bertain qui l'a suivie. Il a quitté l'établissement à la fin de la guerre, en 1944 et il est mort en 1953. A en juger par les rapports qu'il écrivait, c'était un homme précis et méticuleux... Vous savez que je ne peux en aucune façon vous confier ces notes concernant Antoinette Morlon...

— D'après les papiers notariaux que j'ai pu consulter, elle ne semble pas avoir eu de descendance, la famille a disparu... »

Bernadieu pianotait sur le bureau. Le col roulé lui conférait quelque chose de maritime... Un marin maigrelet au crâne dégarni, capitaine d'une nef de fous, immobile sur les vagues figées des collines.

« Elle a été amenée ici en juin 1924 et n'y a vécu

que quatre mois, y étant morte en octobre à l'âge de soixante-douze ans. Voulez-vous voir sa photo ? »

Marc tendit la main. Un cliché de studio, couleur vieux bistre. A un balustre de bois s'accoudait une dame à chignon tiré et robe longue... Le balustre se couvrait de roses et ouvrait sur une perspective de toile peinte, des statues se voilaient dans les lointains... Une femme quelconque, au visage volontaire et buté, sans grâce et sans charme. Les mains étaient fortes, tout cela évoquait la paysanne solide et anonyme, une vie difficile et sans plaisir. Il retourna la photo. De Brelon, Saumur, 12 rue Gambetta. 1894.

Les cheveux plantés bas raccourcissaient le front. Que s'était-il passé derrière ces yeux froids que le photographe n'avait pu faire sourire ?

Marc releva la tête. Pendant qu'il avait examiné le visage d'Antoinette, Bernadieu n'avait pas cessé de parcourir les lignes fines qui couraient sur le papier.

« Je ne crois pas que vous trouverez dans le cas Morlon quelque chose susceptible de vous inciter à écrire le scénario du siècle. C'est un cas très banal de dépression pris à un stade ultime. Il est certain que nous disposons aujourd'hui de moyens qui auraient permis de sauver cette malheureuse. Un beau cas d'anorexie... D'après le docteur Bertain, la patiente ne pesait que quarante et un kilos à son entrée à Rogency, et trentre-trois à sa mort. »

Il y eut un rire dans la cour, un rire d'une étonnante pureté, un son de cristal filait sans faille à travers l'air bleu. Il devait en savoir plus.

« Pourquoi cette dépression ? Je suppose qu'il y avait une raison à ce refus de s'alimenter... »

Bernadieu frôla d'une main précautionneuse une mèche atone.

« Les rapports des dernières semaines insistent sur le mutisme devenu absolu de la malade. A partir du... disons de la fin du mois d'août, elle ne répond plus à aucune question... »

Foutu. En supposant qu'il fasse des recherches parmi le personnel de Rogency de l'année 1924, il ne tomberait que sur des vieillards largement octogénaires, en supposant qu'il en existe, et se souviendraient-ils seulement d'une malade précise, muette de surcroît?

Bernadieu tourna une nouvelle page.

« Le docteur Bertain conclut à une démence générale, compliquée d'un délire de persécution qui lui a valu son internement, car lors de... »

Bernadieu s'arrêta. Des trottinements sous les arbres, le feutre des semelles frottant sur le gravier... C'était une récréation peut-être... Des vieillards jouaient dans la cour...

Le directeur de Rogency referma le dossier.

« Lors des premiers entretiens que Bertain avait eus avec Antoinette Morlon, le processus de désagrégation paranoïaque devait lui apparaître de façon évidente : la vieille femme prétendait connaître avec précision la date de sa propre mort. »

Dehors, les voix se turent, puis reprirent, c'étaient des timbres frêles, un pépiement d'enfant.

Marc respira avec calme.

« Le docteur Bertain a-t-il noté cette date? »

Bernadieu rouvrit le dossier et son ongle courut sur le dernier feuillet. Sa voix s'éleva, inexpressive.

Marc eut le temps de penser qu'il devait être un exécrable acteur. Jamais il n'avait entendu lire si mal.

« *Elle semblait absolument persuadée de savoir quel jour elle allait mourir. Elle ne répondit pas à mes remarques concernant l'impossibilité d'une telle information. J'insistai sur le fait qu'aucune créature humaine ne pouvait avoir accès à un tel secret mais là encore elle se tut. Je lui demandai alors de me révéler à quelle date elle comptait mourir. Elle avait à cet*

instant visiblement peur et me répondit simplement :
" Bientôt. " Je terminai l'entretien avec une dernière
question : qui l'avait renseignée sur la date ? La
réponse qu'elle me fit me confirma dans la gravité et
l'étendue de son désordre physique. Elle prétendit en
effet, et devait le répéter par trois fois, que la date lui
avait été fournie par " Haute-Pierre ".

« Je crus à un sobriquet dont les paysans ou
villageois de cette contrée sont assez fréquemment
pourvus, renseignement pris il s'agissait simplement
du nom d'une vieille maison, ancienne gentilhom-
mière, dans laquelle elle vivait depuis l'enfance. »

Bernadieu soupira et referma définitivement
cette fois le dossier Morlon. C'était peut-être le
reflet du soleil sur les verres cathédrale qui garnis-
saient les fenêtres, son visiteur lui parut soudain
étrangement pâle dans la ruée de la lumière.

Journal II

C'est infect la chaleur qu'il a fait. Obligé d'aller à la douche tous les jours.

Jean-Louis est venu on est allés au restau et on s'est marrés. C'est un acteur extraordinaire parce qu'en vrai il est sympa, il rigole, tout est bien, et en faux c'est le vrai traître à fusiller, ça prouve que c'est un acteur très bon.

J'ai pas écrit beaucoup dans le journal, Andréa à râlé. Enfin pas râlé parce qu'elle ne râle plus. Avant, à Paris, elle râlait quelquefois mais depuis qu'elle a ramené Marc pour mes oreillons, elle ne râle plus. A mon avis ils font l'amour. L'essentiel c'est qu'elle ne râle plus et le reste c'est leur affaire, il faut comprendre.

On a vu des fous près d'un château et j'ai chopé un hérisson, j'ai joué à d'Artagnan, Marc a tenu à me bricoler une rapière, il y a passé deux heures et c'était minable, il disait que le bois se fendait avec les clous, il a tapé sur une boîte de mes sardines pour faire la garde mais ça n'allait pas, il voulait fignoler, Andréa a ri et finalement je me sers toujours de ma vieille épée avec les deux épingles à linge mises en croix pour la garde, c'est bien mieux...

Il y a une tombe dans le parc. C'est sous les orties, j'ai écarté avec l'épée et j'ai vu un truc en pierre et c'est une tombe, on voit la forme un peu bombée. Je n'ai rien dit. Je ne sais pas pourquoi. C'est près du mur, tout au fond, personne ne va jamais par là. C'est pas la peine d'en parler parce que Marc aurait foncé, peut-être même il aurait déterré pour savoir qui c'est et patati et patata, il aime bien s'occuper de ce genre d'histoires, souvent il parle du type qui habitait avant ici. Un soûlot qui a essayé de se couper la tête tout seul. Comme Doullon. Décidément, c'est dans la maison.

Je me demande comment ça va être cet hiver. Un soir c'est devenu sombre et il a fait du vent. Ça passait dans les cheminées et ça faisait comme un hurlement tout doux, comme quand quelqu'un meurt. Ça fait ça dans les films.

Le foot a commencé, j'ai regardé hier soir mais c'est pas terrible, les types ont pas encore la pêche. J'ai reçu une carte de Robert. C'est sa mère qui a dû le forcer, lui dire : écris à ton petit ami, je l'entends d'ici avec sa voix qui fait de la musique. Il m'a envoyé les Sables d'Olonne. Ça a l'air moche, que du sable comme son nom l'indique. C'est sa mère qui a dû lui dicter pour l'orthographe parce qu'il y avait pas de fautes et ça c'est la preuve qu'elle l'a aidé. De toute façon je le reverrai pas cette année à l'école parce que je reste ici. Peut-être l'année prochaine mais alors on aura changé, on ne sera peut-être plus copains, c'est comme ça, c'est la vie, c'est comme une pensée de Pascal.

On a vu le nouveau dirlo Marc et moi ils ont parlé des rois, de la Loire, des châteaux, tout le bordel. Il a l'air nul comme type, l'instit ça doit être quelque chose, on va voir ça à l'usage.

Andréa m'a acheté plein de trucs. Pourtant j'avais apporté mes affaires pour la classe, mais elle a voulu acheter quand même. Ça se traîne. Marc travaille, Andréa aussi et moi je tourne. Je ne peux plus aller faire de l'épée dans les pièces du haut parce que ça caille de trop et puis c'est sombre. Marc fait du feu dans les cheminées. Au début j'aimais bien les flammes, la braise, le bruit comme des picotements, des petites explosions, sur les bûches comme des petits génies tout rouge mais ça fait des ombres au plafond, on dirait des gens qui passent, des invisibles mais avec des ombres... J'ai lu une histoire un jour à Paris, un type qui avait perdu son ombre. Je n'ai jamais compris en quoi ça le gênait. Là c'est l'inverse, ce sont des ombres qui ont perdu leurs types... J'espère m'en aller avec Andréa... juste quelques jours...

Louis-Ferdinand Céline.

QUATRIÈME TEMPS

CAS Nº 4

Sommerlord Court – Angleterre

Le cas de Sommerlord est ambigu car deux thèses s'affrontent : certains sont partisans de la maison hantée, d'autres pensent à des phénomènes d'hallucination collective à caractère répétitif. Voici les faits.

Sommerlord Court est une vieille demeure classée, située dans un parc au cœur du comté de Canterbury. Elle possède huit pièces fort belles et l'ensemble l'apparente à un manoir de style Tudor. La liste de ses propriétaires est fort longue, une double caractéristique les unit : ils ont de l'argent et tous avouent avec beaucoup de facilité avoir reçu la visite de Tom Quincey.

Tom Quincey fut en plein XVIIᵉ siècle un riche armateur londonien assassiné par sa propre fille pour s'être opposé à son mariage.

On ignore totalement les rapports ayant pu exister entre Sommerlord et Tom Quincey ou sa fille. Le fait le plus surprenant est que, sans exception, tous les propriétaires qui s'y sont succédé ont toujours considéré l'apparition du vieillard comme parfaitement normale et ne leur ayant jamais causé une frayeur quelconque. Quatre d'entre eux ont porté témoignage avec beaucoup de naturel et de sincérité : certains soirs, lorsqu'ils sont seuls ou avec des membres de leur famille, Tom Quincey apparaît dans l'escalier. Il descend et vient se placer contre la table. On peut observer parfois un léger effet de transparence, mais le personnage est net et paraît parfaitement réel. Il ne répond pas aux questions mais tous sont d'accord qu'il les entend. Cela se voit à ses expressions de visage et à une gêne évidente lorsque l'une des personnes présentes hausse la voix. La plupart du temps il reste debout et cherche inlassablement quelque chose dans la poche gauche de sa redingote. Il remonte l'escalier au bout d'un temps variant entre quinze et cinquante minutes. Parmi les personnes ayant assisté au phénomène, on trouve trois avocats, quatre officiers de police, un représentant de la Chambre des lords et un prix Nobel de littérature. Aucune instance scientifique ne s'est déplacée. Le fait est relaté avec beaucoup de détails dans les Mémoires de Sir Andrew Morehead, l'avant-dernier propriétaire de Sommerlord.

Le camion des Polonais arriva avec le premier orage.

C'était venu de l'ouest, un magma cotonneux et noirâtre d'une sale couleur de vieille blessure, et, vers quinze heures, Haute-Pierre s'était trouvée au cœur d'une nuit verte, d'un vert artificiel de projecteur de music-hall. Chopin avait couru dans toute la maison vérifier la fermeture de chaque fenêtre et c'est au moment où il pénétrait dans la salle du premier étage que le roulement lointain s'était fait entendre. Chopin avait écouté, le front collé à la vitre qui s'étoilait des premières gouttes larges et lentes. Cette fois, c'en était bien fini du soleil et de ces mois lumineux qui avaient suivi l'été... Il n'était pas vrai que les saisons se succèdent lentement, l'une mourant de la naissance de l'autre, cela se passait d'un coup brutal. D'une rafale rageuse et déjà froide, le vent viendrait qui secouerait toutes choses et la terre se recroquevillerait dans l'attente frileuse d'un hiver surgi en démon.

La lumière se survolta et il put voir dans la ligne des peupliers chaque feuille vibrer d'une lueur métallique avec une infernale précision. Après l'éclair tout devint encore plus sombre et le fracas le surprit... Cela s'était produit au-dessus du toit, une main géante avait déchiré l'étoffe trop mince du ciel qui se fendait en un craquement, zigzag sonore ouvrant les vannes d'un lac suspendu et invisible. Les peupliers et le paysage disparurent sous la mer verticale.

L'enfant entendit à l'autre bout de la maison Andréa qui l'appelait et il dévala les escaliers la tête dans les épaules. Il pensa la trouver dans la cuisine et sous les tambours furieux de la pluie, il sprinta, ondulant entre les canapés et les fauteuils. L'éclair explosa dans un déchaînement, les roues d'un chariot fou ravageaient les routes d'un ciel en folie. Chopin percuta la poitrine, enfouissant son nez dans la laine mouillée d'un pull-over. Il leva les yeux et vit le regard calme de l'homme. Ils étaient trois, leurs cheveux collés ruisselaient le long de leurs joues bleues.

Le garçon recula et, à la lueur d'un nouvel éclair, vit la camionnette devant la grille.

« M. Conrad est là? »

Marc était allé à Saumur sans donner d'explication précise, il avait dû oublier l'arrivée des hommes.

« Non, mais ma mère... »

Un sourire s'installa sur les lèvres de l'homme. Le col de leur costume était relevé et leurs pieds clapotaient dans des flaques sur les dalles.

« Je vais la chercher. Entrez. »

Avant de s'envoler pour prévenir Andréa, il leur serra la main à tous.

« Je m'appelle Frédéric Chopin », dit-il.

Deux des hommes se regardèrent.

« Toi piano?

– Non. Et vous?

– Nous, Polonais. Maçons... »

Andréa arriva à cet instant et ce fut ainsi que le garçon identifia l'arrivée de l'hiver à celle des ouvriers.

Marc les avait recrutés par Philippe chez qui ils avaient refait la toiture. Ils étaient rapides, efficaces, gentils et discrets. En revenant de l'école, l'enfant allait les retrouver sans perdre de temps, il aidait le plus vieux, Wences, qui paraissait le chef de la tribu. Ils faisaient le mortier ensemble. Cela tombait bien car, depuis quelques semaines, Marc ne lui consacrait plus beaucoup de temps. Au début, dans les jours de soleil, Marc avait été formidable, il n'arrêtait pas de taper avec lui dans un ballon et savait à la seconde près quand il était temps de lui foutre la paix. Peu d'adultes sentaient cela. Marc était parfait sur ce point... Mais depuis quelque temps quelque chose n'allait plus.

La truelle passait et repassait, crémeuse. Il trouvait le mur parfaitement lisse mais Wences riait et lui montrait en lui collant la joue à la paroi qu'il n'en était rien. Dans deux jours, les murs seraient finis, ils attaqueraient la cheminée.

« Rajouter eau et tourner Sigismond. »

En l'honneur des travailleurs ses amis, il ne portait plus que des noms polonais. Depuis six jours qu'ils étaient là, il avait été successivement Ladislas, Mierzsko, Krasucki, Mickiewicz, Gomulka, Walesa et Sigismond. Il tourna la pâte grise dans la cuve. Au fond, c'était le même principe que la pâtisserie. Lorsqu'il était plus petit, Andréa lui faisait tourner la pâte des tartes et des gâteaux, il fallait aussi que ce soit lisse, sans grumeaux... Une maison n'était qu'une sorte de gâteau solidifié, les murs une croûte dure... Les journées étaient redoutables, il les finissait épuisé, les bras rompus, les poumons emplis de poussière de plâtre.

La pièce où ils travaillaient était à l'extrémité de l'aile ouest. Wences avait dit que c'était une chambre autrefois. Il n'avait pas donné d'explication mais s'il l'avait dit c'est que c'était vrai – Wences savait tout sur les maisons.

Andréa montait dans l'après-midi, elle apportait des bières et du café. Marc plus rarement. Il fourrageait dans des papiers... Peut-être son travail n'avançait-il pas bien et cela le rendait nerveux.

Je l'ai entendu dire un soir à Andréa qu'il n'aimait pas monter parce qu'il avait peur de donner l'impression de surveiller les travaux. C'est vrai que ça fait moche. Le type qui s'amène en sifflotant, mains dans les poches et qui dit que ça n'avance pas vite, je ne supporte pas. Mais il y a une autre raison, c'est qu'il est toujours dans ses papiers. Des trucs d'histoire sur Doullon, je sais pas où il a trouvé ça mais il y en a plein sa table avec les dessins. On voit des types furieux qui se baladent en hurlant et celui de devant tient une pique et sur la pique il y a une tête et la tête c'est Doullon. Il n'est pas difficile à reconnaître : la tête coupée c'est lui. Une tête avec un corps dessous, c'est un autre.

Tout ça pour dire que le père Marc il farfouille dans l'histoire de Doullon à toute vapeur. On est dans sa maison, à Doullon. Haute-Pierre était sa maison des champs. Il était ministre sous Louis XVI. A voir sa tête, il a pas l'air commode. Surtout quand elle est au bout de la pique. Il faut évidemment le comprendre, ça ne doit pas rendre très souriant. Enfin si vous voulez un renseignement sur Doullon, n'hésitez pas, allez voir Marc, depuis le temps qu'il trifouille, il doit être spécialiste suprême. Voilà, à mon avis, ça doit être bien comme mortier, « onctueux », comme dit Andréa. Avec ce mortier-là, elle pourrait faire des tartes splendides. Indestructibles. Des tartes pour la vie. Andréa, elle, elle s'en fout de Doullon! Je le vois bien. Elle ne l'aide pas à fouiller dans les papiers et quand il commence à en parler elle fume deux fois plus et elle ne dit rien. D'ailleurs il y revient moins souvent depuis quelque temps, il a compris qu'il devait la bassiner un peu avec l'histoire du poivrot, de Doullon, de la cinglée de l'asile, il s'est donc presque arrêté d'en parler. Personnellement, je m'en rappelle de... Non, on dit je me le rappelle et je m'en souviens. J'ai lu ça quelque part. Aucune importance. Donc je m'en souviens de l'asile. Ça m'a fait drôle de voir les deux bonnes femmes sur le banc. Des vieux nourrissons. Elles devaient baver, j'en suis sûr. Bien. Passons à autre chose. L'école ça va merci. Que des tarés dans la classe, mais ça va. Ils n'ont tous qu'un seul nom – bizarre – question d'habitude. L'instit est bien comme l'avait décrite le dirlo : pleine de compétences pédagogiques. De ce côté-là y a rien à redire. Ce serait plutôt sur le côté intellectuel que ça flancherait. Enfin, j'en ai connu des pires. L'année dernière à Paris, dans le XVIIIe, j'en ai eu une qui se suicidait à chaque rentrée, après les vacances de Noël, de Pâques, de février et même à la Pentecôte où il n'y avait eu pourtant que quatre jours de vacances. Ça nous faisait des prolongations à chaque fois, comme pour un match de foot. L'année d'avant c'était une autre qu'était enceinte, énorme. Avec un copain on avait parié qu'elle pondrait en plein cours, qu'elle n'aurait jamais le temps d'arriver jusqu'à la porte. Dégueulasse. J'avais la trouille tout le temps qu'elle puisse pas se retenir et qu'elle explose avec son môme juste avant qu'on soit sortis en récréation. Une fois on lui avait renversé un broc de flotte sous sa chaise pour qu'elle croie qu'elle paumait les eaux et qu'elle se tire vite fait avec l'ambulance. Donc tout ça pour dire que...

« Arrête tourner. Bien. »

Wences, on ne peut pas dire qu'au niveau de l'expression orale, comme dit l'instit, ce soit la performance extrême, mais il se débrouille, il fait même des progrès.

C'est un autre qui a pris le mortier et a commencé à l'étaler.

« Cheminée », a dit Wences.

Elle monte jusqu'au plafond. Il y a des trucs sculptés dessus, des armoiries, des tas de trucs, seulement elle est dégueulasse, fissurée aussi, il faut gratter, reboucher, enfin ça, faut laisser faire Wences, l'as des as.

Il tape avec un petit marteau sur les briques du fond... Ça se casse tout de suite, c'est tout effrité, pourri, infect... On pourra jamais faire du feu là-dedans.

Wences tape encore. Un bon maçon, c'est un type qui n'a jamais peur de tout casser. Les briques s'effondrent, il faut s'accroupir et tourner le cou. On voit l'ouverture tout en haut, un rectangle. Derrière les briques il y a le vrai mur de pierres. Une cachette terrible.

« On va trouver le trésor, Wences. »

Wences rit et dit qu'il casse des murs depuis trente ans, en Pologne, Allemagne, Italie, Luxembourg, France, et qu'il n'a jamais rien trouvé.

« Suffit d'une fois, Wences, suffit d'une fois.

– A toi. Pour finir, Sigismond. »

Le manche du marteau est chaud dans ma main. Ce n'est pas lourd. Enfin, pas trop. Je tape. Comme dans du beurre, tout un pan fracassé. Entre le mur et la paroi de briques il y a dix centimètres à peine. Au deuxième coup de marteau, ça n'a pas traîné, je l'ai trouvé. J'ai vraiment la frite comme mec. Evidemment, le coffre ne regorgeait pas de diamants ni d'écus d'or. Ce n'était même pas un coffre du tout d'ailleurs, en fait c'était juste un carnet, un carnet relié ancien. Il avait été serré depuis tellement longtemps que je n'arrivais pas à l'ouvrir. Ça faisait bloc, toutes les pages s'étaient collées. Faudrait les détacher au scalpel pour pouvoir lire. Sur la couverture c'était gravé : « Journal », et le nom en dessous : Angélique, Gabrielle, duchesse de Brassac. Je me demande pourquoi elle a foutu son carnet dans la cheminée.

« Sigismond trouver trésor. »

Il parle en polonais et les autres rigolent. Ça va faire le bonheur du roi de la farfouillette. Si j'avais été seul à avoir trouvé ce carnet, peut-être je l'aurais caché ou brûlé. Je ne sais pas pourquoi mais je l'aurais fait. Je sens que ça ne fait pas de bien à Marc les vieux papiers. D'ailleurs, ça ne doit faire du bien à personne. C'est pas sain. Qu'est-ce qu'elle écrivait bien, cette bonne femme, tout en finesse et à la plume. Pas comme moi avec mes Bic. Je vais essayer de lui vendre. Si je lui dis que j'ai le journal d'une duchesse il est capable de m'allonger cent balles. Disons cinquante. Je marcherais à vingt-cinq. On verra ça ce soir. De toute façon, je lui filerai, mais je crois que ça ne lui fera pas de bien.

*

Ça y est, j'ai décidé de tout écrire.

Contrairement à ce que laisserait présager mon métier, je ne prends pas souvent la plume, disons même jamais, en dehors de mes activités professionnelles. J'ai dû tellement assimiler l'écriture au métier que je ne sors jamais mon stylo pour autre chose que le travail. Jamais de lettres ni de cartes postales, j'envoie mes vœux par téléphone, idem pour les anniversaires, mais la situation est devenue telle qu'il faut que je mette tout cela au net. Elle s'est d'ailleurs compliquée depuis la « découverte » (en est-ce vraiment une ?) que j'ai faite sur Doullon et surtout, surtout, le carnet de la duchesse. Je vais reprendre tout dans l'ordre chronologique.

En fait, je me demande en écrivant ces lignes si leur seule raison d'être n'est pas de prévenir quelqu'un. Je ne sais ni qui est ce quelqu'un ni de quoi je dois le prévenir, et il ne s'agit pas d'Andréa. J'ignore encore pourquoi. Je n'en suis pas encore à me sentir menacé et ces pages ne sont ni cri d'alarme ni testament. Cependant il est indéniable que je sens quelque chose venir et j'ignore quoi. Il faut que je discipline un peu cela et que je reprenne tout dès le début.

Je suis arrivé à Haute-Pierre fin juin de cette année, le 27 si mes souvenirs ne me trompent pas. Nous sommes aujourd'hui le 6 octobre. Trois mois se sont écoulés et, pendant ce temps relativement court, j'ai découvert plusieurs faits bizarres :

1) j'ai repéré sur les actes des notaires qu'avant d'être ma possession, le manoir a eu cinq propriétaires, ceci nous amenant à 1774. Je pourrais sans doute remonter plus loin. Je m'en préoccuperai bientôt.

Procédons par ordre en remontant la chronologie :

2) Pontieu se suicide en 1979. Il prétend connaître la date de sa mort – qui le lui a appris? Haute-Pierre.

3) Antoinette Morlon. Morte à Rogency en 1924. Prétend connaître la date de sa mort. Haute-Pierre le lui a révélé.

Si l'on s'arrête là, entre un poivrot et une cinglée, il n'y a pas de quoi s'exciter follement, mais il y a quatre jours, le gosse a trouvé le journal de la duchesse. Au début, aucun intérêt. En fait c'est plus un livre de comptes qu'autre chose... Ou alors elle ne vivait en accordant de l'importance qu'aux recettes et dépenses et au prix du taffetas. Cent cinquante pages de chiffres et de remarques pincées sur les agissements des fermiers, et puis nous arrivons à la page cent trente-deux. Elle est datée du 8 septembre 1851. Il faut préciser que cela fait plus de trois mois, exactement cent huit jours, qu'elle n'a rien écrit dans son journal et, ce jour-là, le ton change. Je recopie : « *8 septembre 1851. C'est peut-être le plus grand péché qui soit, je crois avec force que c'est la seule chose qu'il nous faut ignorer, tous et toujours. Ce serait trop horrible. Je dois effacer cette date de ma mémoire. Il le faut et j'y parviendrai avec l'aide de Dieu.*

« *9 septembre 1851. Je n'en ai pas parlé à mon confesseur et ne le ferai pas, j'ignore quelle force m'en empêche. Il me resterait donc si peu de temps...*

« *12 septembre. Ainsi donc c'était écrit, ici et depuis toujours. Personne ne saura... Dieu, moi et Haute-Pierre. J'arrête ce journal. Personne ne doit savoir. Et pourtant je ne puis le brûler.* »

Il n'y a aucun doute : « *Je dois effacer cette date de ma mémoire* », « *il me resterait donc si peu de temps* », « *c'était écrit ici et depuis toujours* » : cette femme savait quand elle devait mourir et c'est Haute-Pierre une fois de plus qui l'a prévenue.

Je ne suis pas fou, ce document existe, chacun peut le lire. Trois personnes, trois propriétaires successifs à qui arrive la même tragique aventure... Et puis il y a Doullon.

4) Doullon. C'est évidemment la célébrité de la maison. Le ministre, l'intendant général des armées et de la marine... J'ai tout lu sur lui, ce qui a été conservé, je suis allé jusqu'à Saumur pour les recherches. Une chose est sûre : malgré ses hautes charges, il est un paysan, il aime la terre, ses terres... Il impose l'assolement, des techniques nouvelles de jachère, et une chose apparaît clairement, il passe tous les automnes à Haute-Pierre. De là, il rayonne, visite les fermes, donne des réceptions... Tous les automnes sauf un. Celui de 1789.

Or, contrairement aux autres années il vient au manoir pour deux jours. Du 3 au 5 octobre. Et il repart, à cheval et sans escorte. Pourquoi? On ne retrouve la trace d'aucun ordre le ramenant à la cour. Louis XVI n'en a pas donné. Ni la reine. Alors pourquoi? Que fuyait-il? Une date lui aussi? Une mort annoncée? Il a cru qu'à Paris elle ne l'atteindrait pas. Et le 21 octobre il meurt massacré, les dents serrées sur une touffe d'herbe et sur un secret effroyable : le secret de Haute-Pierre. Je suis certain que Doullon savait.

Doullon peut être le quatrième.

Dans quelques jours je saurai pour celui qui suit Doullon, le cinquième propriétaire, l'encre avait trop pâli, l'acte était illisible, on va m'envoyer de nouvelles photocopies et je saurai bientôt.

Voici les faits. J'avais besoin de les mentionner. Je n'ai aucune attirance envers la sorcellerie, démonologie et autres phénomènes inexplicables, je ne crois ni au diable ni aux maisons hantées, pourtant les faits sont là et le charme de Haute-Pierre s'en trouve affecté... Avec le froid qui vient, ces murs pèsent. L'hiver sera difficile. Hier, dans le salon, le jour qui entrait par les portes-fenêtres était gris, d'une couleur soyeuse comme celle du pelage d'un animal rampant, et je n'ai pas pu rester, j'ai marché sous la pluie pour échapper à cette clarté qui... Je dois arrêter, je ne me sens pas assez calme pour continuer, il faut que les choses s'organisent. Il y a une explication à tout cela, c'est évident. Je trouverai laquelle. Avec ou sans l'aide de Dieu comme ne disait pas tout à fait la duchesse.

Marc pose la plume et range les feuillets entre les pages d'un vieux scénario. Il en avait presque oublié l'histoire et, en le feuilletant, il sentit avec soulagement que la migraine se desserrait... Il lui faudrait faire attention à ne pas s'isoler du monde extérieur. Cela tournait à l'idée fixe. Il était tard d'ailleurs et Andréa s'était couchée. Il y avait quelques semaines encore elle serait rentrée et l'aurait asticoté pour l'arracher à son bureau. Elle ne le faisait plus. Il faudrait qu'il parle avec elle. Quelque chose avait dû lui déplaire.

Il se renversa contre le dossier et aspira le silence de la nuit. A part le halo de la lampe, tout était sombre. La lumière n'atteignait pas les caissons du plafond.

Sacrée baraque.

Il se leva et promena ses doigts sur la boiserie. Une bûche s'écroula et il regarda les braises éclater en explosions vermillon... Haute-Pierre.

Et si ma date à moi était écrite quelque part?

Sans qu'il sût pourquoi il souleva la lampe et enleva l'abat-jour. Le fil était suffisamment long pour qu'il pût se promener avec... Les panneaux semblèrent osciller dans la lente sarabande des ombres. Comment s'y était pris Haute-Pierre pour indiquer ces jours fatidiques?... Tout était lisse ici mais il y avait tant de recoins... Le grenier peut-être. Allons, arrêtons ce cirque.

Il reposa la lampe sur le bureau mais ne remit pas l'abat-jour. Il faut que je termine ce soir cet épisode sinon je n'en sortirai pas. J'ai pris trop de retard depuis une quinzaine de jours... Les coups de téléphone se font plus fréquents, la fièvre monte à Cognacq-Jay. Il y a de quoi. C'est une coproduction italo-hispano-franco-québéco-anglo-helvétique, six épisodes, chacun devant obligatoirement se dérouler dans un des pays producteurs. Thème : il est chauffeur de poids lourd et a eu les jambes brisées, il ne peut plus conduire. La femme qu'il aime va arranger les choses : tandis qu'il s'occupe du volant elle prend les pédales. Un couple parfait. Du coup ils vivent dans leur camion, font des courses de transport, péripéties, aventures, un clébard au milieu pour la touche d'humour-tendresse. Le tout est sponsorisé par des marques de pneus, de bougies, de phares, de Dieu sait quoi... On trouvera la tête des héros surmontant le capot du camion sur des T-shirts, des pots à moutarde.

Rarement vu un thème plus con, mais il faut bien vivre.

Il y a vingt ans, un scénariste était un aventurier marginal, un artiste dans son genre, aujourd'hui, avec les besoins de la télé, il est plus ordinaire qu'un plombier, s'il n'a pas trop de génie, le respect du budget imparti et un vague sens du dialogue, il déborde de propositions. On lui demandera la vie de Dante Alighieri en six heures, celle de Goethe en douze, l'adaptation du Nouveau Testament en spots de trente-cinq secondes, la 385e version des *Misérables*. Il trouvera devant lui des producteurs hystériques : « Je veux des larmes, vous entendez, des larmes, pas de psychologie, surtout pas, on s'en fout des psychologies, faut me faire pleurer tout ça, revenir aux bons vieux trucs : la porteuse de pain, les deux orphelines, toutes les conneries, mais en moderne! Surtout en moderne. Les gens n'aiment plus les costumes, le passé, c'est net, c'est précis... regardez les indices... » Marc écoutait, hochait la tête, acquiesçait, on s'arrachait sa signature, il avait des idées, il écrivait vite, respectait les délais... L'idéal au fond... Tout cela était magnifique à une condition : laisser l'ambition de côté. Cela ne lui avait pas été si facile que ça dans les débuts... Il avait eu des discussions infinies avec Philippe, avec des responsables de la création dramatique... C'était avant qu'il comprenne qu'il faisait partie d'un processus industriel. D'autres produisaient des poêles à frire, des tracteurs ou des planches à voile, la télé produisait de l'image, des histoires en images et il avait sa place dans le processus, une bonne place qu'il garderait toujours à une seule condition : ne pas ruer dans les brancards, surtout pas. Ne pas faire l'artiste, autrement dit, et méditer la remarque que l'un des patrons de l'image lui avait faite deux ans auparavant : « Regardez le cinéma : les génies ne tournent jamais longtemps; il ne faut pas déranger. » Les exemples avaient suivi, ils ne manquaient pas...

Marc ferma les yeux. Ce monde avait disparu de sa vie... Il pensait pouvoir mieux travailler dans ces murs, peut-être l'erreur qu'il avait faite était là : les murs de Haute-Pierre n'étaient pas comme les autres... Une inquiétude sourdait qu'il n'avait pas prévue.

Faire le vide. Tout oublier et finir l'épisode, cela seul importait. Il avait abandonné les héros, camion bloqué par une avalanche de neige. C'était l'épisode québécois, il fallait bien utiliser la matière première. Le problème, c'est qu'il fallait les en faire sortir sans attendre que ça fonde. La police montée peut-être? Ce ne serait pas mal ça, les gens aiment bien la police montée, elle fait partie des mythes... Les chevaux dans la neige jusqu'au ventre et le cavalier se penche vers le pare-brise. Marc regarde : c'est Doullon, il y a sa tête sur une gravure de la salle des gardes. C'est bien lui... Marc ouvre les yeux et le cadran de la montre miroite lorsqu'il repose le stylo sur la table. Il est trois heures. Il faut dormir. Philippe sera là demain, avec l'autre.

*

L'écran se peupla d'une myriade de flocons neigeux et brusquement l'image apparut.

L'intérieur d'un bureau. Quatre tables recouvertes de dossiers et au centre de chacune une machine à écrire recouverte d'une protection en toile brillante, une sorte de plastique. Dans le fond, des armoires métalliques très hautes surmontées de dossiers. Les lampes étaient allumées et on pouvait se demander pourquoi : il n'y avait pas âme qui vive. Le plan était fixe.

Derrière le dos de Marc, Andréa soupira.

« Palpitant », dit-elle.

Carlo Rowitz tira sur sa pipe.

« Ne vous plaignez pas, il y en avait six heures d'enregistrées. Un seul plan fixe, sans humain. Le film le plus emmerdant de l'histoire du cinéma.

– Ne dites pas ça, dit Marc, si un critique d'avant-garde en entend parler, il est foutu de lui faire obtenir un prix à Locarno, Venise ou Berne. »

Philippe enfonça son bourrelet ventral à l'intérieur de sa ceinture.

« Tu aurais dû faire le scénario », dit-il.

Marc sentit l'odeur du tabac blond et refréna un mouvement d'impatience. Depuis qu'il ne fumait plus, elle avait redoublé. Elle le faisait exprès, Ce n'était pas possible autrement. Avec le café ce matin elle avait tiré avec volupté une bouffée qui avait creusé ses joues et lâché un long panache ondoyant de fumée bleue. Il en avait eu une telle envie qu'il était sorti malgré le crachin et avait attendu le gosse dans la voiture.

« Qui es-tu ce matin ?

– Pierre Radisson. »

Le choix était parfois mystérieux. Le garçon comprit à la moue de Marc que ce patronyme ne lui disait pas grand-chose. Il soupira.

« Pierre Radisson, explorateur français né à Paris en 1636, mort en 1710, fondateur de la Compagnie de la baie d'Hudson. »

Marc embraya.

« Mon cher Radisson, j'espère que vous savez vos leçons sur le bout des doigts.

– Il n'y a plus de leçons. »

Péremptoire. Plus de leçons, plus de devoirs et sans doute plus d'enfants non plus.

« C'est vrai que Philippe vient cet après-midi ? »

Andréa l'avait prévenu, cela n'avait guère d'importance.

« Oui. Il fait un repérage pour un film.

– Un film de toi?

– Non. Un film, je ne sais pas exactement. »

Radisson se tut. Il y avait quelques semaines à peine ils bavardaient beaucoup plus ensemble. Quelque chose se passait qui coinçait les rouages. Il faudrait s'en préoccuper plus tard, quand tout se serait apaisé. Mais tout quoi? En tout cas, il ne posait pas de question sur Rowitz. Sa mère ne devait pas lui en avoir parlé.

Lorsqu'il le déposa devant l'entrée de l'école, la pluie tombait et il vit Pierre Radisson courir entre les marronniers aux branches noires... Il lui sembla que des siècles s'étaient écoulés depuis sa première visite au directeur... Encore un qu'il devrait inviter à Haute-Pierre... Ne l'avait-il pas déjà fait? Pourquoi les choses ne tournaient-elles pas rond?

Il revint et croisa Andréa sur le vieux vélo. Elle lui fit un signe rapide de la main. Elle était emmitouflée dans un vieil imperméable militaire et avait enfoncé sur sa tête une sorte de feutre déformé qui la transformait en gangster de cinéma. Elle partait en courses.

Ponctuel, Philippe arriva à midi pile. Rowitz était avec lui.

Une fois de plus Marc fit les honneurs de la maison. Les mêmes phrases revenaient sur ses lèvres et cela l'agaça de sentir en lui cette mécanique bien montée, les mots venaient d'eux-mêmes, huilés et rodés par l'usage... Il s'interrompit net et fixa le petit homme qui tirait sur sa pipe.

« A première vue, hantée ou pas hantée? »

Rowitz se mit à rire.

« Une des plus grandes erreurs que l'on puisse faire est d'assimiler la maison hantée à la maison ancienne. Une H.L.M. a autant de chances d'être hantée qu'une chapelle du Moyen Age. Je vous ai apporté un film, vous verrez ça. »

Philippe arrivait un verre à la main.

« Alors explique-nous un peu ce qui t'arrive, tu avais une drôle de voix l'autre jour au téléphone... »

C'était Bonnier qui avait parlé de Rowitz le premier.

« S'il accepte de venir, je l'amène : un type sympa. Il a déjà bossé avec moi, comme conseiller technique sur des reportages de parapsychologie, il est souvent invité... Aux « Dossiers de l'écran », un soir, il a cassé la baraque. »

Ils avaient mangé devant la cheminée du grand salon. Andréa avait mis le chauffage depuis huit jours, mais les murs engrangeaient une humidité pénétrante et désagréable. Rowitz s'était révélé une excellente fourchette et un conteur intarissable. Il s'occupait à la fois de mathématiques et de ce laboratoire de parapsychologie dont il était le directeur. Un beau titre ne représentant pourtant que vingt-cinq mètres carrés dans une cave à Jussieu, deux appareils d'enregistrement et quatre bouquins traitant vaguement de la question.

Rowitz repiqua dans le rosbif et mâcha avec enthousiasme.

« On est à la traîne. Le budget des Américains et même des Allemands est quarante fois plus élevé que le nôtre, cela ne serait rien si l'information circulait, or en France, elle circule mal. »

Andréa repoussa son assiette.

« En quoi cela a-t-il de l'importance ? »

Rowitz enfourna trois portions de pommes de terre à la fois et déglutit avec effort.

« Capital. Si un Américain assiste ou est victime d'un événement qui lui semble étrange, il téléphone à l'Université qui fonce avec cinq cents kilos de matériel ultra-perfectionné qui va du capteur d'ondes au micro ultra-sensible. Si cela arrive à un Français, il en parle à sa concierge qui s'évanouit et tentera de le faire virer par le gérant; s'il prévient les flics, il se fera embarquer et aura de la chance s'il s'en tire avec quarante-huit heures chez les agités et une dose de tranquillisants massive. Les gens ne savent même pas que nous existons. »

Après trois parts successives de tarte et deux cafés arrosés, Rowitz avait sorti de la poche intérieure de son treillis une cassette vidéo. Marc avait tiré les rideaux dans la pièce et enclenché le magnétoscope. C'est alors qu'était apparu le bureau vide aux classeurs métalliques et aux sièges alignés.

Philippe tirait sur son cigare.

« Explique-nous de quoi il s'agit. »

Carlo Rowitz se gratta furieusement les cuisses à travers le velours côtelé.

« Vous avez devant vous l'intérieur d'un bureau situé au septième étage d'un immeuble de la Wilhelmstrasse à Berlin-Ouest. Ce bureau appartient, ainsi que tous ceux placés au même étage et également au huitième, à une association de notaires. Le nom importe peu, c'est une grosse boîte de près de quatre-vingts personnes. L'histoire est simple : un matin les employés trouvent le bureau chamboulé. Tables renversées, papiers mélangés, etc. Rien n'a disparu, la police pense à un ou des plaisantins. On change les serrures, on vérifie tout et à six heures du soir tout le monde s'en va. Le lendemain, à huit heures, on ouvre la porte : c'est le même bordel que la veille mais en pire, tout est sens dessus dessous. »

Marc fixa l'écran. Un univers ordonné, rangé, métallisé... La lumière des projecteurs se cassait sur le blindage des portes.

« Le lendemain soir, on referme les portes, les fenêtres et on met deux gardiens à chaque étage. Ils ne dorment pas, ce sont des professionnels. A trois heures du matin, ils entendent un vacarme invraisemblable dans le bureau que vous voyez. Ils entrent et constatent que les deux armoires que vous avez sous les yeux en ce moment sont renversées. »

Marc cligna les paupières. Des masses de ferraille qui semblaient scellées au plancher.

« Elles n'ont pas l'air particulièrement légères. »

Rowitz eut un couinement de mouette.

« Le laboratoire du professeur Hemkert, mon distingué collègue, a pris soin de les peser. L'une accusait 418 kilos, l'autre, celle de droite, 502.

— Alors, dit Philippe, qu'est-ce qui s'est passé?

— Je vous passe les détails, les hypothèses fantaisistes et le luxe de précautions prises. Finalement, les directeurs de la société ont fait appel à Hemkert et Hemkert a décidé de faire du cinéma. »

Philippe Bonnier eut un regard vers l'écran.

« Le sens du rythme, mais pourquoi ce film? »

Rowitz eut un regard vers sa montre.

« J'ai juste le temps de vous expliquer. Il a installé deux caméras près du plafond de façon à avoir dans le champ la quasi-totalité du bureau. La pellicule ultra-sensible n'avait pas besoin d'une forte lumière. Les deux caméras filmaient automatiquement en continu et possédaient une autonomie de chargement de six heures. Regardez bien. »

Marc vit Andréa s'accroupir contre le pied du fauteuil qu'il occupait, une veine battait contre sa tempe.

Toujours le bureau, les machines recouvertes, les chaises alignées. Il pensa qu'au cinéma le mouvement était un repos pour l'œil, il y avait une tension dramatique du plan fixe qui pouvait être insupportable.

Rowitz tendit un doigt.

« Attention... c'est rapide. »

126

Malgré lui, Marc se pencha. Bonnier paraissait avoir cessé de respirer.

Les yeux de Marc s'écarquillèrent.

« Bon dieu... »

Une des armoires, celle de droite, oscilla et les deux pieds tournèrent en même temps, elle parut un instant redevenir stable, soudain elle décolla du sol et se fracassa contre un bureau qui trembla sous le choc. Ils virent l'une des portes métalliques s'ouvrir et se replier sous le poids comme une feuille de carton. Les dossiers avaient croulé en cascade.

La poitrine de Bonnier se gonfla et il articula avec force :

« Qui a fait ça ? »

Marc et Andréa, hypnotisés, fixaient l'armoire renversée. Plus rien ne se passait.

Carlo Rowitz se leva et éteignit l'appareil.

« Voici ce que peut être aujourd'hui le travail d'un parapsychologue. Nous sommes loin des mixtures bouillant dans des caves et des théories fumeuses prêchées dans des grimoires. »

Philippe montra de l'index l'écran vide dont il n'avait pas détaché les yeux.

« Tu n'as pas répondu à ma question : qui a fait cela ? »

Carlo Rowitz haussa les épaules.

« Contrairement à ce que vous pensez, ce n'est pas le plus important mais puisque vous voulez une réponse, je vous la donne : un enfant. »

Marc perçut la pression d'Andréa. Pourtant, lorsqu'elle se tourna vers lui, ses yeux n'exprimaient rien. Pour la première fois peut-être, elle le regardait sans joie, sans sourire, sans tendresse. Elle se leva et les syllabes sonnèrent, détachées.

« Excusez-moi, je dois partir. »

Aucun des trois hommes ne lui répondit. Ils

écoutèrent ses pas décroître dans le couloir et Philippe réagit le premier.

« Ce genre de truc est impressionnant... Pour une femme c'est peut-être difficile à supporter... »

Marc fit craquer les jointures de ses phalanges.

« C'est à moi qu'elle en veut, elle refuse tout ce qui est paranormal et je ne suis pas loin de lui donner raison.

– Vous devez lui donner totalement raison, dit Rowitz, tenez-vous le plus éloigné possible de ce genre de phénomène. Pas de curiosité plus ou moins morbide. »

Bonnier promena des doigts précautionneux sur son début de calvitie occipitale. Sous le voile des cheveux clairs, le crâne était parfaitement sphérique.

« Donc c'est un gosse qui aurait fait ça?

– C'est l'hypothèse la plus vraisemblable. Dans ce genre de manifestations, lorsqu'on interroge les gens qui vivent sur les lieux mêmes, dans le cas présent les employés de ce bureau, on découvre toujours un enfant dans les relations proches de l'un d'entre eux. Un enfant frustré, malheureux et qui décharge durant son sommeil des pulsions de haine d'une violence dont vous avez vu l'effet.

– Incroyable », murmura Marc.

La remarque sembla remplir Rowitz de bonne humeur.

« A tel point que personne ne le croit. Nous sommes ici dans un domaine où les phénomènes observés sont dans la contradiction la plus totale avec ce qu'il est convenu d'appeler le bon sens. Une armoire d'une demi-tonne, un enfant de vingt-cinq kilos, endormi de surcroît, et l'un renverse l'autre. Qui peut croire cela? »

Philippe s'étira et se tourna lentement vers son ami.

« Toi, tu nous as fait venir pour te renseigner au sujet d'un scénario que tu nous mijotes. »

Marc secoua la tête. Il avait l'intention de leur raconter la série de ses découvertes. Maintenant qu'ils étaient là, il n'en ressentait plus la nécessité... Il commença malgré tout son récit, mais, pendant qu'il parlait, une sorte de dédoublement s'opéra en lui... Il prononçait des mots, des phrases, mais son attention était ailleurs, elle s'était portée d'elle-même sur l'enfant...

L'enfant d'Andréa.

*

« Tu es le premier homme en smoking que je vois porter des chaussettes de laine. »

Marc soupira et s'assit. La glace fit miroiter son plastron immaculé et il redressa le papillon de soie noire. C'était impeccable jusqu'aux chevilles.

« Ce pantalon est trop court, gémit-il, dès que je m'assois, il remonte. »

Andréa s'agenouilla devant lui.

« L'essentiel, c'est que lorsque tu remontes il ne s'assoit pas.

— Très drôle, je vais être la risée de la foule et tu fais de l'esprit. »

Plus une paire de chaussettes dans le tiroir, lorsqu'elles étaient trouées il les jetait, les seules à résister étaient en laine écrue, il les avait achetées dans une station de montagne en février dernier.

« Tu devrais mettre des après-ski, dit Andréa, ça ferait plus décontracté. »

Il se leva et enfila des escarpins vernis.

« Cinq cents balles de location pour une soirée, dit-il, godasses comprises. C'est prohibitif. »

Andréa étala au pinceau une poudre aux nuances d'ardoise sur ses paupières.

« Tu aurais dû louer les chaussettes avec. Ils t'auraient peut-être fait un prix. »

Sa robe de soirée avait quelque chose de romain : un drapé, simple et blanc. Andréa était belle.

« Les robes les plus réussies, dit Marc, sont celles qui donnent l'impression d'avoir été faites avec un morceau de toile dans le noir et avec une seule main.

— Je l'ai cousue pendant de longues nuits d'hiver, la bise battait aux fenêtres et mes yeux se fermaient. Regarde le résultat. »

Marc la prit dans ses bras. Le tissu semblait froid sous ses doigts, une eau rapide et fuyante.

« C'est toi qui l'as dessinée?

— Non, une copie. C'est celle que porte Yvonne de Carlo dans un film de Siodmak avec Lancaster. Je l'ai vu quatre fois pour ne pas louper le plissé.

— Tu ne l'as pas loupé. »

Il l'entraîna devant la glace.

« Un couple superbe, dit Marc, une perfection.

— Sauf les chaussettes.

— C'est pour le jeu. Il faut chercher l'erreur. Ce personnage est extrêmement élégant, un léger détail en détruit cependant l'harmonie. Si vous trouvez lequel, vous gagnez un abonnement de six mois pour la personne de votre choix à la *Sucette de Carpentras*, votre mensuel préféré. »

Andréa se cambra devant la glace dans une pose glamour.

« Je suis déjà une lectrice fidèle du *Berlingot de Saône-et-Loire*. »

Marc tripota son nœud papillon.

« Je sens monter en moi avec une violence inouïe un désir fou et exacerbé pour ta personne infiniment lascive. Je veux te sentir pantelante sous mes coups de boutoir. »

Andréa gomma au Kleenex un surplus de rouge à lèvres.

« De boutoir... »

Marc hocha la tête affirmativement.

« De boutoir. J'ai dû voir une bonne trentaine de films où la même scène se reproduisait avec une similarité exemplaire : un couple jeune et élégant se prépare à une réception fort habillée et, au moment où ils sont fin sapés, ils se précipitent l'un sur l'autre et dérangent le bel ordonnancement vestimentaire qui leur a coûté un après-midi d'efforts. Je veux vivre ce moment cinématographique.

– Cela doit correspondre à une tendance inconsciente de grande envergure de destruction et de saccage. Obéir à cet instinct, c'est s'abaisser au rang de la bête. »

Marc bondit sur elle et lui porta une prise de lutteur.

« Absolument, ce retour à la bestialité a quelque chose d'indigne et de déshonorant pour l'âme. »

Andréa vérifia l'heure d'un coup d'œil à son bracelet-montre.

« Cinq minutes, dit-elle, tu as cinq minutes pour plonger dans l'abjection la plus totale. »

Marc sourit.

« Je suis le roi de l'éjaculation précoce. La scène est filmée en gros plan, titre du film : *Par ici la bonne soupe.* »

Il la souleva de terre.

« Je ne peux pas faire l'amour quand je ris. »

Marc défit sa ceinture.

« Ne ris pas, nous sommes des monstres de lubricité. »

Elle parvint à s'extirper de sa robe.

« Alors, ces coups de boutoir?

– Une seconde, dit Marc, je n'ai plus tout à fait dix-huit ans. »

Elle l'embrassa dans le cou.

« Tu as forcé sur l'eau de toilette...

– Des vagues de volupté les emportèrent dans la grande houle du sexe, il leur sembla être sur un radeau ballotté dans la tempête tumultueuse des sens.

– Les naufragés de l'amour », murmura Andréa.

Le téléphone sonna à cet instant, Marc escalada Andréa. La voix de Jean-Louis Bergomieux fit vibrer l'appareil.

« Qu'est-ce que vous foutez?

– On baise, hurla Marc.

– Précise qu'on essaie, souffla Andréa.

– Grouillez-vous, dit Jean-Louis, je suis stationné en double file.

– Je paierai la contravention, dit Marc. Salut. »

Ils arrivèrent en retard mais la cérémonie de remise des Césars n'était pas commencée. La salle était comble. Ils trouvèrent leurs places à l'avant-dernier rang. Esther les attendait dans un ensemble écarlate, elle ressemblait à un perroquet brésilien géant mâtiné de nageuse d'Allemagne de l'Est en survêtement.

« Qu'est-ce que vous avez fabriqué? «

Andréa s'assit à côté d'elle avec un soupir de satisfaction.

« C'est la faute de Marc, il a voulu placer quelques coups de boutoir.

– Un peu plus fort, dit Marc, j'ai peur qu'ils ne t'aient pas entendue dans les premiers rangs. »

Jean-Louis grimaça.

« Dans les premiers rangs, ce sont les vedettes », remarqua-t-il.

Marc opina du chef.

« On a du chemin à faire avant d'y arriver... »

Lorsque la lumière s'éteignit, il sentit dans sa main la main d'Andréa et serra les doigts fins. La vie était belle, il était venu aux Césars deux ans auparavant mais il était seul. Il avait trouvé cette remise de prix aussi assommante que déprimante et s'était esquivé avant la fin. Tout était différent aujourd'hui...

« Et nous passons maintenant au prix de la meilleure interprétation féminine... »

Un jeu brillant et futile... Tout cela n'avait aucun sens... L'art était le seul domaine où il ne pouvait y avoir ni premier, ni deuxième, ni dernier. Tout le monde le savait, cela n'empêchait pas ce genre de manifestation d'avoir lieu, comme si le cinéma n'était qu'une forme de course à pied avec des gagnants et des perdants... En football, une équipe en battait une autre, on pouvait difficilement prétendre qu'Orson Welles battait Hitchcock deux à zéro, et pourtant tout à l'heure, un homme monterait sur l'estrade et serait considéré comme le meilleur dans un domaine où il ne pouvait y avoir de meilleur, seulement des univers différents. Etrange métier où ne pas être là était ne plus être... Le monde de l'image avait changé : elle avait été un plaisir, elle était devenue un besoin. Parmi ces hommes en smoking qui remplissaient le parterre, il y avait des vendeurs d'images et des acheteurs, ils achetaient et vendaient au temps, comme les ménagères achetaient au poids : vous m'en mettrez douze heures, six heures, une heure trente... Et lui, Marc Conrad, n'était qu'un rouage de la machine fabricante, Andréa de même et ce soir c'était leur fête à tous... Peu de monde de la télévision en fait, les interférences avec le cinéma étaient nombreuses mais le cinéma tenait le haut du pavé dans l'échelle des valeurs... Cela ne durerait pas... Il suffirait que les clauses financières des contrats s'équilibrent pour que les stars hautaines des premiers rangs de fauteuils se ruent pour tenir les rôles des feuilletons de vingt heures trente...

Les applaudissements crépitaient... C'était la plaie de ce genre de manifestation, des dizaines de prix, les gagnants, les nominés, les invités, le jury, les présents, les absents, on terminait la soirée les paumes en feu, c'était la fiesta nombriliste, ridicule et attendrissante, la distribution des hochets.

Andréa se pencha vers lui.

« On aurait dû continuer notre séance, dit-elle, qu'est-ce qu'on fait ici? »

Marc lui prit la main sur l'accoudoir.

« Obligation mondaine, c'est le lot des travailleurs de l'écran. »

Il se sentit bien, splendidement bien... Encore quelques mois et ils partiraient ensemble au manoir et c'en serait terminé de toutes ces pitreries, terminé pour un an.

Il ferma les yeux. Lorsqu'il les rouvrit, le jour gris passait entre les persiennes délavées de Haute-Pierre. Elle dormait encore et il se leva. Il faisait froid, la chaudière fléchissait depuis quelques jours, quelque chose comme une perte de vitalité. Il mit deux paires de chaussettes l'une sur l'autre, des Pataugas, et enfila un pull-over sur le pyjama. Il sortit. L'herbe était mouillée.

Avec les pluies qui étaient venues et le gel qui ne tarderait pas, une inquiétude s'insinuait, imbécile et insidieuse : et si la bâtisse se craquelait? Il y avait des fissures déjà... Chaque lézarde allait se raviner et un jour ils se réveilleraient dans les ruines. Cet achat, cette année, cette vie, tout cela était au fond une gigantesque connerie. Jamais il n'aurait dû... Et puis Andréa n'était plus la même, l'ennui aussi pouvait ouvrir des fissures, et aucun replâtrage ne les colmaterait... Il vit la lettre à travers les fentes de la boîte. Tout était immobile dans la grisaille du matin. Un ciel trianon, sans couleur. La mort devait être ainsi.

Il frissonna et malgré le froid et l'humidité qui

montait des herbes imbibées, il s'assit sur le rebord du mur.

Deux pages dactylographiées du conservateur d'Angers.

Marc les parcourut rapidement et se retourna pour regarder Haute-Pierre.

Le manoir lui sembla plus massif que jamais, presque laid soudain dans la lumière livide. Les rosiers sauvages n'étaient plus qu'un fouillis de branchages acérés et cruels, un combat d'épines et de broussailles, une agression griffue défendant l'entrée de la demeure. Un ennemi de pierres et de ronces.

Il relut la fin de la lettre.

Après la mort de Doullon, la maison avait été vendue au citoyen Gascon, député du Tiers Etat pour la région du Maine-et-Loire, après réquisition. Il ne profita guère de son acquisition, le jeune député devait mourir à l'âge de vingt-sept ans, le 17 décembre 1792.

Marc fixa longuement le manoir.

1792. La date gravée dans le souterrain.

Andréa à Gino Chivers (extrait)

Oui bon d'accord OK très bien parfait soit, entendu, c'est vrai, je ne t'écris guère. Mais crois-tu qu'en cet automne mordoré la fabrication des confitures de prunes, l'élagage des diverses branches superfétatoires, l'entretien du old castel et de mes deux maîtres de céans me laissent quelque repos? A propos de confitures d'ailleurs, j'ai besoin de tes lumières, toi qui fis des études aussi approfondies qu'inutiles : comment expliques-tu qu'à partir de prunes fondantes, merveilleuses, toutes beurre et sucre, véritables sphères d'or et de nectar, j'obtienne après fabrication une mélasse qui rappelle assez fâcheusement la moutarde extra-forte arrosée d'acide sulfurique? Autrement dit, comment expliques-tu qu'un fruit super-doux mélangé à du sucre de canne, sucré lui-même par définition, puisse donner un produit explosif, immangeable car vinaigré? Mon concubin notoire prétend que je devrais enlever la peau de chaque prune, besogne titanesque si on veut obtenir comme c'est mon but de quoi en faire pour l'hiver entier. Voici ta sœur bien-aimée qui, après avoir été appelée aux plus hautes destinées de l'art où n'aurait pas manqué de la conduire son métier de créatrice de costumes, verse à présent dans des soucis ménagers autant que paysans, te dis-tu, si tant est que tu puisses te dire une phrase aussi longue et construite. Eh bien oui, c'est vrai, mais sache cepen-

dant que j'ai assorti quelques échantillons et quelques idées me trottent par la cervelle. Un type d'Antenne 2 m'a d'ailleurs contactée, un projet de dramatique bizarre, il semble avoir des idées... Vais-je résister au double appât du gain et de la créativité? Affaire à suivre.

Marc va bien. Je suis tentée d'ajouter sans plus. Souci d'auteur peut-être, il me semble préoccupé surtout par une mystérieuse affaire concernant Haute-Pierre et ses propriétaires successifs, il est très évasif à ce sujet et je n'arrive pas à savoir vraiment s'il compte en tirer un scénario fantastique du type « La maison qui tue », ou « Le château tragique », ou si, piqué au jeu, il se met à croire à une emprise maléfique de ces murs anciens. Quant à ton neveu, il te prépare une lettre spéciale où il t'entretiendra de ses multiples activités car, si l'automne est le temps des confitures, il est aussi celui de la rentrée des classes et de ses angoisses. Cela semble s'être bien passé dans l'ensemble, bien que l'intéressé se plaigne du peu de vivacité spirituelle de ses coreligionnaires. Simple réflexe de Parigot persuadé de la supériorité de la pensée urbaine sur la pensée rurale, cela lui passera, mais c'est vrai qu'il me semble faire ses devoirs avec une facilité trop grande, même si l'accord des participes passés à forme pronominale garde encore pour lui quelques mystères.

Comment vont les locataires de la rue des Martyrs? As-tu trouvé le bonheur entre la sortie des poubelles et la montée du courrier, mon grand petit frère? J'aurais aimé que nous parlions de ton avenir au cours de ton séjour au château, mais il m'a semblé qu'outre ta nature fuyante sur tout sujet concernant ton futur, tu préférais passer plus de temps à faire le guignol dans le souterrain qu'à discuter avec ta sœur favorite.

Peux-tu venir nous voir? Cela me ferait du bien de me frotter un peu à ta carcasse. Je sais que ce n'est pas facile, mais je te sais le roi de la combine et tu dois bien pouvoir trouver ne serait-ce qu'un week-end un remplaçant concierge... Si tu as de la gêne en ce moment, je t'envoie un mandat sans problème. Sérieusement, fais ton possible, j'aimerais que tu parles avec Marc, il m'a dit que vous vous étiez bien entendus... En fait, je ne sais pas exactement ce que j'aimerais que tu lui dises, j'ai tout bêtement une sorte d'inquiétude à son sujet, qui n'a sans doute guère ou pas de raison d'être, mets donc cela sur le compte d'une fatigue passagère ou sur la nature parfaitement névrosée de la gent féminine dans son ensemble, et ne tiens pas compte de ce qui précède.

Je t'embrasse, barbu concierge, je retourne illico à la fabrication de ma nitroglycérine dont je te réserve quelques bocaux particulièrement explosifs.

Ecris to little sister.

Andréa.

CINQUIÈME TEMPS

CAS Nº 5

La Hutte des tambours morts – Afrique

Les phénomènes de maison hantée dans le tiers monde, et plus particulièrement en Afrique équatoriale, pullulent mais sont extrêmement mal connus et peu étudiés. Aucun répertoire n'en a été dressé. Dans ces régions où la magie noire, la sorcellerie et toutes sortes de pratiques occultes sont monnaie courante, l'attention des ethnologues ne s'est pas arrêtée à ce qui a été longtemps considéré comme une histoire folklorique faisant partie d'une tradition orale soumise aux délires inventifs des conteurs de village.

Pourtant, Andrew Zemco est allé jusqu'en pays Mazuimbé, région située aux limites nord de l'ancien Togo, pour se rendre compte de ce qu'il en était réellement de la Hutte des (ou du) tambours morts. Zemco, attaché de recherche en parapsychologie à l'université de Zagreb, en a ramené, en 1952, un récit étonnant dans lequel il avoue son impuissance à expliquer, voire à décrire, les phénomènes qui se produisirent durant la nuit passée près de cette hutte totalement isolée à la lisière d'une clairière, au cœur même de la forêt équatoriale. Il se demande si les choses qu'il vit cette nuit-là n'avaient pas pris naissance dans les effluves nés de plantes hallucinogènes qui auraient entouré la case, plantes dont l'existence n'a pu être authentifiée. Quoi qu'il en soit, il prétend avoir vu des êtres à face de lion battre les troncs d'arbres évidés qui servaient autrefois de tambours de guerre aux tribus ancestrales. Ces êtres sortirent de terre à la nuit, à demi décomposés. Zemco, caché dans les branches basses d'un arbre, affirme avoir cette nuit-là failli mourir de terreur. Tandis que certains frappaient continuellement sur le tronc, produisant un roulement ininterrompu, d'autres rôdaient dans la clairière sans but apparent. Zemco fut frappé par la violente odeur de sang et de pourriture qui se dégageait de ces êtres en partie humains. Il en compta quatorze. Les mains pourvues de griffes épaisses traçaient de profonds sillons sur le tronc des arbres, traces que Zemco retrouva au matin, après que les hommes-lions eurent disparu en s'enfouissant sous l'humus gras qui entourait la hutte. Zemco, après avoir rédigé le mémoire de son observation, mourut dans les mois qui suivirent et aucune nouvelle expédition ne fut décidée.

La région qui entoure la hutte est aujourd'hui totalement désertée, le village le plus proche se trouve à environ cent cinquante kilomètres; la végétation ayant totalement recouvert la piste menant à la clairière, il semble que le hasard seul puisse permettre à présent de découvrir la Hutte des tambours morts.

Rien.

Cela ne signifiait strictement rien. Les chiffres avaient pu être tracés après, ou avant, pour fixer une date, un souvenir, ils pouvaient n'avoir aucun rapport avec la mort de Gascon. De quoi pouvait-on mourir en 1792? Bien des gens mouraient à vingt-sept ans à cette époque : la guillotine ou la petite vérole, une épidémie, une grippe mal soignée, une saignée trop forte... Et, pendant qu'il agonisait, un crétin dans le souterrain sculptait la date de l'année où il avait eu son premier fils ou bécoté sa première bergère.

Non. Pas en latin.

Le type qui avait gravé cette date n'était ni un ouvrier ni un paysan, il aurait écrit 1792 tout simplement... Penser à autre chose.

Novembre.

Le vent qui se levait râpait les herbes grises avec un bruit de limaille. Il venait du nord, longeait les bords du fleuve et soufflait sur la colline de Haute-Pierre une haleine mouillée et sableuse... Tout sentait l'eau morte et terreuse. De la fenêtre de son bureau, Marc pouvait voir sur le ciel de papier sale la danse pâle des orties d'aluminium... La musique de l'hiver commençait, aigre et ferreuse, coupée du cri d'un corbeau décollant d'un orme du parc...

Peut-être ne tiendrait-il pas une année... A la Noël, tout changerait, des amis viendraient, ils referaient des fêtes, les cadeaux, les jouets du gosse, tout prendrait une autre dimension, ils feraient des feux dans chaque cheminée... mais il restait deux mois, pour l'instant il fallait supporter ce silence froid et sévère... L'été était peuplé de rumeurs, les oiseaux de l'aube, les mouches de midi, les grillons de la nuit, mais à présent tout s'était tu, les sons s'étaient enfuis avec les couleurs.

Le travail n'avançait pas. Il avait demandé un nouveau délai, il savait que cela ne servirait à rien. L'histoire qu'il devait raconter lui paraissait soudain par trop stupide, des êtres sans consistance se mouvaient uniquement pour donner naissance à des bagarres, à des baisers, à des poursuites, et menaient à cent à l'heure une vie idiote. Il lui semblait étrange de ne pas s'en être aperçu avant.

Les nuits devenaient glaciales, pâles et profondes sous la lune, chaque herbe prenait la couleur mortelle d'un fil de rasoir... Dans la salle des gardes, Andréa avait installé ses poupées et ses échantillons de tissus, elle avait recommencé à travailler... Ils mangeaient tous les trois dans la cuisine des soupes épaisses qu'elle laissait mijoter plusieurs heures, à la paysanne... De tout leur poids, les pièces vides de la maison pesaient... Il avait pensé meubler rapidement, mais depuis l'automne il n'avait plus eu envie de courir les antiquaires et les salles des ventes... Il n'allait même plus chez Fléchard, le village semblait d'ailleurs vidé par les premiers frimas et un silence plus compact s'était installé, la terre s'était figée, plus de forces dans les choses et les plantes. Il allait de plus en plus rarement dans le parc pour éviter de voir les tourelles dressées sur le ciel malade, un ciel grippé et blafard qui cernait Haute-Pierre.

Gascon, Doullon, Pontieu, Morlon.

Où tous ces gens avaient-ils été enterrés? Il pensa

qu'il n'avait pas mené une enquête suffisante : il y avait des gens dans le village à qui il n'avait jamais parlé et surtout des coins qu'il n'avait jamais visités dans le parc et même dans la maison. Il pourrait s'y atteler demain, ou attendre qu'Andréa et le gosse soient partis.

Elle le lui avait annoncé hier soir : elle avait accepté de faire les costumes pour *La Fausse Suivante*. L'action était transposée au XXe siècle, une drôle d'idée. En bon scénariste, il pensait que les personnages étaient inséparables d'une époque, les réactions n'étant pas les mêmes à deux siècles d'écart, mais il y avait à présent cette manie imbécile de transporter des gens d'un temps dans un autre, aussi ridicule que de mettre des Esquimaux sous l'Equateur ou des Sénégalais sur la banquise. L'originalité à tout prix était l'inverse du sérieux. Il avait été surpris du soulagement que cette décision lui avait apporté. Ce qui avait surnagé était le bonheur d'être seul pour pouvoir commencer les vraies recherches, pour régler le problème définitivement sans ce sentiment de culpabilité qu'il éprouvait envers elle et le gosse... C'est vrai qu'il les avait négligés l'un et l'autre, il ne leur parlait presque plus ces derniers temps. Il n'avait plus envie de faire l'amour. Avant de s'endormir, des visages défilaient, celui des deux folles, Doullon qui ressemblait à Louis XVI sur le portrait de la salle des gardes, un visage à la fois poupin et aigu, un nourrisson entêté dont la bouderie tournait en morgue... Les autres lui étaient inconnus, mais des formes parfois se précisaient. Un jeune homme en jabot de dentelle et habit mordoré à dominante de châtaigne, Gascon peut-être... Et puis la duchesse, corsetée, guindée, baleinée avec pourtant, sans le sourire ni la malice, quelque chose d'Andréa dans le front et les yeux. Une femme crainte et sévère, avec sous la carapace quelque chose qui aurait pu jaillir et qui devait s'appeler la vie.

Gare de Saumur.

« Vous avez encore douze minutes. »

Lavoisier déposa son sac avec un « han » de bûcheron. Marc fourragea dans les boucles souples.

« Qu'est-ce que je vais dire à Poupinot? Elle va venir pleurer tous les soirs à ma porte...

– Dis-lui de faire un régime. »

Marc rit. Pour la première fois depuis l'annonce de leur voyage, il sentit que l'enfant allait lui manquer.

« Tu me raconteras tous tes films en détail. »

Lavoisier leva son visage vers lui, il y avait une nuance d'étonnement due à cet intérêt soudain – depuis des semaines. Marc n'avait rien manifesté à son égard.

« D'accord. Tu veux que je te marque les noms des scénaristes?

– Ça peut me servir. Et puis ne tombe pas les filles, parce qu'à ton retour elle va te faire ta fête. »

Lavoisier haussa les épaules.

« Marc a raison, tu ne sais pas ce que c'est qu'une femme jalouse. »

Il y avait du monde dans la salle d'attente, les visages étaient creux, pisseux et durs sous le néon clinique que renvoyait le carrelage des murs.

« On a des gueules horribles, dit Andréa.

– Pas toi. »

Lavoisier prit son sac et se déplaça de dix mètres sur la gauche.

Marc sentit une boule monter.

« Ce gosse n'est pas discret, il a l'instinct de la discrétion, c'est encore mieux. »

Elle fourragea sous son blouson de fourrure et sortit une cigarette.

« Il t'a entendu me dire que je n'avais pas une gueule horrible, il a compris que c'était un compliment exceptionnel, il n'est pas idiot. »

Il la regarda aspirer la première bouffée. Elle s'était maquillé le bord des yeux, une ligne imperceptible qu'élargissait encore la courbe des cils. Il fourra les mains dans ses poches.

« Je suis le roi des cons, murmura-t-il. J'ai envie de faire l'amour.

– Il reste six minutes quarante-cinq, il fait moins de dix degrés, il y a trente personnes autour de nous, mais ça me fait tout de même plaisir. »

Il avala sa salive. Qu'est-ce qu'il croyait? Il avait une femme belle, drôle, libre, et depuis plus d'un mois elle n'avait pas existé pour lui. Elle partait et elle avait raison, et s'il continuait à faire l'imbécile, elle ne reviendrait plus. Elle ne dépendait pas de lui, à Paris des types pouvaient lui plaire. Il connaissait le milieu dans lequel elle allait vivre, les occasions ne lui manqueraient pas.

Il prit l'accent italien.

« Si tu me trompes, je te tue.

– Attention à Poupinot, je t'ai toujours supposé un côté pédophile développé.

– Elle n'est pas sans charme, mais les soupirantes de ton fils me sont sacrées. »

Il y eut un brouhaha sur les bancs et les ombres bougèrent sur l'asphalte du quai. Quatre minutes. Il avait vécu des mois avec elle et il avait comme une difficulté à la prendre dans ses bras.

« Téléphone-moi tous les soirs.

– Promis. »

Et s'il partait aussi? Il avait vingt-cinq mètres à parcourir. Il fonçait au guichet, un aller Paris et dans trois heures Andréa et lui tringlaient comme des malades dans la petite chambre de Montmartre.

Il se baladait huit jours, allait voir les copains, Paris, les rues qu'il aimait. Il les couvrait de cadeaux, rassurait de vive voix les bonshommes d'Antenne 2, il la retrouvait tous les soirs, il préparait tout, les fleurs sur la table, le champagne, la pizza congelée, la saison de théâtre battait son plein, ils n'auraient même pas assez de dix jours. Il l'emmenait partout. La folie retrouvée.

Elle écrasa le filtre sous sa talonnette western. Il eut l'intuition quelques secondes qu'elle avait senti son impulsion, qu'elle en avait eu un espoir instantané, mais qu'il ne fallait rien dire, ne pas influencer, jamais...

La voix gronda dans le haut-parleur.

Il l'attrapa par le revers de son blouson et la colla contre lui.

« Je suis un con, Andréa, ne m'en veux pas, il n'y a que toi dans ma vie qui ne sois pas une connerie, alors évidemment je suis dépassé, je ne sais pas m'y prendre. »

Les paumes caressaient ses joues. Pas rasé depuis trois jours. Nom de dieu.

« Je vais travailler, Marc, quelques jours de boulot et je reviens, c'est tout. »

Des lumières en fond de nuit. Lavoisier s'arrima au sac à dos. Les rails glissaient d'un jaune d'huile, la lumière coulait sur l'acier.

Les cheveux contre sa bouche, l'odeur de pomme. Tout ce gâchis pour un bordel de folie de maison hantée. Je suis plus qu'un con. Bien plus.

Les lèvres comme autrefois, lentes et rapides, les dents, le petit mur d'émail si vite franchi, mon amour superbe... Elle se cramponna si violemment qu'ils chancelèrent. Ne pars pas, mon amour, surtout pas, je ne te lâcherai plus, plus jamais jusqu'à la mort.

Il vit les lumières se brouiller dans les yeux d'eau,

une eau verticale vibrant dans le fracas horizontal du train... Ne pleure pas.

Ils refluèrent contre la porte, entraînés par les voyageurs, il trébucha sur la valise et saisit la poignée, de sa main libre il la serrait contre lui, les muscles de sa jambe jouaient contre les siens. Les talonnettes claquèrent contre le marchepied.

« Pardon... Excusez-moi. »

Le couloir, en crabe, trois militaires. Toujours des militaires dans les trains, la vie militaire consistait à prendre le train... Les portières glissaient.

« Ces places sont libres ? »

Borborygmes. Ça doit vouloir dire oui. Lorsqu'on demande si des places sont libres, un voyageur ne répond jamais oui... Il y a un grommellement S.N.C.F., une sorte de code.

Il casa dans le filet la valise et le sac de Lavoisier. Il sentit les boîtes dures dans la poche extérieure.

« Tu as bien fait d'en prendre, il n'est pas sûr qu'il y ait des sardines à l'huile à Paris. »

Le garçon sourit et parut embarrassé... vingt secondes.

« Même entre hommes on peut s'embrasser », dit Marc.

Elle fut troublée par la force de leur étreinte. Marc aimait l'enfant, énormément, de cela non plus ils n'avaient pas assez parlé. Nous n'avons jamais dit l'essentiel, c'est notre manière de vivre, de ne jamais l'exprimer, nous jouons, l'humour, le sous-entendu, il faut décrypter toujours.

Un sifflet.

« Dépêche-toi de descendre. »

Il sprinta dans le couloir.

« ... La fermeture des portes... »

Il sauta sur le quai, elle tenta de baisser une vitre, n'y parvint pas, des têtes l'encadrèrent, elle articulait des mots qu'il ne parvenait pas à comprendre. Il se mit à marcher pour rester à sa hauteur... Elle tendit l'index et sur la buée de la vitre il vit se former un cœur, une boucle double et parfaite qui resta devant ses yeux même lorsque le train eut disparu et qu'il n'y eut plus que son ombre étirée et coupée par les rails dans la lumière étroite du quai.

*

Ce fut le lendemain de leur départ qu'il termina le scénario d'un seul élan. Réveillé par un soleil inhabituel il se leva très tôt et, lorsqu'il ouvrit les volets, le parc bondit vers lui, givré comme un gâteau du dimanche. L'herbe et les arbres miroitaient de sucre glace dans la lumière bleue. Il bondit dans ses bottes fourrées, fit un café éclair et le but dehors sans sucre, en tirant sur sa première Stuyvesant. La première depuis quatre mois. On avait bien le droit de changer d'avis, non? Malgré le froid il resta en pyjama, noyé dans l'air d'une impeccable pureté. Il gonfla ses poumons et galopa vers les arbres. Sous le noyer, il donna un coup de reins, s'accrocha à une branche basse et, à sa propre stupéfaction, fit cinq tractions d'un coup. Il alterna trois sauts de grenouille, quatre en extension, posa son derrière dans le givre et enchaîna par une série d'abdominaux qui le laissèrent pantelant. Il bondit, les fesses humides, et sprinta vers Haute-Pierre dont les toits brillaient de milliards de farineux diamants. Il jeta veste et pantalon, gambada nu à travers les pièces, tenta la douche glacée, hurla sous la douleur liquide et tempéra à l'eau chaude, il se frotta au gant de crin, vérifia qu'il y avait dans le Frigidaire assez d'œufs, de jambon et de yaourts pour n'avoir pas à sortir avant deux jours et rassembla un monticule de bûches dans la cheminée du bureau. La matinée était vraiment exceptionnelle car la première allumette fut la bonne, il fondit sur stylo et papier et, sans relire les pages précédentes, abattit quatre séquences sans respirer. D'ordinaire il se serait arrêté et aurait ouvert le deuxième tiroir de gauche du secrétaire, là où se trouvaient les archives du notaire, cette fois-ci il n'en eut même pas la tentation.

Il avait depuis le départ une idée de la fin et s'aperçut qu'elle avait dû être écrite et réalisée une bonne trentaine de fois. Il chamboula tout, réunit deux personnages en un seul, imagina la tête réjouie du directeur de production à cette économie. Il trouva d'emblée des répliques ramassées et percutantes, l'héroïne cessa d'être languide pour devenir plus offensive, il décida de lui faire fumer la pipe, détail plus original que la cigarette et qui aurait un impact plus fort. C'était ce genre de truc que les Américains travaillaient. Il revint en arrière, fit trois coupes sombres, récrivit deux scènes entières, supprima une voix off et termina en force avec un punch qu'il ne se connaissait plus, en renversant la situation. Ce n'était plus l'héroïne qui finissait en chaise roulante poussée par son fils adoptif, mais le fils adoptif qui finissait infirme léger avec un grand espoir de guérison, tandis qu'elle téléphonait à l'homme de sa vie de venir la rejoindre tout en tirant joyeusement sur son brûle-gueule. Si avec ça il ne pulvérisait pas tous les indices d'écoute, il n'y avait plus qu'à mettre les clefs sous la porte.

Dans la foulée, il décida d'attaquer plus sec et, pour cela, il inversa deux scènes, celle du cambriolage avant celle de la baignoire en cassant davantage trois répliques. La plume du stylo cracha et il dévissa l'embout : la cartouche était vide. Dans le mouvement qu'il fit pour en prendre une autre, son regard accrocha la montre-bracelet : il était seize heures trente-huit. Cela faisait plus de huit heures qu'il travaillait, le feu était éteint et il n'avait rien mangé.

Avec un bâillement de plaisir il étira son dos douloureux. S'il tenait trois jours à ce rythme, tout le retard accumulé serait rattrapé. Mais d'abord un petit casse-croûte : une omelette, énorme, jambon et gruyère avec peut-être un calva tassé, ce serait un entracte mérité. Il referma le classeur et eut un regard vers la fenêtre. Le givre avait fondu, le ciel restait clair, d'une clarté obstinée, presque estivale, comme un coup de folie du temps, une tentative désespérée de la lumière pour installer l'été au cœur de l'hiver proche. Il y avait au-dessus des murs un...

Il recula doucement dans la pièce.

Près des ormes morts dans le taillis.

Il l'avait vu, aucun vent n'avait pu faire bouger ainsi les branches et la végétation épaisse qui masquaient les pierres. Quelqu'un était là, dissimulé.

Il avait parlé un matin avec Fléchard : « Y a jamais eu d'histoires, de cambriolages, de trucs comme ça. Ici, les gens laissent ouvert, ils n'ont même pas de chien, même ma cave n'est jamais fermée, on ne m'a jamais pris une bouteille. »

Très joli mais il suffit d'une fois. Un braconnier ? Il n'y avait pas de gibier.

Tout était immobile. Quelqu'un était là, dans les hautes herbes.

Marc avala sa salive. Par la fenêtre de la chambre il verrait peut-être mieux. Il se déplaça sans bruit et se sentit idiot de monter l'escalier sur la pointe des pieds. Très facile d'inventer des héros sautant de toit en toit le colt magnum au poing si, dès que quatre feuilles bougent dans le fond du jardin, on commence à mouiller doucement sa chemise.

Sans toucher aux rideaux, il tenta de distinguer quelque chose à travers les vitres. La vue d'ici n'était pas suffisamment plongeante, la futaie trop épaisse.

Andréa et le môme sont revenus et me font une blague.

Non, c'est idiot, ce n'est pas cela... Rien ne bougeait et dans peu de temps maintenant le ciel s'assombrirait.

Merde, j'y vais.

Il ne pourrait dormir avec cette présence dans les murs de Haute-Pierre. Car il y avait quelqu'un, c'était sûr, un centième de seconde il avait vu la silhouette courbée, pas de doute, il n'était pas un homme à hallucination. Il traversa les pièces d'enfilade et gagna la cuisine. C'est par là qu'il sortirait. Malgré lui, son regard erra sur la rangée des couteaux. Il en avait acheté quatre au supermarché pendant l'été, deux gros pour découper la viande, un pour le pain et un quatrième à lame courte pour désosser sans doute, il n'avait pas demandé. 79,95 francs le lot avec le support de bois. Une réclame, il n'avait pas résisté. Il revoyait encore l'emballage plastique.

J'en prends un?

Ridicule. Un bâton peut-être. Non, un couteau.

Sa main droite saisit le manche droit et il enregistra l'épaisseur. Il glissa la lame dans son dos, entre le cuir de la ceinture et la toile de son pantalon, rabattit le pull-over par-dessus et ouvrit la porte.

Froid.

Les vis de l'air tournèrent entre les mailles de la laine. Il y avait cinquante mètres entre l'inconnu et lui. Le sol lui parut spongieux plus que d'ordinaire. Si Andréa me voyait.

Ses yeux ne quittaient plus le taillis. Qu'est-ce que ce type pouvait bien fabriquer là-dedans?

Dix mètres. Peut-être parce qu'il se trouvait sous les arbres, l'intensité de la lumière lui parut avoir baissé.

« Il y a quelqu'un? »

Deux choses le surprirent : le fait d'avoir appelé et la sonorité de sa voix, parfaitement assurée, pas de peur donc, pas pour l'instant.

Il se pencha dans les herbes grises et cassantes. Il y avait une trouée entre les orties géantes, un tunnel étroit, un passage d'animal.

Pourquoi pensait-il à la duchesse de Brassac, 1770-1851... Pourquoi elle parmi tous les autres? Qui l'attendait contre ce mur?

Le manche du couteau lui meurtrit les reins.

« Qui est là? »

Il entendit un froissement d'herbes et un bruit de pierraille éboulée. On tentait d'escalader le mur. La large lame d'acier inox brilla dans sa main, il tomba à quatre pattes et avança dans la trouée sur les genoux.

« Ne bougez pas, bon dieu, je veux simplement... »

Un halètement sur sa droite, il pivota en éclair et faucha du coude une rangée d'orties. La duchesse. La terreur l'inonda avec une telle violence que les larmes jaillirent. Il était trop avancé pour fuir, il chargea tête baissée et vit contre son œil la chaussure enfoncée dans le magma spongieux.

La duchesse.

Il leva les yeux.

Poupinot.

Marc s'assit lourdement, les jambes coupées, lâchant son arme dans les feuilles cassantes. Une tendresse soudaine l'envahit pour la grosse petite fille.

« Qu'est-ce que tu fabriques là? »

Les joues formaient deux demi-cercles parfaits entourant le nez en trompette, la bouche étroite tremblait.

Les bras ballants, elle ne répondit pas. Fagotée dans un manteau de laine d'où sortaient ses jambes rouges, elle ressemblait à un petit tonneau à deux pattes surmonté d'une citrouille. Il lui sourit avec bienveillance.

« Tu veux une tartine ? »

Elle déglutit avec effort.

« Vui. »

Pas causante, la Poupinot, il s'en était déjà rendu compte.

« On va aller manger des tartines, dis-moi d'abord ce que tu faisais dans ce coin. »

La rougeur de la fillette s'accentua.

« C'est Chivers qui m'a montré.

– Qui t'a montré quoi ? »

Elle balaya l'endroit d'une main courtaude.

« Ce coin. »

Marc pouvait avoir une patience infinie.

« Tu es déjà venue là avec lui ?

– Vui. Avec Chivers. On est venus, c'est lui qui m'a montré. »

Tiens, tiens, est-ce que ce cher Lavoisier était plus sensible qu'il voulait bien le faire croire aux charmes rebondis de la jeune Poupinot ? Il imagina les deux gosses se roulant des galoches à l'abri des regards et au milieu des ronces. Elle revenait seulette pour une sorte de pèlerinage amoureux afin de revivre un peu les instants bénis passés avec le sémillant godelureau. Il n'insista pas pour préserver les pudiques sentiments de l'accorte villageoise et se promit de raconter l'aventure ce soir au téléphone à Andréa. Sacré Lavoisier. Un vrai tombeur.

De grande bonne humeur il se dressa et tendit la main à la petite.

« Aux tartines, on va se faire un goûter terrible. »

Les lèvres molles s'élargirent en sourire.

« Je croyais pas que c'était vrai, alors il m'a emmenée ici pour la voir. »

Marc remit la main dans sa poche.

« Pour voir quoi? »

Poupinot eut un geste vers le mur.

Marc vit la croix de pierre aux trois quarts enfouie sous les entrelacs de liserons et de vigne vierge, elle disparaissait sous un filet serré de végétations hargneuses et crochues.

Il s'accroupit, passant sa main sur la surface rugueuse. Sous ses pieds le sol se soulevait en dôme.

Le môme avait trouvé une tombe et ne lui en avait pas parlé. Qui était là-dessous? Il ramassa le couteau pour tenter de dégager la croix mais les torsades noueuses du bois étaient trop épaisses, il faudrait revenir avec un sécateur.

« Il y a longtemps qu'il t'en a parlé?

– Je sais pas. »

Grosse maligne. Il sentit un frisson dans le dos. La duchesse? C'était une prérogative de se faire enterrer dans sa propriété. Il fallait savoir. Revenir avec torche, pelle et pioche. Ça pouvait être long, une partie de la nuit peut-être... Il y avait évidemment ces deux scènes à finir, mais...

Au diable le scénario.

Poupinot le regardait d'un œil qui lui parut soudain stupide. Qu'est-ce qu'elle attendait? Ah! oui, les confitures. La seule à trouver comestible le T.N.T. d'Andréa.

Ils traversèrent le parc et, dans la cuisine, Marc, coupant longitudinalement un quart de miche de pain, versa sur l'un des morceaux un pot entier de prunes incendiaires et couvrit avec l'autre. Avec ça, elle pourrait tenir la route...

Marc lui tendit la main.

« Tu reviens quand tu veux. »

Elle prit le sandwich avec force, serra la main avec mollesse et tourna de nouveau au rouge cerise.

« Quand c'est qu'i revient, Chivers?

– Une dizaine de jours. Tu veux que je lui dise bonjour de ta part au téléphone ? »

Il crut qu'elle allait lâcher la tartine, l'instinct fut le plus fort, elle renifla, frotta le talon de son pied gauche sur le dessus de son pied droit, se gratta une oreille, tira sur le pan de son manteau, battit des paupières, ferma deux fois la bouche, fit trembler ses joues et flûta :

« Vui. »

Il la vit disparaître d'un galop lourd dans l'allée et il s'adossa contre le chambranle de la porte. Un maillon de la chaîne. Un nouveau. Et de taille celui-là. Si le gosse n'avait rien dit c'était pour ne pas le voir encore plus absorbé par cette histoire qu'il ne l'était. Sans importance.

Il récupéra des gants de travail dans les communs et partit à la recherche des outils abandonnés depuis l'été. Le fer de la bêche bougeait dans le manche. Avec rapidité il enfonça deux clous en croix, tapant comme un sourd. Il prit la veste de jardinage aux poches nombreuses et mit dedans sécateur, torche, cigarettes et trois pots de yaourt. Lorsqu'il fut fin prêt, il regarda sa montre : il était dix-huit heures et, sans qu'il s'en soit aperçu, la nuit était tombée.

*

La lune était pleine et rousse. Il leva le front vers la nuit et essuya son visage en sueur. Ses pieds disparaissaient dans des vapeurs d'absinthe lourdes qui stagnaient des marais, flottaient en larges vipères plates recouvrant le sol invisible. Le fer de sa bêche s'enfonça dans l'humus gras.

Il se raidit. Le beffroi, plus sombre que le ciel, égrenait les premiers coups de minuit. La terre s'amoncelait derrière lui tandis qu'autour des échauguettes du château démantelé les vampires au vol immobile semblaient fixés à l'étoffe du ciel par des clous invisibles.

La bêche rebondit entre ses mains et il étouffa un cri. Il lâcha l'outil, se jeta à genoux et commença frénétiquement à gratter la terre sur le couvercle du cercueil aux ferrures rouillées.

Il se rejeta en arrière et ses doigts terreux cherchèrent sous la chemise la présence apaisante du crucifix.

« Seigneur, murmura-t-il, protège-moi. »

Avec un craquement humide, les planches du cercueil cédèrent, pourries par le temps, il n'eut pas le temps de sauter et s'effondra dans la sépulture.

Alors, avec une lenteur inexorable il vit le squelette se soulever. La lune joua dans les orbites creuses et les mâchoires d'os s'écartèrent dans un rire effroyable. Son hurlement vrilla la nuit soudain sanguinolente.

« C'est bon, coupez! »

Couvert de boue, Jean-Louis Bergomieux se dégagea du trou tandis que la script lançait une couverture sur ses épaules. Bonnier et Marc vinrent vers lui en riant.

« Si tu ne me dis pas que c'est la bonne, j'éclate en sanglots.

– C'est la bonne, dit Philippe, on va simplement en faire une autre pour assurer et c'est terminé. »

Bergomieux gémit longuement.

« Qu'est-ce qui n'allait pas?

– Tout allait bien, dit Marc, simplement le type des effets spéciaux n'a pas tiré assez fort sur le système qui écarte les mâchoires du squelette, ça rend le plan trop long.

– Coupez au montage. »

Marc tendit une cigarette à son ami.

« Tu connais Philippe, c'est un perfectionniste, il préfère reprendre. »

Là-bas, près des caméras, Philippe Bonnier s'agitait déjà au milieu des électriciens.

« Tu m'envoies un projo sur les vampires, tu les montes aussi si tu peux, et allez-y mollo sur les fumigènes, on va finir par ne plus se voir.

– J'aimerais tellement que de temps en temps tu me fasses jouer autre chose que les barbeaux, les mafiosi ou les pilleurs de tombes. »

Marc sautilla sur place dans l'air froid.

« Pas question, tu as exactement la tête du type qui détrousse les cadavres. Tu es parfait dans ce rôle.

– Café? »

Ils tendirent ensemble la main vers les deux tasses de plastique brûlant.

C'était le premier film d'épouvante de Marc et il était ravi, cela faisait des années qu'il voulait en écrire un et dès l'accord des producteurs il s'était jeté à l'eau. Il avait suivi tous les jours de tournage et s'amusait comme un fou.

« Je t'ai changé ton texte, pas grand-chose, c'est la séquence 27, tu ne dis plus : « Le corps de madame « la Comtesse n'est plus dans la crypte », tu arrives fou de terreur en hurlant : « La crypte est vide, la « comtesse a disparu! »

Bergomieux ricana.

« Texte moins riche.

– Au cinéma, dit Marc, un texte riche est un texte trop riche, raccourcir, c'est améliorer. »

Jean-Louis soupira.

« Enfin, on s'amuse bien, c'est le principal. »

Marc rit et scruta la nuit.

« Où est Esther? »

Bergomieux s'enveloppa davantage dans sa couverture.

« Je suppose qu'elle a dû se faire sucer le sang par les vampires. »

A quelques mètres d'eux, les techniciens rangeaient avec difficulté le squelette dans sa boîte en camouflant les fils de nylon.

Le porte-voix résonna.

« On va tourner, je ne veux plus personne dans le champ des caméras. »

Bergomieux se leva avec un soupir.

« Christopher Lee a commencé comme ça, dit Marc, il a déterré plus de deux cents cadavres dans une trentaine de films avant de devenir vedette.

– Formidable, plus que cent quatre-vingt-dix-neuf à extraire, tu me remontes le moral. »

Marc le regarda partir avec tendresse, il râlait, mais il était ravi.

« Il est ravi, dit Esther, il râle mais il est ravi. »

Il sentit la présence de la jeune femme derrière son dos.

« Tu surveilles s'il ne serre pas son squelette de trop près?

– Il est capable de me tromper avec n'importe qui. »

Marc passa un bras autour de la taille de son amie.

« Il me faudrait une fille comme toi, dit-il, en plus mince.

– Tu la trouveras un jour, le jour où tu ne la chercheras plus. »

Marc baissa la tête et tira sur la toile pour que chaque doigt aille jusqu'à l'extrémité du doigtier. La veste à ses pieds formait un tas indistinct. Il braqua la torche et alluma. Ce serait un sacré travail.

Esther avait eu raison finalement, alors qu'il ne cherchait plus depuis longtemps, il avait trouvé Andréa. Tout cela était le passé, le film avait été programmé en plein mois d'août, on lui avait expliqué qu'après chaque film de terreur le nombre de protestations quintuplait, la presse avait été bonne pourtant, *Télé 7 Jours* avait fait une interview de lui et de Bergomieux, finalement *Le Déterreur* avait été vendu à des télévisions étrangères, une pas si mauvaise opération en fin de compte... Creuser et continuer à penser au tournage, à l'ancien monde, à n'importe quoi sauf à ce qu'il était en train de faire.

Dans le cylindre étroit de la lumière, le cône inversé du trou s'élargissait. La terre était meuble et s'éboulait en fragments minuscules... des séismes en réduction, des éboulis infimes... Le fer tranchait des racines luisantes et grasses d'une blancheur livide d'oignons coupés. Marc ferma les yeux... Ce devait être ainsi, la mort... Dans le silence souterrain, ces avalanches grasses, le gonflement d'une racine ébranlant l'édifice fragile des mottes... Toute une vie grouillante et silencieuse où inlassablement les vers foraient de vermiculaires galeries, des grattements. La mort était le contraire du silence... une cacophonie terreuse et gluante, un concerto pour violons envasés.

Il creusait depuis déjà trois quarts d'heure et la douleur afflua dans ses dorsaux. Une halte : yaourt et cigarette. Non pas encore, encore dix pelletées, non, quinze, il n'était quand même pas centenaire. Il tint jusqu'à treize et décapsula son yaourt. Pas évident qu'il y ait un cerceuil, le corps pouvait avoir été enfoui à même la terre. Peut-être même n'y avait-il rien. Ou un trésor. Ali Baba, le coffre de pierreries, diamants et perles. Ou un clebs. C'était plus probable, le père Pontieu avait enterré son chien tout bêtement. Mais alors pourquoi la croix ? Le goût de laitage l'écœura vaguement. Andréa en faisait une consommation intense. Il le termina et froissa le carton cylindrique dans sa paume. Comme il allait le jeter il distingua un lambeau blanc à la limite du faisceau lumineux. Il s'agenouilla et tira légèrement à lui. Une toile. Peut-être le linceul aux trois quarts décomposé. Malgré la douceur précautionneuse de ses gestes le fragment se déchira comme un papier mouillé. C'était maintenant.

Se calmer d'abord. Bon dieu, qu'est-ce qui m'arrive? Je suis Marc Conrad, scénariste, propriétaire, une femme, un enfant, un compte en banque, des amis, je vis en 1985 et le cœur à cent à l'heure je creuse en pleine nuit une tombe dans un parc comme dans un film idiot dont je suis l'auteur.

Il travaillait plus doucement à présent, plus régulièrement.

Il crut tout d'abord que c'était une racine ou une branche morte noueuse, sertie d'une gangue de glaise, il leva la pioche et frappa juste à côté pour la dégager davantage. Sous le choc, la terre se détacha et il lui sembla reconnaître une forme familière. Il ouvrit la lame du canif et gratta légèrement. C'était bien cela : une araignée sur le dos aux pattes repliées, une araignée d'os : une main refermée.

Il sentit la goutte couler le long du sourcil. Je sue davantage que Bergomieux sous les projecteurs.

Il identifia les jointures, carpe, métacarpe, le reste devait être en dessous. Il se sentit rassuré : il n'y avait pas un lambeau de chair, la sépulture était très ancienne, il craignait la pourriture, mais la terre avait tout absorbé, aucune odeur ne montait sinon celle de la terre remuée.

Il travaillait au canif à présent, dégageant le radius centimètre par centimètre. Les morceaux de tissu se faisaient plus nombreux, le sol avait l'air à présent d'un coin jonché de papiers sales après un pique-nique de touristes. Il parvint enfin à le dégager et le tira à lui. L'os était cassé approximativement à la hauteur du coude, la cassure irrégulière ressemblait à la surface d'une éponge ou d'un morceau de bois mort vidé par les termites. Il reprit la pelle et creusa encore, il ne trouva plus rien.

Cette tombe n'avait pas été faite uniquement pour enterrer une main et son bras, le reste devait être là... Peut-être y avait-il eu des effondrements souterrains ayant entraîné le reste du corps plus profond, dans des excavations creusées par les ruissellements des pluies... Fléchard et Berthoux lui avaient appris que la région était parsemée de grottes, de carrières anciennes, il y avait eu des mines autrefois, des galeries creusées du temps de Doullon, le reste du corps avait dû être emporté.

Deux heures quinze. Cela faisait presque quatre heures qu'il travaillait. Le tissu de ce qui avait dû être le linceul se déchirait, toutes les fibres se délitaient sous ses doigts. Il en dégagea cependant encore et sentit que celui-ci résistait davantage. La texture n'était pas la même, plus serrée, plus fine. Il tira et ramena à lui un carré dont les bords étaient mangés par une sorte de dentelle brune. Un mouchoir. C'était la dimension en tout cas. Avec le dos de la lame il racla la boue... Quelque chose semblait écrit, brodé peut-être. Il approcha sa découverte de la lumière, gratta avec son ongle et le dessin se composa sous ses yeux. C'était un chiffre. Un 6.

Ou un 9.

*

« C'était tellement ennuyeux que vers minuit Claudine qui tombait de sommeil se tourna vers moi et me chuchota : « Trouve un prétexte pour « qu'on foute le camp d'ici, j'en ai marre. » Et je lui dis : « Mais tu es chez toi. » Elle dit : « Nom de dieu ! » et tomba de sa chaise en hurlant de rire. Philippe a dû la porter jusqu'à la salle de bain secouée de spasmes et du coup les autres sont partis, on a fêté leur fuite au champagne jusqu'à quatre heures du matin et je travaillais à huit. Comme tu le vois, je suis très sérieuse. »

Marc coinça le combiné contre son épaule. De la main droite il crayonnait des cercles concentriques sur le dos de l'agenda.

« Et ton fils ?

– Trois karatés à la file hier après-midi. Esther l'accompagnait, elle est revenue hagarde, notre cher Abd el-Kader est aux anges. (Abd el-Kader aujourd'hui, Abd el-Krim hier, Ibn Seoud avant-hier, c'est sa période arabe pour enquiquiner Esther la sioniste), il m'a chargée de te serrer virilement la main.

– Parle-moi du film.

– Parle-moi de toi d'abord, je te trouve la voix inerte. »

Marc sentit un muscle vibrer sous sa paupière. Surtout ne rien laisser paraître.

« Pas inerte, enroué. J'ai dû choper une légère crève hier matin et...

– Tu sais où est la pharmacie ? Tu dois prendre de l'Antigrippine, il y en a un plein tiroir, celui de gauche. »

Andréa... Merveilleuse et tendre Andréa... Ne la lâche pas, surtout pas, elle est ta sauvegarde.

« Ne t'inquiète pas, tout va bien.

– Le scénario ?

– Terminé en une journée. »

Elle poussa une exclamation de joie tellement jaillie du cœur qu'il en fut surpris.

« Fantastique ! Au fond, tu avais besoin d'être seul.

– Tu es une anti-muse, ta présence est trop obsédante.

– Tu veux que je reste à Paris ?

– Surtout pas. »

Il la sentait heureuse, comme dans les premiers temps de Haute-Pierre. Et rien au monde n'était plus heureux qu'Andréa heureuse.

« Je vais raccrocher sinon c'est la ruine. J'ai

encore dix-sept figurants à habiller. Est-ce que je puis me permettre de te demander si je te manque un tant soit peu?

– Pas du tout. Je ne pense pas à toi une seule seconde.

– Moi non plus. Tu te fais à manger correctement?

– Jambon, yaourt, spaghettis et soupes en sachet pour le soir.

– Bravo. Tu te rases?

– Trois fois par jour.

– Tu m'embrasses?

– Follement.

– Tu m'appelles demain?

– Je t'appelle demain.

– Soigne-toi, Marc.

– Je te rembrasse.

– Arrêtons-nous là, je défaille.

– A demain, bébé. »

Il reposa l'appareil et fixa la cheminée. Les bûches continuaient à se consumer sans flammes sur un lit de braises blanches.

C'était une question de chiffres, il en était certain.

Toute l'histoire, tout le secret reposait dessus. S'il agissait avec méthode, il trouverait, pour cela il fallait toutes les données, tout reprendre, il était certain d'avoir tous les éléments, les dates, de naissance, de mort.

Personne ne peut y croire, ni Andréa ni les autres, Rowitz peut-être, le copain de Philippe, mais c'était un homme de recherche, de laboratoire avec caméras et instruments, tout cet appareillage inadéquat pour cerner l'incernable.

Qu'avait pu révéler Haute-Pierre? Elle était le point commun entre un ministre, une duchesse, un vieil ivrogne, une folle et un jeune député... Que cherchait-elle à défendre et comment?

Il avait dormi toute la journée. Il était dix heures du soir, l'heure de l'étourdissant silence. Il y était sensible ici surtout, dans cette salle dont il avait fait son bureau, le phénomène étant dû aux boiseries et aux tentures qui étouffaient encore davantage les sons... A cette heure tout était mort dehors... Des bords noyés de la Loire aux premières ondulations du pays, rien ne bougeait, et tourner le feuillet d'un livre était introduire le vacarme dans une mer étale et dense de paix oppressante.

Rien ne correspondait... Tous étaient morts à des âges différents, vieux ou jeunes, de façons diverses : suicide, meurtre, maladie. Aucun jour, aucun mois ne correspondait...

Deux étaient morts en novembre, Pontieu et la duchesse. Morlon en octobre. Doullon un 21, Gascon un 17, Antoinette un 11. Merde. Rien ne concordait.

Ou alors partir de 6. Ou de 9. Le mouchoir du macchabée... Idiot. Déjà la fatigue qui vient. Il n'est pas tard pourtant.

Il frotte ses paupières. Il devait rester un fond d'armagnac. Non, cela ne m'éclairera pas les idées. S'il y a quelque chose à trouver, ce sera ce soir...

Tous savaient. Comment? Une seule date était gravée dans le souterrain. Et s'ils avaient fait comme lui? S'ils s'étaient renseignés sur les propriétaires précédents, s'ils avaient remonté une filière?

Pontieu n'avait pas toujours été un ivrogne, il l'était peut-être devenu uniquement parce qu'il n'avait pas pu supporter la vérité. Si c'est cela, je suis le plus con de tous... La solution est près de moi quelque part...

Ce silence toujours... Où fouiller? Où trouver? Des pièces avaient été refaites au cours des années, on avait enlevé des colonnes, remis des boiseries, des pierres avaient été cimentées, des murs plâtrés, des portes changées... Sous les panneaux des boiseries qu'y avait-il? Pourquoi ai-je tant sommeil?

Cette maison ne veut pas être habitée.

Un sujet de scénario. Qu'est-ce qui n'est pas un sujet de scénario? Ce n'est pas cela de toute façon, il ne se dégage aucun malaise de ces lieux, ces murs ne me sont pas hostiles, j'y ai été heureux, je le serai encore... Pas de craquement insolite, je ne sens aucune présence, tout le monde y dort profondément, tous ceux qui sont venus ici n'ont rien remarqué de bizarre. Une maison sans ondes... Je suis le seul à me douter qu'il y a quelque chose, tout vient de moi au fond, mais je n'ai aucune onde paranormale... Avec Jean-Louis, Esther et quelques autres, nous avons fait tourner des tables un soir à Paris avec un assistant spirite. Ça n'a jamais marché... Par ma faute. On m'a dit que je brisais le fluide, c'est vrai que j'avais envie de rigoler, que je m'amusais de cette pitrerie... Je n'ai pas le sens de l'étrange. Il ne m'amuse qu'au cinéma... A dix-huit ans j'allais au Brady voir les films de la Hammer, tous les Dracula, les Frankenstein, les Dracula et Frankestein, la fiancée de Dracula, la belle-sœur de Frankestein, je repérais les trucages, les effets sonores, le zoom éclair après l'interminable panoramique... Toute la panoplie de l'épouvante à quatre sous.

Onze heures et demie. J'ai dû dormir.

Je découvrirai le mystère à minuit, comme dans les bouquins d'Edgar Poe.

Procédons par ordre. Que disais-je déjà? Ah! oui, Roche, le prof de maths de 6e, lycée de Marseille, le préau sous la verrière, la classe donnant sur la cour, nous écrivions sur des bancs étroits sculptés par les canifs des générations passées... Un bon prof finalement. Ils avaient encore la blouse à cette époque, grise avec des traînées d'encre dans le dos. Il avait un surnom... je ne sais plus... « Deux entrées ». C'est cela, on l'appelait « Deux entrées » : il nous disait toujours de faire un tableau à deux entrées... Une manie...

Le fauteuil craqua et Marc reprit son stylo. Il avait ramassé noms et dates en vrac sur des feuilles en désordre. Il prit une nouvelle page et traça les traits. L'encre brillait dans la lumière de la lampe avant de sécher. Il s'appliqua, vérifiant chaque nombre au fur et à mesure qu'il les traçait. C'était un travail de copie mais il lui prit plus de temps qu'il ne l'aurait cru. Lorsqu'il eut terminé, il posa le stylo et se renversa sur le siège, contemplant son travail.

Noms	Jour		Mois		Année		Age
	naissance	mort	naissance	mort	naissance	mort	
Pontieu	7	16	2	11	1925	1979	54
Morlon	2	11	1	10	1852	1924	72
Duchesse	16	25	2	11	1770	1851	81
Gascon	8	17	3	12	1765	1792	27
Doullon	12	21	1	10	1726	1789	63

Bien. Cela n'avançait strictement à rien, mais donnait un effet de sérieux, de rangement.

J'ai mérité un armagnac.

Il se leva et se dirigea vers un recoin du mur qui lui servait de bar. Il prit la bouteille et c'est au moment précis où il refermait ses doigts sur elle qu'il sut quel était le secret de Haute-Pierre.

Il reposa doucement le flacon et retourna vers la table. Il s'agissait de vérifier, simplement.

Il était sûr du résultat. Son intuition ne l'avait pas trompé. Tout était dans les chiffres, dans un seul chiffre, celui qui figurait sur le mouchoir du cadavre déterré. Le 9.

Tout se tenait à présent. Il ne restait plus qu'une simple petite opération à faire, une ligne à écrire.

Comme un élève scrupuleux il déboucha le capuchon du stylo et lentement traça son nom.

Marc Conrad, né le 21 février 1940.

Il observa l'encre séchée et ajouta :

« Mort le 30 novembre 1985. »

Il était minuit légèrement passé, il lui restait donc exactement treize jours à vivre.

Journal III

Cette Poupinot est vraiment la reine des connes.

Ils sont cons, tous en général, mais alors elle, c'est la plus conne. Toujours à cafter les autres et à lever le doigt pour dire des conneries pour se faire bien voir

Aux révisions de calcul on fait la table des 8. La maîtresse dit : 8 fois 8? La Poupinot bondit comme à Vincennes. Je dis à Mercier qu'est mon voisin : elle va dire 56. La maîtresse dit : Poupinot, réponds. Et Poupinot qui pète de joie dit : 48! Là elle m'a quand même étonné. D'habitude elle se goure que d'un numéro à la fois. Une conne. Et un gros cul en plus.

Avec Mercier, ça va, on rigole mais pas beaucoup, je rigolais plus à Paris avec Robert et les autres, ici tout est plus lent, et puis il y a trop de silence dehors, ça me gêne. Rue Coysevox dans le XVIIIe, il y avait toujours des bagnoles qui passaient dans la rue, des gens, il y avait de la vie. Là, il n'y a rien, que nous qui faisons un peu de bruit dans la cour.

Les types bouffent beaucoup, ça, ça me surprend toujours, ils bouffent tout le temps. Des sandwiches dans des pains de quatre livres avec des pots de rillettes dedans. Evidemment je fais plus fluet qu'eux. Même les filles font costaud, surtout Poupinot, mais avec un triple cul c'est pas un avantage.

Mercier est venu à la maison. Il croyait qu'Andréa était ma sœur. On a joué mais il est pas pour les duels, les mousquetaires, tout ça, il est plutôt pour regarder des conneries à la télé. Pas très évolué comme mec, brave mais un peu con. Je dis beaucoup « con » en ce moment.

Marc est dans ses papiers et Andréa a recommencé à râler après moi, pas fort mais quand même, ça a repris, comme à Paris quand ça n'allait pas. L'autre soir ça a chauffé dur pour une connerie de participes passés pronominaux ou un truc équivalent, et puis après la soupe Maïzena qui collait comme si on voulait retapisser la cuisine, j'ai voulu ouvrir une deuxième boîte de mes sardines et elle a pas voulu. Ça voulait dire que c'est avec Marc que ça va plus. Ils ont qu'à se marier, ça arrangera peut-être. Les gens d'ici croient que c'est mon père. Ça m'est égal. C'est même mieux. L'autre jour je lui ai demandé de faire un foot mais il a dit : « pas l'hiver ». Ça c'était la meilleure. Il croit peut-être qu'on joue au foot l'été. Il doit confondre avec le water-polo. C'est son scénario qui le travaille. Il fait des scénarios. Le scénario et puis aussi ces histoires sur les anciens proprios de la maison. J'ai bien fait de ne pas lui montrer la tombe. On la voit toujours pas, les orties ça ne meurt jamais. Je crois que maman va partir, elle a recommencé à faire des costumes et on lui téléphone presque tous les après-midi. Donc elle va aller travailler. Pas longtemps, huit jours ou un peu plus. Si ça tombe aux vacances, j'aimerais bien qu'elle m'emmène, j'irai revoir Robert et les gens de Montmartre, les voitures tout ça, j'irai au cinéma. Je suis sûr que je trouverai l'appartement encore plus petit qu'avant, mais ça ne fait rien. Et puis je verrai si j'ai grandi. Andréa faisait des marques à la porte avec un crayon juste au-dessus de ma tête.

Il pleut encore. A Paris c'était pas marrant, mais à la campagne c'est la gadoue totale, on peut pas sortir et le vent fait vraiment du bruit dans les cheminées. Le mercredi après-midi Andréa m'a acheté plein de trucs. Je crois qu'elle a peur que je m'ennuie ici. Je ne m'ennuie pas, il y a la télé, j'ai mon vélo, ma rapière, et puis j'aime bien être seul dans les pièces du haut ou le parc, je fais des combats, des duels, mais en silence, alors elle croit que je ne fais rien.

J'écrirai plus cet hiver.

Benito Mussolini.

P.-S. On a été dans le souterrain avec Tonton, je l'appelle Tonton parce qu'il ne veut pas que je l'appelle Tonton, ça fait déjà longtemps mais j'avais oublié de le mettre.

SIXIÈME TEMPS

CAS Nº 6

La Maison Braggle – Hollande

Située à Walgotten, petit village en bordure d'un canal reliant Amsterdam à la côte, elle ressemble à ces maisons que peignaient Vermeer et les peintres flamands des XVII ou XVIIIe siècles. Le cas de la Maison Braggle est curieux car aucun phénomène de hantise n'y est signalé depuis sa construction (1651) jusqu'à sa réfection (1948). Pendant près de trois cents ans, c'est un lieu sans histoire, habité par une suite de familles de commerçants, d'artisans et, au début du siècle, d'avocats. En 1948, Hans Van Buren l'achète et décide d'y apporter des modifications, en particulier concernant la disposition des pièces qu'il transforme en construisant de nouvelles cloisons pour pouvoir y loger sa famille composée de sa femme et de trois enfants dont un en bas âge.

Dès le premier soir de son installation, commence une série de phénomènes bien connus des spécialistes sous le nom de « phénomènes Poltergeist » : on retrouve au matin des objets ayant changé de place, en particulier de vieilles porcelaines et des portraits. Van Buren ne s'affole pas, il note les faits pendant la quinzaine de jours que durent les incidents. Il s'aperçoit très vite que les objets déplacés semblent obéir à une règle précise : retrouver leur ancienne place. Il se livre alors à une expérience simple : il met à la cave un fauteuil ancien datant du XVIIIe siècle et ayant toujours séjourné près de la fenêtre du salon. Le lendemain, le fauteuil a retrouvé sa place. Van Buren alerte alors un ami travaillant à l'Institut de recherche du paranormal des Etats-Unis qui lui promet de se rendre chez lui. Avant que celui-ci n'arrive les phénomènes changent de nature. Van Buren et sa femme sont réveillés une nuit par des coups sourds frappés dans la pièce à côté. Leur violence s'amplifie et le couple comprend que quelqu'un ou quelque chose cherche à abattre les cloisons nouvellement construites.

Van Buren constate en effet au matin que des fissures et des brèches sont apparues à l'intérieur de la maison. Il décide alors de quitter les lieux. Lorsqu'il revient deux jours plus tard, les cloisons sont effondrées.

Avec son ami arrivé des Etats-Unis, il passe une nuit dans la maison Braggle en compagnie d'un assistant du bourgmestre chargé de la sécurité. A une heure quatre du matin, alors qu'ils s'assoupissaient tous les trois, les fenêtres s'ouvrent et les briques et panneaux ayant servi à la construction des nouvelles pièces sont projetés à l'extérieur dans le jardin, certains atterrissant dans le canal proche. Tous virent nettement, la nuit étant claire et la lune illuminant parfaitement la scène, une main humaine travailler avec précision et vitesse, soulevant et jetant les gravats.

L'affaire ayant fait du bruit et les journaux néerlandais s'en étant emparés, Van Buren ne parvint pas à vendre la maison assiégée pendant quelques mois par les curieux. Il s'y réinstalla après l'avoir remise en son état initial et devait y vivre vingt-trois ans sans qu'aucun nouveau phénomène ne s'y produise. C'est sa fille aînée qui en est l'actuelle propriétaire.

Le caoutchouc serra la chair et il vit la veine gonfler sous la peau. Elle se dilatait, légèrement vibrante, en serpent bleuté, lisse et mouillé, filament d'entrailles. C'était ainsi quand on vidait les lapins... Il en coulait un sang chargé comme une rouille liquide. Dans le bocal le sien était rouge. Un peu pâle, ni cabernet ni bourgogne... Peut-être à la fin de sa vie celui de Pontieu était-il devenu un vin épais et fort... L'imbécile.

Ils s'étaient tous fait avoir – par alcoolisme, par peur, par fatalisme, par surprise... L'un avait fui à Paris, l'autre à l'asile et la Brassac avait dû se réfugier dans le hiératisme imposé par sa caste : on ne fuyait devant personne, pas même devant la mort.

La ligne rosâtre du garrot disparut. Il sentit la brûlure de l'alcool imbibant le coton.

« Repliez le bras. Ne baissez pas encore votre manche, vous vous tacheriez. »

Ménagère. Infirmière et ménagère. Elle n'avait pas prononcé un mot qui ne soit d'ordre professionnel. Tant mieux. Pas de bavardages.

« Vous restez couché quelques instants. Je viens vous chercher pour les radios. »

La porte se referma. Carrelage sur les murs et housse de plastique sur cette sorte de fauteuil de dentiste où il se trouvait assis. Des rangées de bocaux en enfilade, tous étiquetés. Il pensa aux confitures d'Andréa. Elle serait là dans trois jours. Plus si elle prolongeait. Hier soir il avait laissé le téléphone sonner. Pas la force de jouer le jeu des vivants. Leurs histoires factices et futiles de métier et d'amour... La vie n'existait que par l'ignorance de la mort. Sur cette planète, il était le seul à savoir. Le seul au monde.

« Si vous voulez me suivre... »

Il ne l'avait même pas entendue entrer. Elle avait dû tellement vivre dans ces murs qu'elle se confondait avec eux... Un visage d'hôpital. Cet équilibre infiniment instable du regard où la cordialité bienséante peut basculer dans la sévérité inflexible. Nous allons sans doute vous sauver mais il faut obéir, vous laisser ouvrir, découper si vous voulez vous en sortir... Salope.

Il suivit le corps frêle fait pour la blouse de nylon impersonnelle et médicale. Un corps abstrait.

« Vous vous mettez torse nu. »

La plaque froide contre son thorax... L'enfance. La visite médicale, il avait peur de la tuberculose lorsqu'il était gosse. Toute la classe à poil dans les couloirs, ils se mesuraient le zizi. La doctoresse traquait à la main les retards testiculaires, les pubertés paresseuses, les descentes trop lentes d'organes alanguis. Il avait encore en mémoire le visage de... Le nom a disparu mais je le revois, un voisin, on faisait le chemin ensemble de la rue des Bons-Enfants jusqu'à l'école.

« Elle t'a tâté les couilles à toi aussi?

– Ouais. »

Clin d'œil.

« C'est une salope, elle profite, ça la fait mouiller. »

Il avait protesté mollement.

« C'est son métier, elle fait ça pour savoir. »

L'œil effaré de son copain l'avait persuadé de son erreur, de sa naïveté monstrueuse.

« Mais t'es tout con toi! Tu comprends que dalle, elle fait ça pour que tu bandes... T'as pas bandé?

– Un peu. »

Il n'avait pas bandé. Il ne bandait d'ailleurs pas du tout à l'époque. Il avait dû avoir du retard là aussi.

« Remontez les épaules. Faites le dos rond. Voilà, ne bougez plus. »

Ils ne lui découvriraient rien. Il le sentait. Plus exactement ils lui trouveraient un peu de tout, un peu d'albumine, de cholestérol, pas assez de ceci, un peu trop de cela. Il devrait moins fumer, faire plus d'exercice, suivre un régime, réduire l'alcool, le café... Des banalités. Mais il fallait être sûr qu'Elle n'allait pas venir en s'appuyant en quelques jours sur une vieille assise, une tumeur, quelque chose d'enfoui comme une bête immobile et visqueuse qui tout à coup bougerait, un cancer comme un rat, les poils collés de rouge fiente qui en trois jours creuserait le trou fatal dans le sang et l'horreur... Conrad est mort en quatre jours, cela s'explique maintenant, une tumeur maligne jamais soignée, un pamplemousse, et tout d'un coup, dernier soupir le 30 novembre. Il avait quarante-cinq ans. Un nouveau triomphe pour Haute-Pierre. Ni vu ni connu.

Pas avec moi. Elle ne m'aura pas.

« Merci, c'est terminé. Vous pouvez vous rhabiller. »

Il remit sa chemise dans le box. Il se sentait calme, magnifiquement, ses doigts ne s'embrouillaient pas avec les boutons. Il sortit.

Hôpital l'attendait, des fiches à la main.

Les yeux étaient installés à jamais dans sa fonction. Comment étaient-ils quand elle faisait l'amour? Est-ce qu'autre chose émergeait de cette croûte rassurante et stricte?

« Vous aurez les résultats dans trois jours. »

Inutile de poser des questions, elle possédait à fond l'art de dire ce qu'il fallait pour les éviter d'emblée. Un modèle d'efficacité dans les dialogues. Pas un mot de trop, je peux en prendre de la graine, si je la prenais pour modèle d'infirmière dans un film on me dirait que ça ne fait pas vrai, qu'elle est trop stéréotypée!

Il regagna sa voiture dans le parking de l'hôpital. Check-up terminé, cela avait pris tout de même près de trois heures.

La première partie du plan était terminée. « Deux entrées » aurait été fier de moi. Elle peut surgir de deux façons, par l'intérieur, ou par l'extérieur.

L'intérieur, c'est la maladie. Je serai fixé dans trois jours mais je n'y crois pas, je me sens bien, en forme. Si j'avais le sens de l'humour, je dirais que Haute-Pierre me réussit.

Reste l'extérieur... Cela aussi sera réglé ce matin.

Il conduisait à trente à l'heure dans les rues saumuroises. Il aimait la ville le matin, le château surplombant le fleuve et la coulée des ardoises dans l'eau verte. Le théâtre arc-bouté aux colonnes grises ouvrait l'avenue et le monde de la province... Certains jours il y avait un marché sur la place. Les ruelles tournaient, les salons de thé, les magasins vieillots dont on sentait qu'ils passaient de génération en génération... Les fils changeaient un comptoir, le petit-fils la rangée des étagères... Lentement le formica et le design s'implantaient, il y demeurait encore un parfum d'anciennes boutiques, les longs après-midi vides dans les rayons de la mercerie, tandis que le soleil baissait sur les collines... Des militaires passaient, les cavaliers... Les bals de garnison, l'odeur de la paille et des chevaux dans le quartier des casernes et des bistrots... Curieuse, cette manie de ne pouvoir être dans un endroit sans le voir au passé... La déformation professionnelle

184

peut-être... L'Histoire et les histoires allaient ensemble, et il en était le raconteur...

Il se gara à nouveau près du parapet du quai. L'odeur verte et moirée montait le long des berges étroites.

Leverien. Maison Leverien et fils fondée en 1887.

Du fond du magasin, l'homme se leva lentement tandis que la clochette finissait de tinter. Il avait la Gitane maïs incombustible incorporée au coin droit de la lèvre inférieure. Peut-être dormait-il avec.

« Monsieur? »

Le regard de Marc erra sur les vitrines. Là, aucun formica n'avait pénétré, le bois sombre des pharmacies anciennes... même la caisse enregistreuse faisait musée.

Marc fixa le mégot. Il avait dû brûler à l'intérieur, la salive qui l'imbibait arrêtant la combustion.

« Je voudrais un fusil de chasse. »

Soupir. Les clients sérieux devaient présenter leur demande autrement. Donner des noms de marques, de calibres, préciser d'emblée des caractéristiques précises... Il sortit son permis. Il l'avait pris il y avait longtemps pour un week-end auquel il avait été invité... On lui avait prêté un deux-coups à canons juxtaposés, long comme une canne à pêche, à chiens apparents et à détente dure, il avait tiré trois fois sur des sarcelles qu'il avait manquées. Avant de partir en juillet dernier, il l'avait fait renouveler.

« Nous avons plusieurs modèles... »

Le marchand désigna les râteliers derrière lui avec résignation. Les crosses de noyer brillaient, cirées comme d'anciens parquets... Cela ressemblait plus à un magasin d'antiquités qu'à une armurerie.

D'un coup de langue il changea le résidu de Gitane de commissure.

« Ceci est très bien, tout dépend évidemment... »

Il ne devait jamais finir ses phrases, harassé par les heures d'immobile attente dans le magasin vide et sombre.

Marc prit l'arme – lourde et sans grâce. Il avait toujours été un mauvais tireur, à l'armée déjà il ratait toutes les cibles mais il savait qu'un bon fusil est un fusil qui plaît à celui qui le possède.

« Je préférerais une arme à pompe. »

Réflexe de cinéaste. Dans les films, les héros actionnaient à toute allure la glissière sous le canon.

« J'ai peu de demandes pour les automatiques. J'ai ça en calibre 20, c'est le plus gros. »

Une carabine courte avec un côté crapaud, la crosse caoutchoutée et un canon goudronneux, un flingue antipathique. Il imagina le soubresaut, la flamme courte et la décharge terrible, à trouer les murs. Marc fit semblant d'examiner un Hammerless à double détente et canons superposés et posa sa main sur la carabine.

« Je vais prendre celui-ci. »

Le mégot effectua un nouveau va-et-vient. L'homme avait les yeux morts.

« Je vous montre pour charger ? Vous avez un magasin de quatre balles et une dans le canon.

– Je m'en sortirai. Vous me conseillez de la prendre ? »

Leverien 1887 haussa les épaules.

« C'est une question de goût. C'est du solide, j'en vends rarement, ici les gens sont plutôt pour les deux-coups basculants mais pour être solide c'est solide, et puis vous avez la garantie. »

Marc fit glisser le levier dégageant la fenêtre d'éjection.

« Je vais prendre une boîte de cartouches.

– Vous voulez un étui ?

– Ce n'est pas nécessaire. »

Il régla par chèque et fourra le fusil démonté sous le siège de la voiture. Il ne lui faudrait pas deux heures pour scier le canon au ras de la glissière. Il gagnerait en dispersion. A vingt mètres et sans viser il pourrait détruire tout ce qui bougeait. Une sécurité de plus. L'intérieur et l'extérieur. Elle n'aurait pas la partie belle.

Il suivit un camion sans le doubler et une idée le frappa. Il y avait l'autre côté des choses : connaître la date de sa mort avait un avantage : il ne pouvait pas mourir avant.

Et si je testais?

Il rétrograda et enfonça l'accélérateur. La ligne blanche grimpant jusqu'en haut de la côte à cinquante mètres, il dégagea d'un coup de volant sans un regard vers le rétroviseur. Il sentit le moteur s'emballer et les pneus hurlèrent... Le klaxon de la semi-remorque s'engouffra dans ses tympans, il débraya du talon et passa la quatrième, en dix secondes il fut à cent quarante, les roues gauche mordirent dans les gravillons de la voie descendante, il passa en fusée et se rabattit au ras du capot géant, juste au sommet de la départementale, il appuya encore droit sur le virage qu'il prit à cent vingt, louvoyant sur la route. Il ne ralentit que lorsqu'il fut dans l'allée de Haute-Pierre. Un coup à se tuer.

Stupide. S'il y avait eu accident, il y aurait eu hôpital, opération, et il en serait mort le 30.

Dans onze jours.

*

Il se souvenait d'une série télé : un homme condamné par la Faculté, inéluctablement, ce qui lui permettait de prendre tous les risques. En fait, dans ce genre d'histoires, trois solutions étaient possibles : tenter de sauver l'humanité souffrante en faisant don de sa personne, faire une bringue monstre ou trouver un médecin supérieur à tous les autres.

La troisième solution est la bonne. Ne jamais baisser les bras.

La matinée du 23 fut bien remplie. Il s'entraîna dans le parc et tira quatorze cartouches d'affilée. Il n'y avait pas de vent et l'odeur âcre de la poudre lui brûla les poumons. Les résultats des tests médicaux étaient ceux qu'il attendait, un manque de calcium et une très légère hypertension, cela ne pouvait avoir aucune conséquence. Il ne sortit pas de la propriété et déjeuna d'une tranche de jambon et d'un restant d'omelette froide.

La veille il avait trouvé dans les combles des dépendances une caisse de livres dont deux tomes d'une édition de 1903, une étude historique sur les maisons du Maine-et-Loire, d'un dénommé Rochier.

Haute-Pierre y figurait. Il parcourut les trois pages qui lui étaient consacrées et portaient essentiellement sur Doullon, le propriétaire le plus célèbre. Un passage l'arrêta.

« Haute-Pierre n'était en fait qu'une partie d'un ensemble sur lequel régnait le ministre. Elle fut sa maison des champs et ce terme s'entendait au XVIIIe siècle d'une façon particulière. S'il évoque aujourd'hui les travaux de la campagne, les moissons et les labours, il avait à cette époque une autre acception, celle d'une demeure de plaisirs... Plaisirs bucoliques à la manière dont Marie-Antoinette avait lancé la mode à Trianon, et plaisirs peut-être moins innocents, n'oublions pas que les mœurs dissolues de la cour sous Louis Quinzième du nom n'ont pas encore disparu sous le bon roi serrurier et que Sade, bien qu'en prison, n'est que le triste écho d'une époque plus que libertine. On peut donc à juste titre considérer que Haute-Pierre fut sans doute un lieu de débauche; le fait est attesté par une lettre de Mme de Mérignac, suivante de la reine, qui, sans préciser le nom, parla de messes noires et d'une pièce " toute gravée de chiffres et fort étranges chimères et démons peints de plafond à sol ". La suite de la description semble attester que cette pièce, l'actuelle chambre nord de la demeure, fut entièrement détruite et refaite pour supprimer toute trace de ces débauches et faits de magie noire... »

Marc relut plusieurs fois le passage et referma le livre.

Des chiffres toujours. S'il arrivait à en retrouver une seule trace, la preuve serait faite et la boucle bouclée.

Pendant une partie de la nuit, il déménagea la pièce, décloua les tapisseries et les tentures, arracha le tissu mural. Le plâtre partait par plaques. C'était là qu'il avait une chance de trouver ce qu'il cherchait... Il lui fallait minutie et patience.

A quatre heures du matin, enduit de poussière blanche, perché sur une échelle double au milieu d'un amoncellement de gravats, il travaillait toujours. Il procédait centimètre par centimètre, enlevant des couches successives, pelant littéralement l'intérieur de la pièce comme un fruit dont on veut à tout prix préserver la chair tendre.

Une heure plus tard, dans l'encoignure gauche, tout près du plafond, il aperçut les premières traces de peinture : une tache d'un rose vineux, peut-être le corps d'un animal. Il descendit épuisé et se mit à vomir. Rompues par le maniement du marteau, ses épaules formaient deux blocs de fonte qu'il ne pouvait plus soutenir. Il se traîna jusqu'à la chambre du gosse et s'écroula sur le lit où il dormit trois heures.

Le 24, il but un verre d'eau froide et regagna la chambre. Il s'arrêta sur le seuil, stupéfait; le sol était couvert de plâtras et, dans la lumière du matin, tout prenait un aspect de désolation et de ruine.

Il restait six jours.

Il rassembla d'autres outils, trouva un quignon de pain rassis et une demi-plaque de chocolat. Il ne sortirait pas et travaillerait toute la journée. Simplement il attaquerait par le bas, au ras du plancher, pour faire travailler d'autres muscles et éviter ainsi l'ankylose.

A quatorze heures, il dégagea une pierre recouverte d'une sorte de bandeau peut-être noir. Les bords étaient soulignés d'un trait doré écaillé sur les trois quarts de la longueur. Cela ressemblait, si on prolongeait la forme par l'imagination, à ces sortes de banderoles sur lesquelles on écrivait autrefois des devises latines. Il passa près de deux heures à dégager la pierre suivante de son enduit, il ne trouva rien... Non seulement les murs avaient été recouverts mais les pierres qui les composaient avaient dû être changées.

Le marteau devint plus lourd, il continua cependant et brusquement le plâtre et les couches de ciment amoncelées s'effondrèrent comme un château de cartes, dévoilant un panneau peint. Cerné de nombres et de lettres un homme en pied lui fit face. Il portait un costume noir indéfinissable, il n'y avait aucun doute, ce visage même peint maladroitement était le sien, s'il y avait eu un seul doute il aurait été facilement levé par l'inscription qui entourait sa tête comme une auréole noire : Marc Conrad, 1940-1985.

Il poussa un cri et se retourna le cœur dans la gorge.

La main pesa sur son épaule et l'éveilla.

Andréa et l'enfant se tenaient devant lui.

Il tenta de se soulever, ses jambes ne le portaient plus. Ce fut elle qui s'agenouilla dans les débris.

« Marc, qu'est-ce qui s'est passé? »

Le garçon tournait lentement sur lui-même, enregistrant l'état de la pièce. L'étoffe gisait en tas au centre près de l'échelle.

« Marc, réponds-moi... »

Les yeux d'Andréa, gris dans la pénombre. Il parvint à se lever avec son aide et la tint serrée contre lui.

« Pourquoi as-tu débranché le téléphone?

– Je ne sais plus... Enfin, si, je vais t'expliquer. »

L'enfant s'approcha de lui, Marc enfouit ses doigts dans les cheveux fins.

« Salut.

– Fred Astaire. Frédéric Austerlitz », dit Fred Astaire.

Marc tenta de répondre au sourire mais les lèvres ne fonctionnaient plus, celles du petit garçon semblaient également s'être figées.

« Viens. »

Elle l'entraîna hors de la chambre. Il vit les bagages dans le couloir. Ils avaient pris un taxi.

« Assieds-toi. »

Elle prenait les choses en main, nul être au monde n'était plus solide qu'Andréa Chivers. Il aurait fallu se blottir contre elle, se laisser bercer, console-moi, mon amour, ces moments sont trop durs, je ne tiendrai pas tout seul...

Elle traîna vers lui l'un des vieux fauteuils du salon et le fixa, toute proche.

« Tu as l'air épuisé. J'ai cru que je n'arriverais pas à te réveiller, tu m'as fait peur... »

Il devina la présence de Fred Astaire à la porte, elle en prit conscience en même temps que lui.

« Fred, tu veux nous faire un thé? Tu le fais assez fort... »

Les pas s'éloignèrent, il ferma les yeux, bruit de la porte du placard dans la cuisine, bruit de la vie, six jours.

Andréa sourit.

« Pourquoi as-tu commencé ces travaux ? »

Marc respire, les poumons lui font mal, il faut tout reprendre dès le début.

« J'ai trouvé la solution... Cette histoire de tous ces gens qui savaient la date de leur mort, tout repose sur un truc simple, mathématique... Je vais te montrer. Sur le bureau, il y a une feuille avec un tableau. Tu me l'apportes. »

Elle tente d'intervenir, il ne faut pas, pas avant qu'elle ait toutes les données. Elle doit me croire, ce n'est pas le hasard.

Andréa se leva, murmura quelque chose qu'il n'entendit pas et sortit.

Il avait dû dormir lové près du mur plus de quatre heures. Le sixième jour s'achevait.

Le rectangle de la feuille s'encadra dans son champ de vision. Elle attendait. Dans le halo de la lampe il ne pouvait voir que ses mains, les ongles courts, jolis, parfaits, galets translucides...

« Tu as devant toi les jours, les mois et les années de naissance et de mort de tous les propriétaires précédents. Prends le premier, Pontieu. »

Il vit le front et une boucle de cheveux sortir de l'ombre.

« Soustrais le jour de sa mort de celui de sa naissance, qu'est-ce que tu obtiens ?

— Seize moins sept, ça fait neuf.

— Fais la même chose pour le mois, tu obtiens combien ?

— Neuf.

— Même chose pour les âges. Pontieu est mort à cinquante-quatre ans. Cinq plus quatre font neuf.

— Tu ne remarques pas que... »

Marc vit son propre doigt se tendre vers la feuille, les ongles incrustés d'une poussière cendreuse.

« Fais la même chose pour tous les autres : Doullon est mort à soixante-trois ans, six plus trois font neuf, il est né le 12 et mort le 21, ce qui fait neuf, né en janvier mort en octobre, ce qui fait neuf. C'est le cas pour tous, tous la même chose : neuf jours, neuf mois, et la somme des années fait neuf. »

Andréa disparut dans l'ombre, la lampe n'éclairait plus que la feuille. Plus que ce qu'elle allait dire, c'était le ton qui allait décider de tout. Elle l'aiderait ou refuserait d'admettre l'évidence.

« Et tu as également fait le calcul pour toi?

– Exactement, je suis né le 21 février et j'ai quarante-cinq ans. Il suffit d'ajouter neuf à vingt et un, neuf au mois de février, deuxième de l'année, cela donne trente et onze, donc le 30 novembre, soit dans cinq jours. »

Elle se leva. Ne pas trembler. Il était fou, fou à lier...

« Je vais chercher un verre d'eau. »

Les doigts de Marc enserraient déjà son poignet.

« Il faut que tu m'aides, Andréa, j'ai pris toutes mes précautions : je ne suis pas malade, je n'ai pas d'ennemi, j'ai même acheté une arme pour me défendre. Le 30, je resterai ici avec toi et rien ne m'arrivera. »

Elle se jeta sur lui, elle sentit l'affolement poindre dans son regard. Il était un enfant terrorisé et elle l'aimait comme elle n'avait jamais aimé aucun homme. Elle avait compté les jours jusqu'à ce retour, elle le sortirait de là, ses lèvres couraient sur son visage.

« Je t'aiderai, rien ne t'arrivera, je te le jure, je suis là, je te tiendrai si fort que personne ne pourra te prendre... »

Il la serra avec une violence passionnée... Rien ne me séparera d'elle, jamais, avec toi je suis immortel.

« Ne me quitte pas, pas en ce moment... »

Il avait oublié la douceur de sa bouche, c'était

soyeux et frais, des dahlias plongeant dans la vasque d'un parc... Comment un être humain pouvait-il exhaler une telle fraîcheur... De l'eau claire courant sur des pétales... Comment ai-je pu vivre sans cette fontaine, cet arbre souple et bruissant, Andréa mon goût d'été, ma source, ma protection.

Ils glissèrent et se nouèrent l'un à l'autre, à genoux, au milieu de la pièce. Rien n'aurait pu lui faire lâcher cette femme qui n'avait jamais été autant la sienne. Il ferma les yeux, bouleversé par l'élasticité parfumée de ce corps de tempête et de paix, cette vague, cette colline... Andréa.

Il entendit le tintement léger près de la porte et ouvrit les paupières : Fred Astaire se tenait sur le seuil, le plateau à la main. Une vapeur montait de la théière.

Les yeux de l'enfant et ceux de Marc se rencontrèrent. Il tenait le visage d'Andréa enfoui contre son épaule et son regard plongea longtemps dans celui du garçon immobile dans la pénombre.

*

Ce qu'il y avait de plus étrange, c'était la juxtaposition de la roche et des murs. Pas juxtaposition d'ailleurs, plutôt une sorte d'harmonie. Il connaissait au cœur de la ville, derrière les boulevards qui montent en pente raide vers la Vierge de la Garde, des maisons greffées à des pans de collines, des villas de vertige donnant en à-pics sur les calanques, plus loin, là-bas, sur la route de Cassis.

Il y avait peu de monde dans les rues, il prit par les ruelles derrière l'abbaye qui surplombait l'ancien fort et la ville. Si l'on respirait bien, on devait sentir encore l'odeur des toiles salées qui équipaient les trois-mâts, l'odeur des barils et de la saumure, huile, sciure et bois, l'odeur carénée des voyages. Marc se pencha au-dessus de la rambarde

194

de pierre. La ville glissait du haut des collines blanches jusqu'aux marées de gasoil des grands bassins de radoub.

En face de la cathédrale rayée en grosse guêpe de pierre, costaude et sans âme, masquée par les entrées des forts, les forteresses brûlées par les soleils innombrables, étrangement vides et pourtant attentives. Enfant il était venu ici, dans les jardins du Pharo qui dominaient Marseille et il avait toujours eu une impression étrange venant de Saint-Nicolas et de Saint-Jean. Il savait les forteresses habitées : des douaniers, des légionnaires, des hommes d'uniforme, et pourtant on ne voyait jamais personne sur les terrasses brûlantes décapées par l'enfer du soleil. Personne ne se penchait aux fenêtres étroites, c'était un monde rude et blanc sur le viol du ciel bleu, le déchaînement de saphir sur la mer violette semée des cailloux des îles éparpillées : Sormiou, le château d'If...

Des années, il avait tanné sa mère pour se rendre sur l'île-prison... Elle trouvait toujours des prétextes en riant... Il tenta de reconstruire la silhouette frêle, le nez fin ourlé, on disait qu'il lui ressemblait... Au retour des promenades, sur le port, ils longeaient les rails du vieux tramway, le coin des anciennes galères, elle lui montrait des portes basses profondément enfoncées dans les murs, c'étaient les échoppes des forçats, ils travaillaient là tandis qu'on réparait les grands vaisseaux royaux durant les mois d'hiver.

Il remonta le col de son manteau et descendit la traverse d'Endoume. Il aimait cette ville pour son passé, parce qu'elle lui permettait encore de l'évoquer... On disait qu'elle avait changé, c'était vrai, mais pas suffisamment pour avoir enterré son enfance... Sur la place, les jours de marché il y avait toujours ces femmes à haut chignon gris et tablier à fleurettes sombres accroupies sur des cageots d'aubergines, elles semblaient vivre là à demeure, sous la pelade en plaques des grands platanes, dans les rigoles d'eau, les fanes de carottes et les trognons de choux, une odeur forte de potager pourrissant. Il y avait cela et la sensation de l'écorce des arbres qu'il arrachait par secousses, il en salivait lorsqu'une grande plaque se détachait, dévoilant le beurre du tronc...

« Marc, viens ici, ne touche pas aux arbres... »

Il courait dans les allées... Il y avait l'été des marchands de glace aux esquimaux translucides, petit igloo vert juché sur un bâtonnet à peine parfumé, les châtaignes l'hiver et des panisses toute l'année, le beignet de maïs gonflant dans la fournaise de l'huile, roussissant, jeté dans le papier déjà gras et couvert d'une giclée de sucre, il ouvrait une bouche énorme et Emma riait de sa déception : sous la dent, c'était le vide, juste une pellicule de pâte sucrée gonflée d'or chaud.

Une idée merveilleuse d'être venu ici. Changement absolu. Sous le ciel balayé par l'hiver de Provence, Haute-Pierre n'était plus rien... Une bâtisse là-bas, dans le Nord, un fantôme, il y serait dans trois jours, exorcisé.

Andréa avait voulu l'accompagner mais il y avait l'enfant, et il avait insisté pour faire le voyage seul... Il avait eu une longue tirade là-dessus, un discours presque véhément : on s'en sortait seul, il lui fallait se reprendre, ne pas rester ici pour entendre sonner chaque heure, là-bas, dans le Sud, les minutes passeraient différemment.

Et puis il reviendrait.

Le 30. Le jour M. M comme mort.

Ils le passeraient ensemble, tranquillement, une journée comme les autres, et à minuit ils déboucheraient le champagne, Andréa et lui, et le cauchemar prendrait fin.

Marseille était une bonne idée. Il l'avait imposée

avec passion, l'enfance, les souvenirs, il avait fait jouer toutes les cordes, il avait parlé de tout.

De tout, sauf de Salcieri.

Marc remontait au centre de la ville par l'axe de la Canebière.

Au coin là-bas, c'était son premier cinéma. Il avait cinq ans, six au maximum. Il se souvenait du vaisseau silencieux au velours bleu. Les portes formaient des hublots pour le voyage immobile. Cooper et Paulette Goddard, *Les Conquérants du Nouveau Monde*. Ils entraient dans la ville brûlée semée de cadavres et de vautours, un silence de nécropole et puis un battement de tambour, régulier, lent, progression, travelling sur le pied d'un blessé, le mocassin remue, vient frapper sur la peau tendue de l'instrument renversé, il s'écoute, recommence, Cooper s'approche dans ce gong de mort.

Pourquoi n'ai-je jamais oublié ces images?

Cette semaine, on joue *Etudiantes en folie* et *Mon c. est à toi*, ces temps derniers les titres jouent de moins en moins sur les litotes et autres allégories adoucissantes. Où sont passés *Les Conquérants du Nouveau Monde*?

Et toi, Marc, où es-tu passé? Que vas-tu faire?

La voix de Salcieri mûrie par les agapes des grands restaurants phocéens avait résonné.

« Conrad! Qu'est-ce que tu fous à Marseille?

– Une immersion dans le passé. Je peux te voir? Tu as une soirée? Je t'invite.

– Passe à la maison d'abord. Tu te souviens de l'adresse? »

Il s'en souvenait parfaitement, la salle provençale aux tommettes vernissées et cette surcharge de napperons, de bronzes, de fauteuils cannelés, de poufs, tout un bric-à-brac à l'ombre de volets fermés sur la chaleur de midi... Cette pièce ne connaissait qu'une lumière horizontale, étroite et dorée, filtrant par les persiennes... Vieille famille Salcieri.

Il n'avait jamais quitté Marseille, peut-être pour conserver le vieil et sombre appartement... Il devait depuis des années y amener ses maîtresses nombreuses, les grandes bourgeoises de la ville, nues et bronzées par les bains de mer sur les plages privées de la Pointe-Rouge, elles devaient aimer le lit à tentures, les dessus de marbre où trônaient les photos virées au bistre, les cadres surannés... Un univers Sarah Bernhardt, fin XIXe... Aux murs d'immenses tableaux surchargés, des sous-bois bitumeux, des frondaisons en fin de jour, des petits maîtres sans génie mais pleins d'emphase... Tout cela constituait un monde disparu, jusqu'aux pendules à motifs, dont des cavaliers arabes surmontaient les cadrans tarabiscotés... Il passerait vers vingt heures, il l'emmènerait chez Brandonne ou Laffond, loin des pièges à touristes et de leurs bouillabaisses d'usine, cent fois réchauffées.

Il lui restait deux heures avant l'arrivée de la nuit. Il avait déjà téléphoné deux fois à Andréa, une conversation tendre, une passion contenue, évidente... Tout allait bien là-bas. Le garçon avait retrouvé sans enthousiasme excessif le chemin de l'école et sa soupirante empâtée... Elle avait commandé du bois et du fuel, la température était de nouveau tombée assez brusquement. Que faisait-il à Marseille? Promenades, nostalgie, souvenirs, il traînait seul dans des bouis-bouis. Il ne lui parla pas du rendez-vous du soir. Il avait une tante encore, dans les hauts de Mazargue, il irait demain...

Derrière la Bourse, il héla un taxi et indiqua le chemin des Goudes. C'était le lieu des anciens dimanches, le dernier village de pêcheurs avant l'arrêt de la route et le triomphe des falaises, un univers de roches en suspens, éblouissantes et dangereuses, croulant en récifs dans la violence turquoise des hauts-fonds.

« Vous êtes du pays?

– Je l'ai été. »

Hochement de tête. Le chauffeur conduisait en dilettante. Il avait une montre-bracelet sphérique à bracelet plaqué, large de dix centimètres, le cadran pouvait servir de machine à calculer, fuseaux horaires, réveil électronique... Toute une machinerie délicate, inutile et tapageuse.

« Alors vous êtes pas au courant pour ce soir? Pour le match? »

Les traditions se maintenaient, il n'avait jamais pu prendre un taxi ici sans qu'on lui parle de football, et le football, c'était l'O.M. uniquement.

« Ils vont gagner? »

Encouragé par la question, l'homme hocha la tête.

« C'est une équipe de fadas, un jour ils sont les meilleurs du monde, le lendemain ils se font prendre une rouste par les cadets de Montélimar ou de Plan-de-Cuques, alors allez savoir... »

Marc laissa un filet d'air coulisser dans la voiture. Dans la lumière du soir les premiers réverbères s'éclairaient, il se sentit bien, mieux que jamais, tout allait être fini bientôt. Il jeta au hasard :

« Ils ont un bon entraîneur... »

La 405 fit une embardée.

« C'est un jobastre! je l'ai vu les faïre travailler, il les fait courir à reculons pendant des heures. Vous avez déjà vu marquer un but à reculons? C'est un couillon je vous dis, et un grand encore. Sans lui, on gagnerait le championnat avant de le jouer. »

La voiture filait le long de la corniche. Des lames courtes et rapides poudraient les rochers d'écume. Les œufs à la neige, la chantilly, encore l'enfance... Le dimanche dans les calanques, les pieds dans l'eau, il fixait fasciné toute cette pâtisserie liquide, cette mousse lumineuse et nacrée crevant sur les récifs.

Arrivé au village, il fit arrêter le taxi aux premières maisons et demanda au chauffeur de l'attendre. Il descendit vers la mer entre les terrasses vides des pizzerias, les chaises de fer étaient renversées sur les tables... Les barques dansaient contre les pontons... Il montait avec Emma plus haut dans les collines, elle dépliait la serviette sur un carré d'herbe mauve, une herbe sèche comme une étoupe, et ils mangeaient là des tomates rouges et ovales, des olives fortes et du pain jaune à la farine de maïs... La guerre était finie mais les restrictions continuaient... Après ils descendaient dans les éboulements des cailloux de la calanque et il jouait, les pieds dans l'eau, à se raconter des histoires... Emma lui criait de prendre garde aux oursins mais il n'en avait jamais vu un seul ou peut-être était-ce cela, ces taches brunes cachées dans les roches de calcaire ondulantes dans l'eau transparente. Emma, à qui il faisait des reproches le soir après ces grandes journées de soleil fou : il aurait préféré aller au cinéma, il repérait les annonces des films dans les journaux : il y avait un Bogart à l'Odéon, et *Le Troisième Homme* au Capitole, et au lieu de cela, c'était ce grand tambour de chaleur infernale dans les paysages désolés du bout de la ville... Il se souvint d'une phrase qu'elle lui disait, la même à chaque fois, dans le fracas du tramway de retour : « Tu auras bien le temps d'y aller au cinéma. » Elle n'avait pas eu tous les torts, il y était allé beaucoup, il y avait même passé le restant de sa vie... Il devait être un petit con, un de la pure espèce, le petit con gâté d'enfant pauvre... Pardonne-moi, Emma, ma mère si mal morte, une mort d'hôpital, dans la sueur des draps gris, là-bas, dans les salles communes de la Timone, l'hospice où je ne suis jamais venu... Je tournais, je ne sais plus où en Espagne et tu passais tranquille, en douceur, « ne le dérangez pas, il travaille... Je peux bien m'en aller seule, peuchère, qu'est-ce que ça change, ça lui ferait du dérangement ».

Marc revint vers la placette. Tous les volets étaient fermés. Il y avait un bonhomme là-bas en bleu de chauffe, près de l'estocade.

Salcieri.

Il avait juste le temps. Il remonta le chemin en pente qui s'écartait du rivage et regagna le taxi. Avant d'y monter, il leva la tête. Le surplomb de rocher le surprit par sa blancheur dans le gris du soir tombé. Il avait aimé ce pays, cette ville, le soleil, il y viendrait avec Andréa, ils connaîtraient tous les paysages, l'Italie, Sienne et les vignes dans l'automne toscan, les remparts de Tolède, il y avait la vie devant et elle ne finirait jamais.

« On rentre à Marseille. Boulevard Garibaldi. »

La Peugeot accélérait dans les lacets... Dans moins d'une heure la retransmission du match commençait.

Salcieri.

*

Elle enfonça la dernière bougie torsadée dans le candélabre et le plaça au centre de la nappe. On était le 30 et il était dix heures du soir.

Encore deux heures et tout serait fini.

Le feu dans la cheminée éclairait l'intérieur des caissons du plafond d'un miroitement liquide et rouge.

Marc, les pieds sur les chenets, reposa son livre.

« Tu ne veux vraiment pas que je t'aide?

– Non. »

Elle s'agenouilla sur le tapis et posa ses deux mains sur les avant-bras du fauteuil.

Sa silhouette se découpait en noir contre les flammes. Il devina la douceur mouillée de la pupille lorsqu'elle tourna la tête.

« Tu n'as pas mal? Pas d'infarctus? Rien au ventre? Tu ne vas pas me faire une occlusion intestinale foudroyante? »

Il sourit. Il se sentait incroyablement bien. La chaleur dans la pièce, ces lueurs familières et rassurantes des bûches brûlées.

Elle leva la tête, l'arc des paupières s'illumina.

« Rien n'a l'air de vouloir te tomber dessus.

– Un Indien peut-être derrière les fenêtres. Une sarbacane de curare.

– Les volets sont clos, tout a été prévu. »

Le seau de champagne brillait dans l'ombre, un éclat amorti d'argent et de feu.

« Je peux savoir le menu?

– Foie gras, saumon, lapin, tarte. Mais on ne commence pas avant douze heures zéro une. »

Il soupira.

« J'ai pigé ton truc, tu vas m'avoir par la faim... »

Elle l'embrassa. Elle avait de l'admiration pour lui en cet instant. Après la panique qui l'avait amené à pratiquement détruire une pièce, il était devenu d'un calme olympien. Surtout depuis son retour, la veille, de Marseille. Ce séjour semblait l'avoir définitivement apaisé. Seul, dans cette ville qu'il aimait, au volant de sa voiture, il avait dû faire le point, secouer les angoisses folles... Il s'était levé tard ce matin, elle ne l'avait pas quitté, même pendant qu'il terminait le scénario. A cinq heures Carlos Gardel était rentré. Cette journée du 30 était froide et belle... Il avait proposé au gosse une partie de ballon et elle les avait suivis. Ils avaient joué une demi-heure et avaient fait un tour dans le parc. Il lui avait montré la tombe. Il ne restait plus qu'à la reboucher.

A huit heures, tandis qu'il regardait les informations, elle avait mis la dernière main au repas. Elle avait senti autour d'elle pour la première fois une atmosphère de convalescence... Leur façon de se déplacer, le silence, cette sorte de soulagement précaire qui planait attestaient la présence d'un drame évité... Quelque chose n'avait pas eu lieu. C'était indéfinissable, elle le sentait parfaitement...

Marc l'attira contre lui.

« Je ferais bien l'amour... S'il me reste deux heures d'existence, c'est sans doute la façon la meilleure d'en profiter. »

Elle se déplaça, masquant les flammes.

« Pas question, j'ai pensé à ça : pas d'exercice périlleux avant l'heure fatidique.

– Tu appelles l'amour un exercice périlleux ?

– On ne sait jamais, dans la furia du moment un vaisseau peut lâcher, les coronaires s'emballer, pas de risques à prendre. »

Elle aima entendre résonner son rire.

« Je peux quand même prendre une cigarette.

– Eteins l'allumette avec soin et aspire lentement. Je vais voir où en est le lapin.

– Sauté ?

– Chasseur. »

Elle traversa le couloir, consciente de la lenteur des minutes. Pendant les trois jours d'absence de Marc, elle avait réfléchi sur le tableau qu'il avait fait.

C'était troublant. Indéniablement.

Trois fois, immanquablement le chiffre 9 revenait.

Il n'en était pas moins vrai que dans la colonne des jours et des mois il fallait soustraire pour l'obtenir, et pour celle des âges additionner. Quant aux dates elles-mêmes, elles n'intervenaient pas. Alors ? Rien n'était déterminant dans cette histoire, simplement personne ne pouvait être certain.

Elle souleva le couvercle de fonte de la marmite et tourna les morceaux de viande avec la spatule de bois. La force du parfum de thym la surprit. Elle régla le gaz et monta à l'étage. Carlos Gardel dormait. En redescendant les escaliers elle alluma une cigarette.

Et si je m'arrêtais de fumer? A minuit. Si Marc est toujours vivant, je ne fume plus. Une prière en quelque sorte... Ne tombe pas dans cet échange, tu es une fille positive, tu ne crois pas à tout cela, donc il faut que...

Elle s'arrêta sur le pas de la pièce. Les flammes dansaient toujours, hautes et pourpres. Elles éclairaient le dossier du fauteuil d'une curieuse lueur d'opale.

Elle lâcha la cigarette et se baissa instantanément pour ne pas brûler le tapis.

Marc n'était plus là.

« Marc? »

Elle ressortit dans le couloir et se dirigea vers le bureau, sentant son pas s'accélérer malgré elle.

« Marc! »

Le tintement de la pendule cassa net son troisième appel. Le premier coup de onze heures venait de retentir.

En même temps, elle perçut le bruit de la porte de la cuisine, les gonds étaient rouillés. Elle était sûre de l'avoir fermée en couchant son fils, juste avant.

Quelqu'un venait de pénétrer dans la maison.

La sueur aussitôt. La sueur comme une nappe, elle inondait tout, d'un coup.

Elle pensa au fusil, cette chose horrible qu'il avait achetée pendant qu'elle était à Paris. Qui était entré dans la maison?

Ne pas hurler, ne pas...

Les flammes dansaient éclairant le couloir, elle vit la silhouette approcher et se coller dans le renfoncement...

Les pieds sur la dalle, la lumière monte sur un pantalon... Seigneur.

Il la reçut sur sa poitrine, vidée. Il sentit lorsqu'il

lui souleva le visage les cheveux collés aux tempes par la sueur.

« Qu'est-ce que tu as? C'est moi qui dois y passer, pas toi. »

Malgré l'effort qu'elle fit, elle ne put empêcher sa voix de monter, presque stridente, désagréable.

« Où étais-tu, Marc?

– Je suis sorti pour les bûches, il n'y en avait plus. »

Elle vit par l'entrebâillement les deux billots qu'il avait apportés.

Une imbécile. Il avait moins peur qu'elle, c'était évident, bien moins peur... Il avait élucubré toute cette histoire et, à présent que le terme approchait, il avait acquis une sérénité étonnante.

Ils entrèrent enlacés dans le salon et reprirent leur place.

Une heure. Cinquante-cinq minutes.

« Tu veux parler? On fait un Scrabble? »

Elle secoua la tête. Elle avait tenu le coup jusqu'à présent, peut-être parce qu'elle sentait qu'il le fallait, pour lui. A présent, c'était elle qui craquait.

« On regarde le feu. »

Elle le vit sourire. Ils avaient fait cela quelquefois, côte à côte ils se laissaient hypnotiser par le brasier, ils dérivaient dans la valse crépitante des flammes... Les images venaient, toute une rêverie, des images noyées dans des images, des formes emportées, tout un magma croulant et incessant d'imprécisions colorées...

Pour résister à la torpeur hallucinée, Andréa canalisa son attention sur Marc... Moins solide qu'elle ne l'avait cru pour s'être fourvoyé dans cette histoire d'au-delà, des choses l'avaient étonnée déjà chez lui, son enfance dont il ne parlait guère, la mort solitaire de sa mère dont il se sentait responsable. Il vivait seul avec elle, c'est elle qu'il avait dû chercher à Marseille, une femme douce qu'il avait dû aimer plus que tout... L'enfance dans la ville chaude balayée de mistral et puis Paris plus tard... Il ne racontait rien de toutes ces années, pas une anecdote... Les premiers scénarios de court métrage, les premiers succès, le travail... Elle admirait. Il était l'un des meilleurs, le meilleur sans doute, un génie pour les histoires, gâté par la vitesse à laquelle il les écrivait... par une facilité trop grande. Elle s'était toujours promis de le questionner, de savoir plus profondément ce qu'avaient été sa vie, ses amours... A chaque fois elle avait renoncé, devant son rire, ses plaisanteries, il faisait un jeu de son mystère, il affirmait qu'il n'avait du charme pour elle que parce qu'il restait secret, inconnu... Qui était Marc Conrad? Quel était le lien entre l'enfant du bord de mer la main dans celle d'Emma, la mère bien-aimée, et cet homme qu'elle aimait, le mousquetaire de bistrot si drôle, si amoureux?...

Le comptoir en zinc où il frottait le pommeau de sa rapière, Philippe se pencha par-dessus l'assiette au sandwich.

« Andréa Chivers, la costumière des reines, la reine des costumières, Marc Conrad, scénariste. »

Elle lui serra la main, le coin gauche de la moustache du mousquetaire se décollait. Elle avala l'alcool raide d'un trait et reposa le verre.

« Vous attaquez de bonne heure! »

Elle avait aidé les couturières à finir les quarante-cinq robes des figurantes. Philippe lui serra l'épaule de sa poigne épaisse.

« C'est ça ou je tombe par terre. »

Le réalisateur avait expliqué à d'Artagnan qu'elle était morte de fatigue, cela l'avait soulagée.

Derrière eux les lumières du flipper clignotaient.

« Je peux vous demander de me donner la réplique? »

Elle hocha la tête pour accepter.

« Vous êtes Anne d'Autriche. »

Une voix agréable. Difficile à dire comment il s'y prenait mais il y avait eu en elle comme un fragment de rire... Si ce type a l'idée saugrenue de me demander de faire l'amour, je lui saute dessus. Il faut que...

La détonation lui arrêta le cœur.

Elle se rétracta dans le fauteuil, les yeux fous.

On l'a tué.

La carabine.

Dans le feu incarnat montant de la cheminée, l'ombre de Marc se dressait, mouvante. Elle vit la bouteille briller dans ses mains, la mousse en sortait.

Le cristal froid de la coupe heurta sa main droite. Elle perçut le pétillement tout proche des bulles.

« Longue vie à nous deux, murmura Marc, et au diable les démons de Haute-Pierre. »

La voix plus vibrante, plus pleine de rire que jamais.

Elle se dressa et vint contre lui. Les cheveux odeur pomme. Si quelque chose devait pouvoir s'appeler le bonheur, c'était ce qui avait lieu en ce moment.

Le vin glacé chassa les derniers pans de brume du sommeil. Ses lèvres étaient chaudes et vivantes.

Le regard d'Andréa Chivers dériva sur l'horloge : il était minuit deux et elle le tenait contre elle.

Vivant. Elle sentit sa joie à travers la vibration de son corps.

« Je suis amoureuse d'un idiot. »

Il leva sa coupe.

« Rectification : du roi des idiots. »

Les derniers fantômes de peur venaient de disparaître dans l'âme d'Andréa.

Tout était bien.

Andréa à Claudine Bonnier (extrait)

Merci des deux coups de fil successifs. Je sais très bien que tu n'aimes pas écrire, et t'entendre m'a fait du bien.

Tout va mieux depuis que j'ai accepté de faire le Marivaux. Je pars donc à la fin de la semaine, une dizaine de jours. Cela va me faire un changement et je crois qu'il m'est nécessaire. Les faits sont là : malgré tout l'amour que j'ai pour Marc je ne crois pas que je puisse supporter une année entière seule avec lui dans ce superbe, agréable, magnifique, ancien, pittoresque et très beau manoir.

C'est comme ça, j'ai dû épuiser plus vite que je ne croyais ma dose de richesse intérieure et j'ai hâte de quitter ces pierres historiques pour la furia des studios et un demi pression sur le zinc en face des Buttes-Chaumont. Ma consommation de cigarettes est passée à près de deux paquets par vingt-quatre heures et c'est un signe qui ne trompe pas. J'emmène Ursule Mirouet avec moi, cela lui fera manquer une semaine d'école mais tant pis, il faut avoir des trous dans sa culture, de plus cela lui permettra d'échapper aux tentatives de séduction d'une demoiselle Valentine Poupinot qui a jeté son dévolu sur lui avec une voracité inégalée. La jeune personne pèse trois fois plus que lui et le poursuit d'un galop lourd en tentant de le coincer contre tout ce qui ressemble à un tronc d'arbre ou un pan de mur, dans l'intention avouée de lui rouler des pelles d'enfer. Ursule fuit en utilisant des ruses multiples et en la traitant de conne. La malheureuse éconduite vient se réfugier près de moi pour soupirer des cruautés de l'aimé et engloutir des tartines ployant sous le poids de ma confiture qu'elle est jusqu'à présent la seule créature humaine pouvant avaler sans éclater en morceaux.

Je suis persuadée que cet entracte à la fois laborieux et parisien va me faire, va nous faire du bien à Marc comme à moi car les soucis se sont accumulés, à la fois extérieurs et intérieurs. Il a pris un retard assez considérable et il s'enferme dans cette histoire stupide concernant la pseudo-malédiction de la maison. Je crois qu'il n'y croit pas lui-même mais il manifeste un intérêt tellement morbide pour cette histoire que cela m'exaspère. Il le sent et nos rapports en souffrent. Conscient du phénomène, il m'a offert il y a quinze jours une soirée restaurant dans le plus pur style auberge d'ambiance avec repas gastronomique et tout le tremblement, le genre de chose qui se termine en général par une partie de traversin à réveiller les morts. Je dois reconnaître que malgré deux bouteilles de chinon des grandes années, nous n'avons réveillé personne. Bref, une soirée loupée. Nous n'avons même pas pu retrouver cette connivence qui s'est opérée dès les premières minutes de notre rencontre. Je le sens perturbé, malheureux sans aucune envie de secouer l'atmosphère. J'ai tenté de lui démontrer que ce ne serait pas un échec de reconnaître qu'une année entière était difficile à supporter, même dans un endroit aussi exceptionnel que Haute-Pierre, que nous étions rats des villes et non des champs et que se faire une cure de quinze jours de vacances, bistrots et cinémas n'avait rien d'avilissant. Rien à faire, il ne veut pas quitter la maison et trouve pour cela des raisons obscures qu'il invente lui-même.

Quant à la raison profonde de son entêtement, je

crois l'avoir découverte en partie en jetant un œil dans son bureau. Oui, d'accord, je sais, cela ne se fait pas mais je voudrais comprendre un peu et ne pas le perdre. Bref, d'après ce que j'ai pu voir, les propriétaires successifs de la maison sont morts de façon bizarre et leur décès est lié apparemment à la maison. Ne t'effraie pas, ne m'appelle pas en urgence, tout cela ne tient pas debout et de toute façon je serai à Paris samedi. Je te confirmerai l'heure par téléphone. Je ne t'ai même pas demandé des nouvelles du crapaud, de la ballerine et du réalisateur de génie. Je pense pourtant à vous plus souvent que tu ne le crois et j'ai hâte d'entendre tes bordées de jurons. Garde-moi une soirée, on ira se faire une entrecôte chez Vincent, c'est moi qui t'invite, on fera la noce et tu me raconteras la mode et les potins. Je suis une provinciale après tout.

Tout ira mieux bientôt, ne t'inquiète pas, je suis grande, forte, intelligente et très belle.

Ciao bambina.

Ton Andréa.

1) P-S. La bise huileuse de Mirouet Ursule.
2) P-S. Je n'ai pas dit à Marc que je t'écrivais.

SEPTIÈME TEMPS

CAS No 7

La Chambre Vasquez – Ile de Trinidad

Le monde des Caraïbes est riche d'étrangeté. Le vaudou et les pratiques magico-hypnotiques qui s'y rattachent y sont pour quelque chose; c'est dans ces régions que l'on trouve des zombies, créatures confinées de façon permanente dans un état second. La Chambre Vasquez appartient à un ordre de phénomènes totalement différent. Elle se trouve située au rez-de-chaussée d'une ancienne auberge désaffectée au début du siècle. Située en bordure de mer elle fut sans doute un refuge de pilleurs d'épaves. Les faits qui s'y déroulèrent et qui furent mentionnés dans des récits de voyageurs connurent une grande variété d'explications. On pensa d'abord que les cadavres des voyageurs qui y passèrent une nuit et que l'on retrouva au matin avaient été horriblement déchiquetés par les tentacules d'un calmar géant surgi de l'océan tout proche. Plus tard, lorsque l'on s'aperçut que la région recouverte de forêt vierge pullulait de gouffres extrêmement profonds, certains même insondables, on eut recours à l'hypothèse d'un animal venu d'un monde souterrain.

Tout cela ne tient pas devant les faits. La Chambre Vasquez examinée par Victor Garcia Fuente, préfet et commissaire de la ville, fut reconnue comme parfaitement close, aucune trappe ni aucune ouverture n'ouvrant sur une grotte ou une fissure quelconque de l'écorce terrestre. Lorsque, le 14 janvier 1832, Aquinto Tarpes et sa femme furent découverts, la tête séparée du tronc et les membres sectionnés, les autorités eurent recours à des rites d'exorcisme pratiqués par les pères jésuites d'une congrégation toute proche. La chambre fut fermée par des barres de fer placées en croix sur toute la surface de la porte. Quatre jours plus tard, appelé par le patron de l'auberge, Victor Garcia Fuente accourut et dressa un procès-verbal dont nous extrayons ces lignes : « La force nécessaire pour tordre ces barres de fer de plus de deux pouces de diamètre ne peut être le fait que d'une créature monstrueuse, j'ai remarqué sur le chambranle de la porte des sortes de morceaux de cuir épais et gras, semés de poils drus semblables à ceux d'un bœuf. Il est indéniable, étant donné l'état des gonds et des barres disjointes, que la chose qui les a bougés venait de l'intérieur de la chambre. Nous l'avons examinée et n'avons trouvé aucun indice. La Chambre Vasquez reste un mystère. »

En 1947 les autorités militaires de l'île de Trinidad abattirent les murs de l'auberge dont l'emplacement est occupé aujourd'hui par un terrain d'aviation.

TARTE et neige.

C'étaient les deux sensations par lesquelles la journée avait débuté. Pâte chaude, craquante, et l'odeur du caramel dans le four. Le rougeoiement de la cuisinière et les vitres aux fougères de givre. Le chaud et le froid. Contraste entre la blancheur glacée de la pelouse et la brûlure sucrée des gâteaux. Il s'était levé tôt pour faire le café, au petit jour, et déjà elle était là, de la farine jusqu'aux coudes. Il l'avait embrassée, des baisers appuyés, précis, qui l'avaient acculée contre la table, les reins contre les confitures. Elle dit avec une traînée blanche près de l'œil :

« Arrête, Marc, arrête.

– Une pâtissière dans un petit matin d'hiver... J'ai rêvé de m'en farcir une toute ma vie. »

Ils avaient fait l'amour énormément ces temps derniers, la veille encore.

Elle le bloqua contre le réfrigérateur.

« Fais le café. »

Il l'insulta, entama le grand air de *La Tosca*, fila le contre-ut en demi-teinte, fit griller du pain, sortit les bols. Il aimait ces odeurs du matin, cette atmosphère encore calfeutrée dans le télescopage des parfums, celui du sapin dominait, une résine forte.

Ils déjeunèrent, un quart de fesse sur la table encombrée de gâteaux circulaires et paysans.

« Tu fais vraiment dans le rustique.

– Les Parisiens viennent pour ça. »

Ils arriveraient tôt. Bonnier aimait rouler la nuit. Ils avaient dû partir entassés, les gosses dormant à l'arrière, Claudine s'empêtrant dans des chapelets de jurons, transie de froid dans ses fourrures compliquées dernier cri.

« J'ai envie de mettre des guirlandes. »

Elle s'affairait autour du feu, son profil se cernait d'une ligne écarlate.

« Tu as promis au gosse de le faire avec lui.

– Au fait, je me demande où il en est avec Poupinot.

– Laisse-le vivre sa vie. »

Il sortit et aspira l'air froid. Un petit galop peut-être. Non, pas le courage.

Il y avait dix mille choses à faire : rentrer du bois, du vin, aller au pain, aux cigarettes... C'est peut-être ça que je préfère dans la fête, les préparatifs, l'agitation.

Il fallait que ce soit réussi. Un réveillon d'enfer, le premier Noël à Haute-Pierre. Etrange, cette importance qu'il avait toujours accordée à la Noël, cela devait lui venir d'Emma. Ils les passaient seuls tous les deux pourtant, mais il aimait cette accélération de la vie. Elle lui faisait la crèche avec chaque année un ou deux nouveaux santons qu'ils achetaient ensemble à la foire sur les allées de Meilhan, les petits personnages d'argile vernie... L'année prochaine il en ferait une. Emma prétendait que cela portait bonheur pour toute l'année à venir.

La neige craquait sous ses semelles, s'il en tombait encore il y aurait de quoi faire un bonhomme pour les gosses : l'idéal. J'ai passé quarante-cinq ans de ma vie sans me douter que j'adorais la campagne et l'hiver.

Ciel dense, une draperie massive, tendue au ras des toits, un ciel de laine écrue. Nous sommes sous le ventre de la brebis.

Le coin de l'édredon poignardait l'armoire. C'était drôle lorsque l'on n'a qu'un seul œil. Lorsqu'il s'éveillait, le garçon aimait jouer à ce jeu, entrer dans l'univers d'un borgne... De près, un brin d'herbe ou un bout de laine pouvait masquer une maison. Noël demain.

Il ouvrit l'autre œil et les choses reprirent une proportion plus juste. Comme chaque matin sa main toucha le dictionnaire. Il fallait choisir soigneusement aujourd'hui car ce jour serait exceptionnel. N comme Noël, eh bien Napoléon, ça s'imposait, empereur pour vingt-quatre heures. J'espère qu'ils ne feront pas des huîtres. Dégueulasse, les huîtres, vivant, visqueux, salé, tout pour plaire. A Paris, maman mangeait des huîtres ce jour-là. Sardines délicieuses, huîtres pourries, la mer est capable du meilleur comme du pire. Napoléon se leva – glagla. Il enfila son pull-over par-dessus son pyjama pour éviter de se trouver torse nu quelques secondes frisquettes et désagréables et enleva sa culotte. J'ai les jambes allumettes, des jambes anti-Poupinot, j'ai beau faire du foot, j'ai toujours des allumettes. Pantalon, chaussettes, corvée expédiée. Papa Noël, donnez-moi des mollets bien sculptés. Il existe pas, le Papa Noël, il y a belle lurette que je le sais.

Andréa l'embrassa. Elle était chaude du four. La table était couverte de cercles dorés et sombres, tartes de cuivre et d'ambre.

« Tu as bien dormi?

– Napoléon a admirablement dormi. »

Elle se demanda comme chaque matin si un jour il cesserait ce jeu. Ce serait drôle d'avoir un fils ayant toujours le même nom – peut-être trouverait-elle cela ennuyeux.

Marc poussa la porte, il avait des bouteilles entre les doigts et une sous chaque aisselle. Une publicité pour Nicolas.

« Salut...

– Napoléon.

– Mes hommages, Sire. »

L'empereur s'installa avec précaution derrière son bol. Il désigna le vin.

« Vous allez boire tout ça?

– Tout ça et quelques autres encore. »

Andréa versa le lait chaud et peigna son fils avec ses doigts.

« Je t'attends pour les guirlandes », dit Marc.

Napoléon hocha la tête et ouvrit sa première boîte de sardines de la journée. Marc le regardait toujours réaliser cette opération avec admiration. Sardines à l'huile et lait chaud. Il n'arriverait jamais à s'y faire.

L'enfant tourna la tête vers la fenêtre, déglutit impérialement et remarqua :

« Il neige. »

A dix heures, la voiture des Bonnier franchit la grille sous l'avalanche des flocons serrés. Avec un hennissement de joie, Claudine jaillit en veste de castor de Sibérie, bonnet d'astrakan bouclé, fuseau de cuir noir et bottes de garde française à revers de rat d'Amérique, ses mains disparaissant dans des mitaines de phoque blanc à poil ras, le tout arrosé d'un quart de litre de Chanel. Elle demeurait persuadée que la fourrure, même sortant du grand faiseur, sentait la bête, la jungle ou le fauve. Elle était à elle seule une insulte à la Société protectrice des animaux. Elle colla du rouge à lèvres sur les joues de ses hôtes et s'élança dans le manoir en hurlant : « Bordel de nom de dieu, ce qu'il fait bon chez vous! » Philippe suivit pachydermiquement avec les enfants somnolents. Andréa leur mit d'autorité une demi-tarte chacun dans l'assiette et le crapaud poussa ses premiers beuglements étouffés jusqu'à la glotte par la pâte chaude. Claudine décida alors de s'habiller pour la campagne et apparut en salopette de velours parme avec corsage blousant de soie sauvage mordorée et bottes italiennes de chevreau glacé à reflets améthyste.

« Vous allez voir ce soir, murmura Philippe, la robe de soirée, j'ai cru que je devrais louer une remorque pour l'apporter jusqu'ici. Les boucles d'oreilles tiennent à peine dans la malle arrière. »

Marc lui servit un bourbon tassé et ils s'installèrent dans le bureau. Dans le parc les trois enfants décidèrent que la neige n'était pas faite pour construire un bonhomme et que la meilleure façon d'attendre le soir était de se battre sans discontinuer. Les deux femmes débouchèrent un cabernet hypersucré et fumèrent un paquet d'américaines tout en préparant les agapes du soir.

Philippe reposa son verre et malaxa doucement les vagues successives de ses bourrelets.

« Tu es toujours décidé à rester ici?

– Je sais maintenant que ce ne sera plus un problème. »

Bonnier hocha la tête.

« Et cette histoire dont tu m'avais parlé?

– La maison hantée?

– C'est ça.

– Terminé. Un coup de déprime je suppose, une trouille de citadin qui a du mal à se faire à sa nouvelle vie, pas plus.

– Les fantômes sont rentrés dans l'ordre... Mon copain Rowitz va être déçu...

– Il n'y a jamais eu de fantômes. Simplement des coïncidences, tout va bien. »

Ils parlèrent de leurs projets, tout prenait du retard, des séries avaient été décommandées, les chaînes préféraient acheter des produits finis aux U.S.A. ou au Japon, cela revenait moins cher, il y avait moins d'aléas.

« Heureusement il y a la pub. On m'a demandé de faire trente secondes sur un dentifrice. Quinze jours de tournage. Une partie à l'Alpe-d'Huez, l'autre à Amsterdam. Bien entendu, tout pourrait être tourné en trois jours dans un studio, mais tu connais les subtilités des coproductions. »

Marc l'écoutait parler de ce monde qui s'éloignait de lui. Au fond, ce n'était pas très différent de la lutte pour la vie... On allait à la chasse au boulot, pour payer ses impôts, les fourrures à Madame, on cultivait les relations comme on cultivait les pommes de terre pour l'hiver, la pêche aux informations remplaçait la pêche en rivière, mais le résultat était le même, rien ne changeait vraiment, simplement tout se compliquait et devenait moins naturel, peut-être moins agréable.

Ils roulèrent une partie de l'après-midi dans la campagne vide. Claudine voulait voir des châteaux, on lui avait dit que la région en regorgeait. Ils s'arrêtèrent sur des parkings déserts, devant des grilles fermées. Ils admirèrent de loin des façades jaunies, des volets tirés sur des pièces immenses... Les tours se découpaient dans le froid, de toute la géométrie de leurs créneaux... Les bords des douves étaient frangés d'une lisière de glace qu'on devinait tranchante, des cristaux noirs et aiguisés comme le fil d'une longue épée sombre... Ils virent Rougemont, Brissac, Saumur dont les ardoises surplombaient la ville basse... Ils se sentaient bien. Claudine tourbillonnait dans une cape de loutre de forme sauvage, c'était la ligne Tarzan, le dernier cri bien sûr. Andréa dans son blouson fourré d'ancien para sautait d'un pied sur l'autre et entraînait Philippe dans des courses essoufflantes le long des remparts granitiques.

A Tilly, ils parvinrent à décider le gardien de les laisser visiter. Ils errèrent dans l'enfilade des pièces blanches, dans la lumière pâle. Aux murs, dans l'alignement des couloirs, les portraits d'ancêtres les regardaient passer d'un regard identique fait de distinction ennuyée. Sous les perruques poudrées tous avaient, hommes comme femmes, le même front bas et une épaisseur pithécanthropique dans les maxillaires. Les pièces résonnaient, à demi vides. Aux murs les fresques pâlissaient, pelaient par plaques comme des arbres malades, il flottait dans tout cela un air de pavane, des notes suspendues qui n'arrivaient plus à éclore, une mélodie silencieuse de clavecin aigrelet. Philippe et Marc eurent toutes les peines du monde à empêcher Claudine de dérober un Saxe de quinze kilos qu'elle prétendait habilement camoufler dans les replis de sa cape. Le gardien suivait en savates molles, les yeux perdus dans des lunettes scaphandre.

« Vous êtes des trouillards, bande de merdeux, ce type est une taupe, c'est l'occasion rêvée. Andréa, tu lui demandes n'importe quoi, l'époque du carrelage, si les moulures sont d'époque, une connerie, et moi je me tire avec la potiche, je cherche la même depuis des siècles, je vois déjà ce qu'elle donnerait sur la desserte. »

Marc arriva à l'entraîner et se fit traiter de petit con et de grand bourgeois.

Lorsqu'ils regagnèrent Haute-Pierre, la nuit tombait et ils allumèrent les feux, entassèrent les cadeaux sous le sapin et mirent des cassettes de chants grégoriens en débouchant les premières bouteilles de brut millésimé.

« Ça va chauffer », dit Marc.

A l'étage au-dessus, France Bonnier ébranlait les parquets de jetés battus en série. Elle avait abandonné *Le Lac des cygnes* pour *Giselle* et amené ses professeurs aux limites extrêmes de la dépression.

« Elle a raison, affirma Andréa, il faut se cramponner à ce qu'on aime. »

Philippe avala d'un coup une demi-soucoupe de cacahuètes.

« Le drame de France, c'est que c'est ce qu'elle aime qui se cramponne à elle...

– Andréa a raison, dit Marc, un jour elle sera une grande danseuse.

– J'y croirai lorsque je la verrai enfin décoller du sol », soupira Claudine.

Elle ajouta sans utilité, tout au moins apparente « bordel de merde », et se reversa du champagne.

A dix heures, sous la pression conjointe des enfants, les cadeaux furent déballés. Les plus appréciés furent une robe de ballerine (la quatorzième), un abonnement d'un an à *Mon jardin et ma maison*, une panoplie de mousquetaire, un dictionnaire des injures anciennes et modernes et un objet étrange et rouillé qui ressemblait à la fois à un vilebrequin et à un tire-bouchon géant. Cela se révéla être un écarteur anal, instrument chirurgical extrêmement patibulaire qui fit pâlir l'équipe Chivers-Conrad. Les Bonnier crurent un instant à la victoire. Elle leur échappa lorsqu'ils exumèrent à leur tour des cartons l'enveloppant un vase cylindrique de près d'un mètre de haut sur quarante centimètres de diamètre entièrement taillé dans une douille d'obus et portant l'inscription : « Avec le souvenir joyeux des anciens du Chemin des Dames. » Tout allait pour le mieux dans le meilleur des mondes lorsque avec terreur Philippe s'aperçut que, dans l'affolement du départ, il avait oublié dans l'entrée de leur appartement parisien les présents du crapaud, soit un vélo de course à fourche renforcée, un tambour métallique et un robot téléguidé à tête de vampire made in Taïwan. L'enfant qui attendait cet instant depuis un assez grand nombre de jours et qui avait même, pour les obtenir, ralenti la fréquence, le rythme et l'intensité de ses hurlements, laissa échapper un long cri de mort qui courba les échines des convives et fit craindre pour le vitrage de la maison.

Claudine proposa de bondir dans la voiture et de faire l'aller-retour. En tapant le cent soixante elle serait là dans quatre heures. Bonnier plongea dans le remords et le champagne. Andréa tenta d'intéresser Pascal au jeu électronique qu'elle lui avait offert et Marc trouva la solution définitive en proposant du Phénergan subrepticement introduit dans le sirop de framboise dont le jeune monstre était friand. Les longs meuglements devinrent plus faibles et le malheureux s'endormit, vidé par ses exploits vocaux. Napoléon retira ses boules et France fit vibrer le dallage sous la violence sans effet de ses élans. Marc prit la main d'Andréa, le cognac de son verre virait à l'or et à la cannelle, et eut un regard vers la pendule.

Il était minuit et c'était Noël.

*

Le 27 au matin, le temps s'adoucit et la neige disparut.

Les herbes jaunes restèrent courbées et les enfants coururent sur un tapis mort dans lequel leurs semelles s'enfonçaient

Les Bonnier étaient partis et avaient laissé leur progéniture pour une semaine au manoir. La veille, Marc avait entassé les trois gosses dans la voiture et déversé le chargement dans un cinéma de Saumur. L'opération n'avait pas été simple. France avait opté pour une production Walt Disney, inévitable en cette période de l'année. Lancelot du Lac avait une préférence marquée pour *Wang-Tsé frappe et triomphe* et pour des raisons obscures qu'il n'arriva jamais d'ailleurs à élucider clairement, Pascal fit vibrer les tympans saumurois en voulant à toute force voir *Body Girl*, production underground érotico-métaphysique par ailleurs interdite aux moins de dix-huit ans. L'affiche devait l'avoir séduit, elle représentait une nymphette vêtue d'un collier clouté tentant d'enlacer un agent de police new-yorkais aux biceps culturistes, la scène se déroulant, inexplicablement, sur une plage tahitienne. En fin de compte Lancelot du Lac s'inclina sportivement devant les lois de l'hospitalité et tout le monde se retrouva à sucer des esquimaux devant *La Belle au bois dormant.*

Cette journée devait être marquée par un autre événement, la présentation aux enfants Bonnier de la belle Poupinot. Après quelques minutes d'observation, France parut subodorer en la nouvelle arrivante une future ballerine. Lancelot courut, haletant, annoncer la nouvelle à Andréa.

« Elles vont danser ensemble! Je t'assure, elles sont en train de s'entraîner! »

Andréa prit son fils par la main et l'entraîna à toute allure vers le placard aux bagages.

« Fuyons! »

Marc les rencontra en train de courir tous les deux, une valise dans chaque main, à travers le parc.

« Où allez-vous?

– France et Poupinot, souffla Andréa, elles dansent ensemble. »

Marc relança le moteur de la voiture et fit le tour du manoir à quatre-vingt-dix à l'heure. Ce fut une bonne journée. Grisé par l'air vif, le crapaud s'endormit le soir sur son assiette à la satisfaction générale.

Le 28 dans l'après-midi, les fillettes soûlées d'entrechats rejoignirent les garçons et avec une belle imagination proposèrent une partie de cache-cache. France avait eu l'idée que Poupinot approuva vigoureusement. Avec un peu de chance, elle allait pouvoir coincer Emile Zola dans un recoin ombreux et cette perspective fit briller son œil rond. Le jeu se traîna un peu car le domaine était trop grand, ce qui rendait les recherches interminables ou trop rapides lorsque le jeune Pascal, fatigué de se camoufler, se mit à rugir sans vouloir comprendre les subtilités des règles.

Zola proposa alors de restreindre le champ aux dépendances et parvint à ouvrir la porte. C'était une ancienne et immense grange aux pierres disjointes, les poutres du faîtage pourrissaient depuis quelques siècles et on accédait à ce qui avait dû être un grenier à foin par une échelle de meunier de près de dix mètres. Des roues abandonnées et de vieilles charrues à bras s'entassaient dans l'ombre.

France désigna le grenier au-dessus de sa tête.

« On pourrait faire le théâtre ici, on mettrait des chaises en bas pour les spectateurs. Ce serait bien, non ? »

Ne percevant qu'une approbation relative dans le regard du jeune Zola, elle se tourna vers sa collègue.

« Hein, ce serait bien ?

– Vui, dit Poupinot.

– C'est quoi le théâtre ? » demanda Pascal.

Sa sœur haussa les épaules.

« Tu sais bien, c'est quand je danse.

– De la merde, dit Pascal.

– Répète, dit France.

– Le bordel de merde », dit Pascal.

La gifle le décolla du sol et une vocifération stridente descella les moellons.

« Tu as tapé fort, protesta Zola tandis que le gosier du gosse déversait des tonnes de décibels.

– Nécessaire, dit France, il devient malpoli, avant il disait caca boudin.

– Caca boudin de bordel de merde ! » hurla Pascal.

France tenta de l'attraper, le gosse feinta, tournoya autour d'un pilier et grimpa à l'échelle.

« Ne va pas là-haut, prévint Zola, c'est pourri partout. »

France s'arrêta net.

A l'étage, le crapaud lâcha une bordée d'injures qui frappa Poupinot de plein fouet.

« Déconne pas, dit Zola, tu descends et on joue.

— Bordel de merde de chierie de caca boudin », éructa le gosse.

France soupira.

« Vous occupez pas de lui, quand on s'occupe pas de lui il s'arrête.

— On joue à se cacher? » hasarda Poupinot.

Emile Zola grimaça de douleur intérieure. Il serait donc écrit que cette fille n'aurait pas une seule idée originale dans sa vie.

« C'est pour ça qu'on était venus, dit-il.

— On joue plus à ça, dit France, on joue aux métiers.

— Pitié, dit Zola. Je hais les métiers. C'est caca boudin.

— Alors, on joue à chat, à chat perché, on joue à chat, Poupinot?

— Vui.

— Pourquoi tu dis toujours « vui »?

— Hein?

— Bon, d'accord, on joue à chat. »

Zola essaya d'élever le débat.

« D'abord on n'est pas forcés de jouer à quelque chose. »

France Bonnier, entraînée par la force de l'habitude, esquissa une pirouette lourde sur la pointe du pied droit.

« Qu'est-ce qu'on fait alors?

— Chierie de merde de caca boudin à la con! »

Zola mit les mains sur ses oreilles et proféra :

« On peut parler.

– On parle de quoi? »

Emile explosa :

« Je ne sais pas moi de quoi on peut parler, on peut parler de n'importe quoi, les grands parlent tout le temps, on peut bien parler aussi.

– Vui, dit Poupinot.

– Je te flingue, salope », hurla le crapaud.

Zola ne leva pas les yeux sur lui.

« Lâche-nous un peu. Je sais pas moi, on parle de cinéma.

– Ah! oui, dit France, on parle de cinéma. Vous avez vu *Le Dernier Tango à Paris*, c'est répugnant.

– Bang, bang, bang, bang, t'es morte, salope, plusieurs fois morte, je t'ai flinguée avec mon fusil.

– Tu n'as pas pu le voir, dit Zola, c'est interdit aux moins de dix-huit ans.

– Eh bien, je l'ai vu quand même et parfaitement parce que je connais la caissière et même si tu connais pas la caissière, c'est pas compliqué.

– Dans les tripes, tonna Pascal, tu as un trou dans les tripes. »

Avec un soupir de réprobation, la jeune Poupinot leva les yeux vers le grenier. Zola qui se trouvait en face d'elle eut l'impression que ses joues devenaient brusquement plus flasques, ses yeux s'étaient soudain creusés.

« Qu'est-ce qu'il y a? »

Elle émit un bruit de clapet qui se perdit dans une nouvelle série d'imitations de détonations proférées par le crapaud.

« Il a un fusil », dit-elle.

Zola pivota. La lumière entrait par les trous du toit et il put voir le métal briller dans les mains de l'enfant. C'était un tube, un tube lourd car le crapaud le tenait à bout de bras, incapable de le soulever entièrement. L'enfant bougea et le fils d'Andréa vit l'arme nettement. Il avait vu suffisamment de films pour savoir reconnaître un fusil à pompe. Quelque chose se vida à l'intérieur de lui. S'il y avait des cartouches dans le canon, ce serait épouvantable... Il avait entendu des choses comme ça à la radio le matin, l'imprudence des parents, un enfant joue, se tue, tue son père, sa mère, un voisin.

France pétrifiée hurla, dépassant le niveau vocal de son frère.

« Ne lui fais pas peur, dit Zola, il va le lâcher. »

Le crapaud parut hésiter.

Ne trouve pas la détente, ne trouve surtout pas la détente, petit merdeux hurleur.

Le garçon vit dans les yeux du petit comme une hésitation et sans qu'il ait pu décider quelque chose il se trouva sur l'échelle, gravissant les degrés.

« Pose ça, toto, pose ça, tu vas te blesser. »

Poupinot tendit sa main comme pour le rappeler vers elle, pour l'empêcher de monter mais n'acheva pas son geste. Elle le vit progresser sans se presser. Lorsqu'il arriva tout en haut, Pascal laissa échapper quelques détonations plus violentes et recula. Zola lui sourit. C'était comme ça que procédaient les flics avec les tueurs, les cinglés, les malades de la gâchette, psychologie toujours, tout ça n'est pas grave, ne pas brusquer, pas affoler, ralentir les gestes, les mots, sourire. Il se sentit parfait. Parfait et en pleine forme. Si seulement c'était Ava Gardner qui se trouvait en bas plutôt que cette conne de Poupinot, ce serait dans la poche.

« Donne-le, dit Zola. Tu vas te blesser.

— Bang, dit Pascal, bang et rebang.

— D'accord, dit Zola, maintenant, tu me le donnes parce que tu vas te coincer les doigts avec. »

Les deux fillettes, la nuque cassée, virent le petit hésiter, une seconde le canon s'abaissa, se releva et se pointa en direction de Zola.

Il vit le reflet rapide sur la bouche métallique. Droit sur lui.

Le crapaud jeta un ultime caca boudin et ouvrit les mains.

Le fusil tomba, ébranlant les planches. Zola fonça et le ramassa. Le double soupir des deux filles monta jusqu'à lui.

« Ce qu'il va prendre, gémit France, ce qu'il va prendre quand je vais raconter ça, ce qu'il va prendre, tu ne peux pas savoir ce qu'il va prendre!... »

Zola regarda l'arme, il ne l'avait jamais vue... Toute neuve, redoutable, à qui appartenait-elle?

Il la reposa sur le sol et se tourna vers Pascal.

« Allez, on descend. »

Emile Zola fit un pas en arrière et deux planches cédèrent d'un coup, sans le moindre craquement, avec une sorte de bruit soyeux de papier déchiré. Il happa une poutre au passage et sentit l'effritement sous ses doigts. Le corps tournoya, en pleine chute il donna un ultime coup de reins pour tomber droit, mais n'y parvint pas. Le crâne craqua contre le soc de la charrue comme une orange mûre et la gerbe pourpre gifla la paille sèche et les pierres du vieux mur.

Pascal pétrifié n'avait pas bougé. France ferma les yeux.

Poupinot s'approcha doucement avec une maladresse attentive. Elle avait vu abattre des bêtes quelquefois à la ferme, un spectacle habituel. Il lui suffit de voir l'œil brillant du garçon fixé sur l'entrelacs de poutres pour comprendre que les baisers qu'elle donnerait plus tard auraient un goût amer car le petit garçon avec lequel elle avait échangé le premier était mort.

Journal IV

La Poupinot m'a filé une bague. Avec la tête de mort en relief. Elle me va bien à condition que j'enfile deux doigts dans l'anneau. On dirait une soucoupe. Elle a dû trouver ça sur le marché de Doué-la-Fontaine à côté des poêles à frire et des marmites norvégiennes. Elle a l'air de s'y connaître en bijoux. Et cette fois j'y ai pas échappé : elle m'a fait le galou. Il a fallu aller contre le mur, enfin il faisait nuit et entre deux arbres j'ai pu supporter. Ça me faisait comme une saucisse froide et vivante dans la bouche. Je venais de goûter et elle a dû se ramasser en prime quelques miettes de chocolat. Enfin, il faut y passer, c'était comme dans les films sauf qu'elle est grosse et plus basse sur pattes que Cyd Charisse, la préférée de Marc. C'était pour Noël la tête de mort. Le cadeau idéal. Je ne lui donnerai rien parce que sinon je vais me retrouver encore collé au mur avec toute sa charcuterie mouillée à me farfouiller les amygdales. Ou alors une saloperie quelconque que je trouverai dans le grenier. Je lui donne et je me cavale à pleines pompes.

Les Bonnier arrivent demain avec leurs lardons. Marc a installé le sapin devant la porte, il fait bien dix mètres de haut. Enfin, cinq. Ça va être la fête absolue. On va avoir droit à un double lac des cygnes et à une triple ration de meuglements du crapaud. Andréa a rempli le Fridigaire et le congélateur. On va bouffer

233

plein de trucs, si Poupinot voit ça elle tombe raide. Je sais ce que Marc a acheté pour elle, il m'a dit le nom, j'ai oublié, c'est un truc d'antiquaire, avec des perles, ça fait beau. Elle, elle lui a acheté plein de trucs, une statue pour le bureau et puis des chemises, deux pulls, elle dit qu'il n'a plus rien. Ça va bien en ce moment. Il y a pas longtemps ça chauffait mais c'est fini. Il avait maigri quand on est rentrés, mais il reprend. Il joue pas mieux au foot pour autant, enfin il court avec ardeur et même c'est lui qui propose... Je ne sais pas ce qu'ils vont m'acheter. Secret total. J'ai un peu forcé à la fin du mois pour les notes et en fin de compte je suis premier, théoriquement ça doit jouer sur l'importance du cadeau. J'ai demandé des sous à Marc pour le cadeau à maman, et des sous à maman pour le cadeau à Marc. C'est la période des hypocrisies. Enfin, ça y est, c'est fait, pour elle je lui ai acheté le truc du quincaillier pour fermer les bocaux de confitures. J'espère qu'elle n'y verra pas une allusion. Un jour on se baladait et elle m'a dit que c'était pratique, c'est pour ça que j'ai acheté. On dirait un piège à rats mélangé avec une cuillère à soupe. Ça a été dur pour le paquet cadeau. Marc il a un bouquin, comme il aime les vieux bouquins ça tombe bien. Un livre rouge, vieux et déglingué. C'est l'Encyclopédie Larousse 1927. Le tome 7. De O à S. Pour les autres lettres il se débrouillera. J'ajoute un dessin en plus parce que ça fait un peu pas assez.

Il y a eu de la neige. Deux jours. C'est bête qu'elle ne soit pas restée, juste une pellicule, ça faisait bien dans le jardin, le matin, tout givré. Il fait froid, on fait des feux tout le temps dans la cheminée, j'aide Marc pour les bûches, j'ai rangé ma chambre aussi, bref une semaine terrible.

Ils arrivent mardi. Ils vont avoir des cadeaux eux aussi. La dernière fois ils avaient apporté un canon. Peut-être ils viendront en tank.

Ce qui est con c'est que Bergomieux ne vienne pas.

Il tourne encore. Marc me l'a dit. Il fait un traître de la dernière guerre mondiale. Il refile la France aux nazis. Un immonde. J'aurais aimé voir Esther aussi. On a été voir plein de karatés sur le Rochechouart pendant que j'étais à Paris. Elle soufflait tout le temps comme si c'était elle qui prenait les coups. On a vu surtout La Vengeance de Kwang le coolie à la main de fer. Super. Le type est manchot alors il a vraiment une main en fer, les ennemis arrivent à lui piquer sa main en fer mais il s'entraîne tellement avec l'autre qu'est pas en fer qu'il arrive à casser du fer avec, ce qui fait que quand il récupère sa main en fer c'est plus la peine. Je me demande si elle a tout compris la mère Esther. Je récrirai après Noël pour raconter tout en détail.

Il reneige. Ça c'est bien.

Léon Tolstoï.

HUITIÈME TEMPS

CAS Nº 8

Conevaught Manor – Ecosse

La légende veut que la région d'Ecosse où est construite cette demeure soit la terre d'élection des fantômes. On serait tenté de dire que Conevaught Manor est la maison de l'absence.

Malgré son nom elle se présente davantage comme une grande ferme qu'un manoir. Ses origines sont imprécises, les registres de la paroisse semblent indiquer qu'elle figurait déjà au cadastre en 1560.

Ses habitants bénéficièrent toujours, et cela jusqu'à une époque rapprochée, d'un privilège par ailleurs fréquent dans la région : tous ceux qui y avaient vécu, y étaient nés ou simplement y avaient travaillé, pouvaient se faire enterrer dans la crypte. Ce qui fut fait jusqu'en 1864. A ce moment-là, le propriétaire Francis Hallvyn perdit sa femme et voulut l'enterrer aussi à Conevaught. Ses domestiques lui firent alors remarquer que la crypte était pleine. Francis Hallvyn donna alors l'ordre de ranger les cercueils de façon plus régulière afin de pouvoir gagner de l'espace. Durant les déplacements qui en résultèrent, l'un des cercueils tomba et s'ouvrit. On s'aperçut qu'il était vide. Surpris par ce phénomène, les serviteurs entreprirent de les ouvrir tous, les uns après les autres. Aucun d'eux ne contenait le moindre corps, le moindre squelette, le moindre fragment de cadavre. Un constat fut dressé, les cercueils brûlés dans la cour de la maison le

18 octobre 1864 et Eleanor Hallvyn placée dans une bière qui fut descendue dans la crypte dont elle était désormais la seule occupante. Huit jours après, le 26, Francis Hallvyn descendit avec ses deux fils et, pris d'une sorte de pressentiment, fit rouvrir le cercueil de sa femme. Il était vide. Des témoins affirment qu'à partir de cet instant Francis Hallvyn, par des pratiques de spiritisme et en la présence des médiums les plus connus d'Europe qu'il fit venir parfois à grands frais, tenta d'entrer en communication avec sa défunte épouse et tous ceux, dont son frère aîné et son propre père, qui avaient été enterrés à Conevaught. Il n'y réussit jamais. L'un des médiums, un Français du nom de Richard Bout, prétendit que les murs de Conevaught exerçaient contre toutes formes d'ondes une sorte de mur, de rempart infranchissable.

Francis Hallvyn exigea qu'on l'enterre dans la crypte, à côté du cercueil vide de sa femme, ce qui fut fait à sa mort survenue le 2 janvier 1893. Deux jours après, suivant les volontés exprimées par le mourant, son fils Fenton descendit et ouvrit le cercueil : le cadavre de son père était toujours là. Il allait remonter les marches lorsqu'un craquement le fit se retourner, il ne vit rien mais l'idée lui vint d'aller ouvrir le cercueil de sa mère. Le squelette d'Eleanor s'y trouvait.

Conevaught Manor n'est plus qu'une ruine, la crypte a été bouchée, on ignore si elle contient encore les restes des époux Hallvyn.

Les longs hivers sur les terres non encore cultivées. Le vent agite les longues et noires robes des veuves et les hommes serrent entre leurs mains les larges bords des feutres de sortie. Gros plan sur le pasteur à barbe mormone. Prière des morts dans le panoramique régulier qui isole les croix éparses et bancales, les carrioles dans les brancards desquelles de lourds chevaux lâchent une haleine dissipée par les brouillards du froid... Une poignée d'hommes sur la peau gelée de la terre. Maisons allumettes, lointaines et dispersées dans l'horizon monumental. Western.

Marc se reprit. Etrange chose que le cinéma, sa présence venait refouler le présent, se superposer à lui, et c'était un instant l'oubli du réel...

Andréa frissonna, il affermit sa prise autour de ses épaules. Il avait tout fait, tout dit pour qu'elle ne vienne pas, tout avait été inutile. Au-dessus de leurs têtes, sur le pont métallique, des files d'autos immobiles. Embouteillages du matin. Ça devait être bouché sur Clichy, comme toujours.

Un ciel vineux de fond de tonneau. Ce que les morts pouvaient être serrés... Qui seraient tes voisins, petit? Madeleine Dornay, 1854-1917, Famille Boissard – Jean Boissard, Marie-Hélène Boissard, Marthe Boissard née Patrion, un granit poreux et moussu, oublié, des visages sous verre, sévères... Les morts ne sourient jamais sur leur photo, comme si un jour ils s'étaient installés devant le photographe et avaient su que ce visage offert serait le leur pour toujours, la face d'éternité, celle qu'il fallait montrer au passant, celle qui s'enfouirait à la Toussaint sous les fleurs mouillées à l'odeur de pluie fade. Marc sentit sur sa gauche l'effondrement brutal de Claudine soutenue par Philippe... Comme elles ont vieilli, nos amies, soudain, il a fallu cette mort d'enfant et tous les visages ont perdu leur beauté, des peaux sans richesse, des traits quelconques que plus aucun artifice n'affine ou ne répare. Claudine au long visage blanc et sans grâce, une femme vieillissante aux paupières gonflées. Philippe seul devait connaître le secret, la belle Claudine était laide... une tête au petit matin, nue, enfin... Esther boudinée dans un vieux manteau noir, Jean-Louis plus démoniaque que jamais, creusé, déplumé... La calvitie prometteuse. Mes amis sont moches, le chagrin détruit tout... Le père seul tient le coup, presque pommadé, le teint frais, une bonne tête d'assureur-conseil, en pardessus spécial enterrement, le seul dont les chaussures brillent. Comment a-t-elle pu faire l'amour avec ce guignol satisfait?... Des voisins du quartier, des inconnus, peu de monde, Gino, le tonton, bâtisse lézardée, lèvres vibrantes. Andréa n'a pas voulu prévenir grand monde. Mon Dieu, que tout cela finisse... Il devina le geste involontaire, la main tendue vers la poche pour sortir la cigarette... Le soutien... La main revient chercher la sienne, tente de s'y enfouir. Je l'épouserai le plus vite possible. Pieds glacés. Pas les pieds, les orteils, horrible de penser à des détails aussi cons dans des moments pareils. Je l'emmènerai lorsqu'ils descendront le cercueil. Ils n'en finissent pas. Un prêtre lent comme un jour sans vie.

Après son retour de Marseille, il avait montré le fusil à Andréa médusée.

« Tu ne vas pas garder ça?

– C'est idiot de le jeter.

– A quoi veux-tu qu'il te serve? »

C'était vrai. A quoi pouvait-il servir, il n'était pas chasseur, pourtant il répugnait à jeter ce qu'il venait d'acheter... Une incrustation d'Emma : l'enfance pauvre, on ne jette rien, on ne gaspille pas. En fin de compte, il avait fourré les cartouches dans le fond de la vasque. La boîte avait crevé le rideau vert des lentilles d'eau qui s'était reformé en quelques minutes.

« Où je le mets?

– Où tu veux mais loin d'ici. »

Il avait vérifié qu'il n'y avait plus rien dans le magasin ni dans le canon et appuyé par deux fois sur la détente, laissant le chien sonner à vide.

La grange. Personne n'y allait jamais. Il avait expliqué au garçon qu'il valait mieux ne pas y jouer, elle tombait en ruine. Il était monté à l'échelle. Arrivé à mi-corps au plancher du grenier, il avait empoigné l'arme par le canon et l'avait propulsée loin de lui, dans la paille. Il était redescendu et l'idée l'avait effleuré de retirer l'échelle. Pourquoi ne l'avait-il pas fait? Les destins basculaient pour des gestes inachevés. Une paresse, trop lourde, trop haute, une autre préoccupation soudaine... Impossible de retrouver le cheminement.

Frottement des cordes de chanvre sec sur le bois. Elle ne tiendra pas.

« Viens... »

Elle eut un signe négatif. Il sut qu'elle resterait jusqu'au bout.

Le plus dur en cet instant... Le petit garçon aux mille noms. Il ne faut pas qu'elle voie la croix, surtout pas cela.

Esther se détourna et s'écarta du groupe. Marc pensa au jeu d'échecs. Une tour glissant sur un échiquier entre les tombes-soldats. Bergomieux hésita, pris entre le désir de rejoindre Esther et de rester, offrant à ses amis l'aide inutile de sa présence.

Si les fleurs amoncelées pouvaient masquer l'inscription...

Andréa s'avança jusqu'au bord du trou, quatre pas décisifs, presque légers. Elle resta seule, parfaitement isolée dans les klaxons des autobus proches, les cheveux dansant dans l'air. Marc sait qu'il ne doit pas la toucher. Le goupillon pend au bout de son bras, elle le lève et se retourne. En haut, le feu passe au vert, aucune voiture ne bouge.

Andréa sourit aux autres.

« Il s'appelait Gilbert, dit-elle, Gilbert Chivers, je vous le dis parce qu'il n'est pas certain que vous vous en souveniez. »

Marc prend le manche d'argent. Sous lui, à moins de deux mètres, le petit footballeur, le mangeur de sardines. Et c'est moi qui l'ai tué. On peut dire cela. C'est moi.

Andréa voit les autres venir vers elle.

« Il faut partir, dit Marc, maintenant, il faut te démerder pour être une femme heureuse. Avec moi de préférence. »

Claudine enfouit son visage sans relief dans la poitrine de Marc.

« Franchi la porte, je t'autorise à lancer une bordée d'injures. »

Parler. Retrouver l'ambiance d'autrefois, il manquera toujours, poursuivre quand même, comme après la chute du trapéziste : le spectacle continue, sans trêve et le mieux possible.

« On se retrouve au bistrot, dit Andréa, au Balto, au coin de la place. »

Esther sanglote près d'un mausolée prétentieux

au coin d'une allée, une pâtisserie grise, un vieux gâteau desséché... Par les vitraux on voit les fleurs mortes pourrir dans les verres et les vases de fer.

Bergomieux l'entraîne... Le gravier crisse sous les talons. Les autres s'éloignent là-bas, vers la grille, dans quelques instants ils seront sur le boulevard. Un café au comptoir... Tout reprend, il y aura la même musique, le même juke-box. La mort ne pèse rien.

La veille, Marc avait voulu mettre Haute-Pierre en vente. Andréa avait refusé. Ils y retourneraient un jour. Pourquoi pas? Pendant longtemps Gilbert serait partout là où elle irait, contre elle, dans les lieux connus comme dans ceux où elle n'avait pas vécu avec lui, alors à quoi bon?

Ils entrèrent dans le café. Un groupe funèbre, un peu ridicule. Les habituels poivrots du fond de salle leur jetèrent un coup d'œil rapide. Ils devaient voir tous les jours des gens en noir, des femmes sans maquillage, le cimetière était proche, les enterrements journaliers. Le train-train.

Claudine s'aperçut dans une glace et redressa une mèche.

« Sale gueule. »

Philippe respira, comme si une étreinte se desserrait : tout allait reprendre. De retour à la maison, elle se jetterait sur le fond de teint, l'eye-liner, le fluid make-up. France avait cours de danse cet après-midi, il faudrait l'y amener. Ils avaient dû lui donner des cachets pour la faire dormir toutes les nuits dernières. Des cauchemars, c'était inévitable, mais le plus touché avait peut-être été le crapaud : il ne criait plus. Cinq ans et cette mort sous ses yeux... Peut-être se sentait-il coupable, un sentiment vague et terrible qui lui faisait une bouche fine et un regard nouveau, définitif... France ne parlait plus à son frère... Il y aurait l'école dans quelques jours, d'autres soucis, d'autres joies, les hurlements reviendraient... Pour la première fois de sa vie, Philippe se prit à les souhaiter.

Esther embrassa Andréa et dut s'appuyer au comptoir. De tous c'était elle qui avait le plus mal supporté, la costaude sportive, la basketteuse de Tel-Aviv... Gino non plus n'émergeait pas, il ne s'était pas mêlé aux autres.

Les conversations montèrent. Marc entendit prononcer à mi-voix le nom de Gilbert. C'était bizarre, l'enfant retrouvait son prénom alors qu'il n'existait plus, il lui sembla qu'on parlait d'un autre, d'un mort inconnu. L'ex-mari d'Andréa vint lui serrer la main. Il le sentit malheureux, touché au fond par la mort de cet enfant qu'il avait peu connu et dont il ne s'était jamais occupé, empêtré par la situation.

« Je ne sais pas si cela vous sera désagréable ou pas, Andréa et moi allons sans doute nous marier.

-- Ah! bon. Très bien. Eh bien, très bien... Oui... bien. »

Il s'en foutait ou il était con, ou les deux. Gilbert n'avait rien eu de lui. Pas un chromosome. Tant mieux.

Tous partaient à présent. Il vit Andréa serrer des mains, embrasser des joues. Un instant le café oscilla dans la tasse, déborda de la soucoupe. Distraitement, sur le zinc de cuivre elle traça des méandres avec le dos de la cuillère. Elle ne voulait pas partir. Pourquoi?

« Je voudrais y retourner. »

Il faillit demander « Où? ».

« Ce n'est pas nécessaire, Andréa, ne t'enfonce pas dans ce...

– Je voudrais te montrer quelque chose. »

La glace au ventre. Instantanée. Elle s'était formée d'un coup. Un bloc bleuté qui faisait craquer les parois... Un iceberg bougeait sous sa peau soudain sèche.

Elle sortit. Il laissa le billet sous la soucoupe et la suivit sans ramasser sa monnaie.

Les encombrements n'avaient pas cessé. Ils purent traverser en louvoyant entre les pare-chocs alors que les feux étaient au vert. Ils redescendirent les marches qui menaient au cimetière. Il n'y avait personne dans les allées... Les yeux d'un ange de calcaire aux ailes sombres de traînées de pluie les suivirent, il surplombait un massif de fusains d'un noir d'encre.

De loin, Marc remarqua que les ouvriers avaient terminé leur travail, ils étaient partis et, sur la tombe de Gilbert Chivers, les couronnes s'élevaient sur un dôme de terre fraîche.

Elle s'en était donc aperçue. Elle aussi.

Arrivée devant la sépulture elle parla et lui fit face si brusquement qu'il faillit trébucher contre elle.

« Tu sais ce que je vais te montrer, tu le sais. Ne mens pas, Marc. »

A cet instant les yeux d'Andréa lui parvinrent, immenses, et il eut l'impression que tous les monuments funéraires de l'allée où ils se trouvaient s'étaient concentrés dans ses pupilles, il pouvait en se penchant les distinguer un à un sur le fond du ciel condensé dans le miroir liquide.

Mentir jusqu'au bout, pour elle et pour lui. Il restait peut-être une chance que ce ne soit pas cela, qu'elle ait été frappée par autre chose. Une chance sur un milliard.

Elle s'avança sur la tombe de son fils et écarta la gerbe la plus massive. De l'endroit où il se trouvait, Marc sentit l'odeur doucereuse des grands glaïeuls remués. Sur la croix provisoire elle désigna l'inscription :

Gilbert Chivers
né le 19-3-1976
décédé le 28-12-1985

« Ce n'est pas à un mathématicien comme toi que je vais demander si ça ne lui rappelle pas quelque chose. »

Marc avala sa salive... Il sentit la glace monter dans son corps. Ce n'était pas terminé et il ne pouvait plus bluffer.

« J'y ai pensé aussi.

– Je le savais. »

Ils restèrent immobiles.

28 – 19 = 9.

12 – 3 = 9.

1985 – 1976 = 9.

Mort à neuf ans.

9 9 9.

« Tu as cru être visé, dit Andréa, tu t'es trompé. C'était lui.

– Lui ou personne. Une coïncidence. Une de plus, elle ne peut en aucun cas être une preuve. »

Elle se rapprocha de lui. Avec une sorte de timidité il prit son visage dans ses mains.

« Je t'emmène, dit-il. Il faut partir. »

Le même décor dans les yeux gris, il paraissait à présent si net et si précis qu'il eut peur que ses pupilles ne puissent refléter autre chose et qu'Andréa Chivers n'emporte, gravée dans ses prunelles, l'image rétrécie de la tombe de son enfant et, avec elle, les dates inscrites, peur que la femme qu'il aimait n'eût plus, à jamais, que des yeux de morte.

*

« Eh! pardi qu'on le supprimera un jour. Avec le tunnel en dessous, on n'a plus beaucoup de raisons d'être, mais enfin les touristes aiment bien, alors on l'a gardé pour les Anglais. »

Andréa se pencha. Le long de la coque, dansaient des bouts de liège et des boîtes de conserve rouillées. Marc accoudé au bastingage du ferry-boat regardait la ville.

Avec la vieille dame aux deux cabas assise sur le long banc de bois ils étaient seuls. La Canebière glissait doucement de droite à gauche. A l'infini, les mâts des bateaux se balançaient dans le soir tombant.

« La mairie nous garde parce qu'il y a Pagnol; il a beaucoup fait pour la ville sans le savoir, peuchère, déjà qu'on nous a enlevé le pont transbordeur, si maintenant on supprime le ferry-boat ils croiront que Marius a connu Fanny à Dunkerque. »

L'homme manœuvrait la roue, droit sur l'ancienne mairie. Marc tendit le bras.

« Avant, c'étaient les quartiers chauds, un lupanar terrible, des ruelles d'enfer... Une partie a sauté à la Libération mais il en reste, c'est le vieux Marseille. »

Elle avait tenu à voir sa ville et il avait accepté, elle avait prétendu que Rome en janvier n'avait pas de sens, qu'elle n'avait pas envie de quitter la France, que de toute façon il faudrait rentrer à Paris dans huit jours pour le travail.

Depuis, ils vadrouillaient dans les rues balayées de mistral sous les platanes nus de l'hiver, par un grand ciel naïf de claire lessive. Il l'avait emmenée devant sa maison natale, dans une rue longue et serpentine bordée de maisons fermées et de barreaux épais protégeant des rez-de-chaussée pro-

fonds et sombres... Il lui avait raconté la boulange-
rie autrefois, l'ancien bassin, son premier tricycle.
Trois roues et il tombait tout le temps, un exemple
extraordinaire d'absence d'équilibre, un véritable
numéro de cirque à l'envers... Andréa riait et l'espoir revenait, le propre de l'homme était le rire et si
l'on rit c'est qu'on survit à la mort des autres... Elle
était gaie d'ailleurs le plus souvent... Ils étaient les
seuls clients d'un vieil hôtel aux murs galonnés
comme un torse d'amiral de la flotte, les fenêtres
donnaient sur des rochers de vertige, blocs de sucre
cristallisé au-dessus du sirop de la mer. Ils faisaient
l'amour douloureusement, différemment, avec plus
de douceur et de tendresse encore qu'avant la mort
de Gilbert. Il avait craint qu'elle ne refusât le plaisir,
la fête désordonnée, il n'en avait rien été. Andréa
vivait bien ces heures qu'il meublait de balades et
de pastis sur des comptoirs de zinc.

Frigorifiée par la montée à Notre-Dame-de-la-
Garde, elle avait voulu boire un thé dans la chaleur
d'un salon, il n'avait rien voulu entendre et l'avait
traînée dans un bistrot de vieux gangsters où ils
avaient avalé l'anis presque pur, les pieds dans la
sciure et les vieux mégots, tandis que derrière eux
des ancêtres en feutre cassé, qui ressemblaient à
des doublures d'Andrex et de Vincent Scotto,
tapaient la manille avec des airs chafouins. Ils
avaient traversé le port et monté par les rues en
escalier où rôdaient d'anciennes odeurs de tomates
et d'écorces de melon.

« La plus belle place du monde, annonça Marc,
on est prié de s'exclamer.

– Et la place Saint-Marc? » hasarda Andréa.

Il la coupa d'un geste.

« Couillonnade, dit-il, auprès de la place de Lan-
che, Saint-Marc est une vaste couillonnade et tout
Venise avec.

– Tu reprends l'accent.

– Toujours quand je reviens au pays.

– Tu expliques ça comment?

– C'est l'air. Regarde. »

Il s'écarta. Au tournant de la rue, un carré de bitume en pente. Dans l'axe, de l'autre côté du vieux port, la Vierge brillait dans la clarté faiblissante. On voyait la mer en contrebas dans la débandade des toits vieux rose.

Une vieille place cernée de vieilles maisons, sur les bancs on imaginait les vieux de l'été sous les feuillages qui font l'ombre fraîche.

« J'ai joué là, dit Marc, quatre maisons plus haut dans l'encoignure, c'est ma première cigarette, une Balto, suffocations à l'appui.

– Une plaque s'impose. »

Il sentait que le charme jouait, qu'elle se laissait pénétrer par la séduction de cette grande fille facile et secrète qu'était Marseille.

Ils furent environnés soudain d'une nuée de gosses, la fin de l'école toute proche. Il eut peur que l'image de Gilbert surgît, elle parut simplement s'amuser de leur accent.

« Tu parlais comme ça à leur âge?

– Té pardi! »

Ils redescendirent par les escaliers, prirent un verre sur le port en lisant des journaux... Les lumières s'étaient éclairées.

« Quel est le programme pour ce soir?

– Mystère, suspense, crise de foie et bouche cousue, bref, nous allons chez Pablo qui, comme son nom l'indique, est un Alsacien chez qui tu vas manger la meilleure cuisine béarnaise de ta vie. »

Andréa sourit et lâcha un filet de fumée bleue.

« Tu sais vraiment bien parler aux femmes.

– Je ne te le fais pas dire. Nous rentrerons gavés et soûls de vins lourds et tandis que tu sombreras dans un sommeil sans rêves j'abuserai avec force et vélocité de ton corps admirable et sans vie.

– Force et vélocité!

– Force et vélocité. Patron, combien je vous dois?

– Ton accent se précise, confirma Andréa, j'ai l'impression d'être la maîtresse de Raimu. »

Il n'avait pas menti. Dans les hauts de la ville, le taxi les mena jusqu'à un estaminet où un maigre néon trouait la nuit d'un halo vieille fraise : Chez Pablo.

Ils attaquèrent au foie gras, continuèrent au foie gras chaud et Marc proposa du foie gras au dessert.

« Avec du sucre en poudre et un peu de chantilly, un régal. »

Andréa se rabattit sur l'ananas en boîte et ils regagnèrent l'hôtel par les rues de silence. Le mistral tombait et cela leur fit un effet étrange : il soufflait depuis trois jours, depuis leur arrivée. Le gardien de nuit leur fit un salut grand siècle qui le courba sur le comptoir et Marc eut l'impression qu'ils s'endormaient ensemble, à la même seconde.

Le vent le réveilla. Les rafales battaient les volets en gifles courtes et brutales. Il devait pleuvoir, il était difficile de s'en rendre compte, il tenta de capter le crépitement caractéristique des gouttes sous le souffle qui secouait la ville et n'y parvint pas. Il rapprocha son bracelet-montre de son œil : neuf heures.

Il avait projeté de faire visiter la Sainte-Baume à Andréa, mais si le temps était aussi triste il faudrait trouver une solution de rechange. Il se leva avec précaution et se retourna.

Elle n'était plus là.

Elle a eu faim. Elle se lève plus tôt d'ordinaire, elle n'a pas voulu me réveiller et doit prendre son petit déjeuner dans le salon, joli cadre d'ailleurs, la mer doit claquer contre les récifs.

Il prit une douche et se rasa. Il était d'ordinaire assez rapide à ce genre d'exercice, il se surprit pourtant à accélérer encore ses gestes.

Il descendit l'escalier et vit la mer grise criblée de gouttes.

Il pénétra dans le salon. Andréa ne s'y trouvait pas.

Marc sourit à la servante qui s'avançait vers lui.

« Vous n'avez pas vu ma femme?

– Non, monsieur, elle n'a pas déjeuné ici. »

Il chercha les cigarettes dans sa poche et n'en trouva pas.

« Vous avez vu ma femme? »

Le salut du veilleur s'accentua. Le même le jour et la nuit. Ce type ne devait jamais dormir.

« Ce matin, oui, monsieur. Elle est sortie. »

Marc fourra à nouveau les mains dans ses poches qu'il savait vides. C'est dégueulasse avant le café, mais il me faut une cigarette.

« Vous pouvez me dire vers quelle heure?

– Très tôt, monsieur, il devait être vers six heures trente, sept heures. »

Pas de petit déjeuner, elle est partie, il devait faire encore pleine nuit. Quelque chose se passe.

« Vous n'avez pas de cigarettes?

– Je ne fume pas, monsieur.

– Vous n'en vendez pas?

– Au tabac au bout de la rue, monsieur, c'est à deux cents mètres. »

Remonter à la chambre. Elle a laissé un mot peut-être.

Brusquement, il sortit et se dirigea vers le parking. Sous le toit de tôle du garage, l'averse battait un tambour métallique. Marc avant même d'y pénétrer comprit que la Ford ne serait plus là.

Elle n'y était plus.

Un rôle. Elle a joué un rôle depuis la mort de Gilbert. Elle a mimé le calme, l'oubli. Elle cherche quelque chose... Elle a fait semblant de rire avec moi, de se plaire à Marseille mais non...

Il remonta à l'étage. Rien dans la chambre. Aucun message dans la salle de bain. Cela se faisait pourtant dans les films. Sur la glace, au rouge à lèvres en général, des mots définitifs.

Elle n'avait emporté aucun bagage.

Il rassembla les affaires qui traînaient et fit rapidement les valises. Trois heures d'avance, il ne la rattraperait pas. Le train était exclu, les changements devaient être trop compliqués, il mettrait deux jours. Il louerait une voiture. Il prit le Bottin dans la table de nuit et téléphona à une agence. Aucun problème, quand il voulait. Il se donna une demi-heure. A cette époque de l'année, il n'y aurait personne, il aurait la route à lui seul. Près de mille kilomètres d'autoroute en passant par Bordeaux. Ce n'était pas le plus court mais il éviterait les routes de montagnes, interminables et dangereuses. Il pouvait y être ce soir.

Il régla la note que lui tendit silencieusement le gardien-concierge persuadé d'un drame de l'amour. Il commanda un taxi et donna l'adresse du loueur, ce n'était pas loin, près de la préfecture, le chauffeur prit la parole dès le départ et ne la lâcha plus. Il avoua être un fervent supporter de l'Olympique Lensois. Il n'en parlait pas à ses collègues mais il pouvait bien l'avouer à un client : Marseille n'était plus ce qu'elle était.

Marc régla les formalités et s'installa au volant d'une Peugeot massive qui survirait et flottait dans les virages, cela n'avait guère d'importance. Il prit la direction d'Aix sans un regard pour la ville qu'il laissait derrière lui.

Elle savait.

Pour lui, à présent, il n'existe plus que le ruban interminable, ininterrompu, monotone. Au bout, ce soir, il y aura la vérité. Elle l'attend et cette fois, aucune tricherie ne sera possible. Il n'y aurait pas de pardon. Ce sera la vie ou la mort.

Andréa à Catherine Buchler

Je n'ai pas voulu ce soir des calmants dont Marc me bourre parce que j'avais besoin de t'écrire. Merci de ton appel téléphonique je ne sais pas pourquoi cela m'a fait plaisir que mon petit bonhomme continue à exister pour toi là-bas, de l'autre côté du monde. Je t'ai fait prévenir par Marc parce que je ne pouvais pas parler de ce qui venait de se passer, à présent cela m'est plus facile. Ce fut un accident, rien de plus, un de ces accidents qui arrivent dans les maisons à la campagne, là où se rencontrent des greniers et des enfants... Cela fait quatre lignes dans les journaux de province. Nous y avons eu droit bien sûr, il faut bien remplir la rubrique des faits divers. Je ne l'ai pas lue.

Hier je me suis promenée avec Marc dans le parc et comme je ne pouvais pas rester à la maison je suis sortie seule dans la campagne, juste un petit tour parce que je le sentais inquiet. C'était le jour des poubelles et j'ai vu toutes les boîtes de sardines qu'il a jetées... J'en ai mis une dans ma poche, je l'ai gardée, je la garderai, je n'explique pas pourquoi. Excuse du décousu de cette lettre, je n'arriverai jamais à écrire des choses suivies, j'ai peur de redevenir consciente, de réaliser vraiment qu'il n'est plus là. Je ne sais pas si je vais rester ici dans les jours qui suivront, Marc m'a proposé de partir, rassembler les économies et filer sur l'Italie ou la Martinique... Je ne sais pas, je ne peux pas imaginer que ce ne soit pas l'hiver ailleurs, le ciel est si terne et si péremptoire qu'il ne me paraît pas devoir être différent dans un autre lieu. Marc m'a aussi proposé de m'emmener en Californie si je préférais pour te retrouver, de toute façon il me faut émerger, tout est cotonneux, je suis une grosse barrique fragile et pleine de larmes, il suffirait d'un rien, d'un souvenir qui passe, d'une évocation qui surgisse et tout éclaterait... Je n'ai presque pas pleuré encore... J'ai peur d'être ma propre avalanche, de m'emporter moi-même vertigineusement, de crouler sous des tonnes de chagrin. Je me bagarre, Cat, je me bagarre sous l'éboulis du malheur... Il faut que le temps passe et comme il est lent... Marc parle sans arrêt, me pose des questions incessantes, ne me lâche pas... Je te parle beaucoup de lui dans cette lettre, je crois que je ne m'en sortirai pas sans lui, il est vraiment fantastique, il s'est occupé de tout avec un visage ravagé qui m'a surprise et puis il a réagi, pour moi je pense, et il m'entraîne à faire surface, accrochée à lui, je peux y arriver. Hier il m'a demandé de l'épouser. Il a tourné ça de façon marrante mais c'était sérieux. Je ne sais pas. Je crois que nous allons nous marier très vite, nous en avons besoin l'un et l'autre je crois. Et puis ne suis plus très jeune ma cocotte et il faut bien que ta gentille copine se case un jour. Je plaisante mais je vais accepter, je crois ne t'avoir jamais dit que je l'aimais, voilà qui est fait et qui explique tout.

Nous nous sommes engueulés ce matin (tu vois, ça commence bien) pour une histoire de photo... Marc avait fait une pellicule pour la Noël, nous avions les Bonnier avec les gosses et il a voulu la détruire, je l'ai empêché, ce seront les dernières que j'aurai, je ne pouvais pas accepter de ne pas les garder. C'était autour du sapin, au moment des cadeaux, Gilbert m'a donné un appareil pour fermer les pots de confitures et un dessin avec un footballeur en couleurs, jaune et vert. Il m'avait expliqué que c'était un Brésilien, que c'étaient les meilleurs.

Je termine, Cat, la barrique craque, je fais eau de toute part, j'aurais dû t'écrire sur une éponge, tu me manques, ma chérie, ne viens pas, c'est inutile, ce long voyage est épuisant et tu sais bien que tu as une pétoche terrible en avion, et puis je connais un peu les producteurs américains, il faut que tu sois là jusqu'au bout, alors je t'en prie, sois un modèle de ponctualité, de professionnalisme et reviens en mars comme prévu. Nous passerons beaucoup de temps ensemble et nous serons joyeuses comme avant, je ne me laisserai pas avoir par la mémoire. Il sera toujours en moi, je sais qu'il aimait beaucoup quand je riais, sa mort ne m'empêchera pas de le faire.

Marc me tanne pour voir la télévision. C'est le soir du ciné-club. Cela fait partie de la cure je suppose. Je vais y aller. Avec un paquet de somnifères dans l'estomac, il devra encore monter me coucher.

Je t'embrasse, écris-moi et ne crains rien. Je pense que l'on est toujours plus costaud que l'on ne croit, c'est en tout cas ce que je te demande de me souhaiter... Ciao, Cat.

Andréa.

P.-S. Marc me charge de t'embrasser de sa part. Ce type ne sait pas ce qu'il risque.

NEUVIÈME TEMPS

CAS N° 9

La Maison Oxten – Australie

Les faits qui se sont déroulés dans cette villa modeste située à deux cents kilomètres à l'ouest de Melbourne sont suffisamment récents pour avoir été étudiés et analysés avec une grande précision. Les autorités australiennes ont apporté à cette affaire un soin particulier, l'enquête a été menée conjointement par le professeur Bradsley, directeur de l'hôpital général de Canberra et par Frederick Holz, responsable du département de cancérologie de ce même hôpital.

L'alarme fut donnée en avril 1971 après le décès du propriétaire d'Oxten. Sa femme, en signant les papiers relatifs au certificat d'inhumation, fit remarquer au médecin venu examiner le corps qu'à sa connaissance les trois derniers propriétaires d'Oxten étaient morts dans des circonstances analogues et après une durée identique à compter de leur date d'installation dans les lieux : tous, quatre semaines après leur emménagement, avaient été frappés d'une attaque foudroyante de leucémie. On remarqua après vérification que ce n'étaient pas uniquement les trois derniers maîtres d'Oxten qui en avaient été victimes, mais très exactement huit. Le chiffre ne laissant place à aucune interprétation où le hasard interviendrait, on se livra à une véritable autopsie des lieux. Bradsley et Holz avaient entendu parler des fameuses « maisons à cancer » – théorie qui laisse par ailleurs les savants plus qu'incrédules et qui voudrait que dans certains cas (fosses proches déversant par infiltration des émanations nocives, cheminées bouchées, créant des vapeurs méphitiques par lente décomposition de certaines pierres au contact de l'azote) quelques lieux d'habitation créent plus que d'autres un « climat » propice à l'éclosion d'un cancer. Ce qui frappa le plus Holz, ce fut la régularité de métronome de chaque mort : vingt-huit jours exactement après l'installation. Il décida alors, malgré les remontrances de son collègue, de s'installer à Oxten et, pour se trouver dans les conditions parfaites d'expérience, s'en rendit acquéreur. Il se fit établir le premier jour une fiche sanguine qui certifiait son parfait état de santé. Le quatrième jour, il trouva au matin un filet de sang sur son oreiller et constata qu'il avait saigné du nez durant la nuit. Il se prêta à un nouvel examen dont les résultats lui furent communiqués deux jours plus tard – le nombre de ses globules blancs avait augmenté de 27 %, il avait eu entre-temps deux autres hémorragies. Holz quitta les lieux, il tint son journal pendant encore dix-sept jours. Malgré un traitement de choc, il mourut le 12 décembre 1971 dans son propre service. Bradsley obtint des autorités que la villa fût détruite et que des fouilles fussent effectuées. Des appareils sondèrent le sol jusqu'à plus de cinquante mètres de profondeur. On ne trouva rien, ce qui ne surprit pas Bradsley, personne ne sachant ce que l'on cherchait.

ELLE avait craint des ennuis mécaniques, la Ford n'était plus jeune, mais la voiture répondait admirablement, elle percevait le bruit presque soyeux des cylindres et elle s'était rassurée au fil des kilomètres. Du bruit du moteur surgissaient des images harmoniques : huile d'or sur le poli de l'acier... Ce n'est que près de Toulouse qu'elle se souvint que l'auto avait été révisée avant leur départ. Elle se détendit et alluma une cigarette en bloquant le volant avec son coude gauche.

Il ne me rattrapera pas. Au minimum, j'ai deux heures d'avance, supposons une heure trente. Il peut trouver un avion pour Paris, louer une voiture à Orly et faire les trois heures de route. Non, il déteste l'avion, il n'y pensera pas. Même s'il y pense, il n'est pas sûr qu'il y ait des vols toute la matinée.

Son regard dériva sur le compteur : cent quarante, presque cent cinquante. La route était vide, elle vit l'aiguille monter à cent soixante. Elle n'avait pas perdu une seule seconde pour les deux pleins qu'elle avait déjà faits. Elle avait payé en liquide sans attendre la monnaie et démarré en Formule 1, refusant les vérifications de niveau et les nettoyages de pare-brise.

Poitiers, 149.

C'est là qu'elle sortirait, il lui resterait alors soixante kilomètres. Une route plus difficile qu'elle devrait faire en phares, et ce serait la fin.

Il est derrière moi sur la route, je le sens, il apparaîtra à un moment dans le rétroviseur. Je sais qu'il conduit en ce moment. Il sait où je vais. Il sait que je ne peux me rendre qu'à Haute-Pierre. Une demi-heure d'avance, un quart d'heure même peut suffire. Je n'aurai pas à chercher, je trouverai tout de suite.

Je sais où se trouve la preuve.

Cent soixante.

Elle tentait depuis Marseille de ne pas voir les indications kilométriques de façon à se créer des surprises. Elle avait été mauvaise pour Agen qu'elle avait cru être à cent kilomètres et qui était à cent quatre-vingt-neuf, heureuse pour Angoulême qu'elle avait situé à cent vingt et qui se trouvait à cinquante-six... Un jeu curieux, inutile comme tous les jeux. A Marmande, elle avait eu un coup de fatigue, celui de midi. A un embranchement, une fille faisait du stop bravant les interdictions. Elle avait pensé la prendre pour qu'une voix secouât sa lassitude... Si tu t'endors, ma fille, à la vitesse où tu vas il n'y aura pas de cadeau. Salut Gilbert, tu vois, je n'ai pas beaucoup tardé, je ne voulais pas te faire attendre. Pourquoi pas? C'est une tentation, j'y succomberai peut-être, non, avant je veux savoir. Je saurai.

L'auto lui procurait toujours une étrange impression : plus la vitesse était grande, plus le confort des sièges, la sobriété cossue du tableau de bord lui donnaient une sensation d'immobilité. Ces cuirs, cette moquette, cet univers de salon en réduction, semblaient contraires à l'idée de rapidité, trop douillet, trop sage. Lancée à fond de train dans un vaisseau statique.

Poitiers, 130.

Il faut que je cherche à ne pas voir les distances, je dois les ignorer...

Une douleur irradiait de la cheville jusqu'à la cuisse. Le trajet d'un nerf... C'est ce que devaient éprouver les gens à sciatique, les goutteux...

Elle tenta l'opération soulagement. Le pied droit se leva et elle étendit la jambe en diagonale jusque sur le siège passager en faisant jouer ses orteils dans sa chaussure tandis qu'elle posait la semelle gauche sur l'accélérateur. Pas une manœuvre à effectuer en ville mais l'horizon était vide. Elle se tortilla pour redonner vie aux muscles ankylosés et regarda l'heure. Quinze heures bientôt. Elle roulait depuis plus de huit heures.

Une cigarette. Je n'aime pas compter avec les doigts mais je dois en être aux trois quarts du deuxième paquet. Palais pavé de nicotine, langue brûlée. Intoxication complète, je n'ai plus de plaisir et je ne peux pas m'arrêter. Impression de courir après quelque chose que je déteste. Claudine ne demande jamais une cigarette, toujours une putain de cigarette. Pas tous les torts. Ce sont des putains... Ne dors pas.

Elle mit la radio, toujours assise en travers, et vit le camion loin encore devant elle, elle remit le pied droit sur l'accélérateur. Pas de risque, Andréa, n'en prends aucun. Elle doubla le trente tonnes, se rabattit et chercha du bout des doigts une station qui lui convienne, la musique était la même partout, des groupes martelaient les ondes de mélopées stridentes et répétitives. Horreur de ça. J'aimerais que l'on parle. On ne parle donc plus à la radio ? Simplement pour annoncer qui va chanter, j'aimerais trouver des gens qui parlent, de n'importe quoi : des lépidoptères, des ruines aztèques, de la politique budgétaire, parlez, bon dieu, assez de vociférations.

« Arrêtez, connards! »

Elle se fit rire d'avoir hurlé seule. Sans qu'elle ait touché le bouton, le poste disparut, remplacé par un autre : « Ce soir à Parthenay dans les Deux-Sèvres, grand gala organisé par les jeunes de la municipalité avec les Forbans, un groupe régional qui... »

Les Deux-Sèvres. Poitiers à cent maintenant, moins peut-être. Comptons cent. Cent c'est très bon, parce que l'on tombe tout de suite après dans les deux chiffres, et deux chiffres c'est moins d'une heure. Je vais arriver.

Poitiers, 115.

Merde. J'avais dit que je ne regarderais pas. Saloperie de bagnole, un vieux tank. Elle raidit la jambe appuyant de tout le poids de son pied : cent quatre-vingts.

Garde toujours quelque chose sous la semelle. Marc disait cela. La prudence liée à l'expérience. Et à la connerie. Plus rien sous le pied.

Elle doubla deux voitures sans se rabattre, elle garderait la voie de gauche jusqu'au bout à présent.

Ne t'énerve pas, Andréa, il ne t'a pas rattrapée. C'est fini maintenant.

Les premiers phares. Il y a des types qui à deux heures de l'après-midi les allument. Les hommes sont prudents. Toi aussi Marc, oh comme tu as été prudent mon chéri... Personne ne l'a jamais été plus que toi... Tu roules en ce moment, tu t'apprêtes aussi à mettre les phares, cela ne te fera pas avancer plus vite. Au fond, tu n'aurais pas dû faire vérifier le moteur... une nouvelle erreur due à la prudence... La prudence est la mère de tous les vices... C'est une mauvaise conseillère, tu dois commencer à le comprendre...

Moi je ne suis pas prudente, je ne l'ai pas été avec toi, on n'aime les gens que lorsque l'on n'a plus besoin de prudence avec eux. J'ai foncé dans notre amour, Marc, les yeux fermés, sans rien craindre jamais, sans rien calculer ni prévoir, l'amour est l'une des faces du courage, ou l'inverse. La vitesse rend philosophe.

Elle vit le panneau annonçant le péage et rétrograda. Elle touchait le levier de vitesse pour la première fois depuis plus de trois heures.

Poitiers. Les paysages allaient devenir familiers, des noms qu'elle connaîtrait... Tout allait s'accélérer à présent.

Etre sûre. Une fuite éperdue de neuf cents kilomètres pour toucher du doigt ce qu'elle savait déjà. Et si elle s'était trompée? Si tout cela n'était qu'un échafaudage, quelque chose qu'elle avait entièrement construit elle-même. Possible encore. Je lui dirai tout et il comprendra. Il comprendra que je ne pouvais pas vivre avec ce soupçon.

Les routes se compliquaient au hasard des carrefours, il fallait prendre celle d'Angers, elle eut de la peine à la trouver. Paris, Tours, Le Mans, les grands axes, et la nuit tombait. Ne pas se tromper... Pour mieux voir les signalisations elle mit pleins phares et ne toucha plus la manette commandant les lumières.

La fatigue... Un peu avant Saumur, elle eut une sensation étrange, il lui sembla que la route devant elle était encombrée par une masse énorme, une sorte de monument, un arc de triomphe à la porte étroite, elle freina, dérapa sur cinquante mètres et redressa au ras du fossé... Le hurlement des pneus la réveilla totalement : la route était vide. Elle relança le moteur dans le gémissement torturé de la boîte de vitesses. Tiens bon, Andréa, tu arrives. Soixante kilomètres. Disons soixante-dix.

La pancarte bondit dans les phares : Saumur 25. Elle arrivait.

Dans la plongée de la ligne droite elle distingua loin au-delà des plaines la trace blanche de la Loire.

Il fallait prendre à gauche, juste avant l'entrée de la ville. Un raccourci. A présent, elle connaissait. Les indices changeaient. Tourner devant le super-marché, lorsqu'elle atteindrait le silo, elle devrait tourner encore... Peut-être y aurait-il cette odeur d'herbe qui l'avait surprise la première fois. Marc s'était trompé. Gilbert riait derrière. Et pourtant la maison était là; elle attendait dans la nuit, elle guettait la proie de toutes ses pierres, de tous les yeux de ses fenêtres, une bête monstrueuse tapie dans un parc obscur, les murs vivants qui lui avaient pris son fils...

Doué-la-Fontaine.

Elle sentit le poids de l'église sur sa gauche, elle avait parcouru sur le vélo de l'été toutes ces rues bordées de pierres tendres et de fleurs pâles... Le ciel était de suie et il y avait à l'est une traînée de nuages cendreux qui recouvrait l'horizon derrière les forêts.

Les buissons jaillirent dans le faisceau jaune et le mur pivota, dévoilant la grille où le lierre mort montait en torsades animales, une reptation de serpents emmêlés. Pourquoi ne me suis-je jamais aperçue que cette entrée était hideuse?

Elle prit le tournant trop rapidement et bloqua les roues à quelques centimètres du feuillage. Elle descendit et trébucha dans l'herbe, les jambes coupées de fatigue.

Haute-Pierre.

Les clefs jouèrent. La grille s'écarta et elle courut sur la pelouse vers la porte. La maison était glacée. Elle appuya sur le bouton, rien ne se produisit. Elle craqua une allumette, courut vers le placard du hall et remit le courant. Quelques secondes après elle était assise derrière le bureau de Marc. Il rangeait les papiers dans un classeur noir, sans étiquette.

Voilà. C'était ça. Actes de décès de Brassac. Titres de propriété... Les noms défilaient sous ses doigts.

Pontieu, Gascon, Morlon... Voilà l'acte. Marc Conrad et...

Elle se recula doucement dans le fauteuil.

C'était ça.

Des feuilles imprimées... La date concordait. Le lieu également : Marseille... A la dernière page la signature de Marc, et l'autre surmontée d'un cachet. L'encre était grasse, elle dut se pencher pour déchiffrer le nom.

Salcieri. Notaire.

*

Il y avait toujours eu pour lui un mystère Andréa. Elle avait l'art, quel que soit l'endroit où elle se trouvait, de capter les sources de lumière. Il l'avait souvent plaisantée sur ce don de vieille actrice consommée de créer le halo nécessaire à la mise en valeur d'une coiffure ou d'un profil. Pourtant, en cet instant elle battait tous les records. Il est vrai que la lampe de bureau était l'éclairage unique de la pièce. Elle se trouvait légèrement en arrière, décalée sur la gauche, dans l'axe de la porte, et sa chevelure moussait dans l'écrasement des rayons.

Il s'adossa au chambranle et sentit les muscles de ses cuisses trembler. Une femme étonnamment calme et qui était sans doute désormais une ennemie. Elle ne l'avait pas précédé de longtemps. Dans l'allée, le moteur de la Ford était encore chaud.

Elle le regarda et il fut soudain un être nouveau, totalement autre, quelqu'un qu'elle ne connaissait pas encore. La voix d'Andréa s'éleva, pas une parcelle de colère, juste un étonnement qui était le pire de ce qu'il pouvait supporter :

« Tu sais ce que je regrette le plus? »

Il secoua la tête. Les choses bougeaient encore autour de lui, les murs s'enfonçaient de part et d'autre, Andréa était comme un obstacle sur lequel sa voiture fonçait. Haute-Pierre lancée sur une route avec ce roulis qu'il n'arrivait pas à maîtriser après neuf heures de vitesse.

« L'admiration que j'ai eue pour toi, le soir du 30 novembre. »

Il fit signe qu'il ne comprenait pas.

Elle allongea ses doigts sur le bois du bureau, il pouvait distinguer la nacre des ongles.

« Tu as été réellement persuadé que tu mourrais ce jour-là, dès l'instant où tu as découvert cette histoire de chiffres. Et au retour de Marseille tu n'as plus accordé d'importance à tout ça. Le 30 novembre, tu as plaisanté, deux heures avant minuit tu as même voulu faire l'amour. Tu étais d'une décontraction remarquable et j'ai mis ça sur le compte de ta fermeté d'âme, j'ai cru que tu avais été assez fort pour chasser de ton esprit cette histoire folle. Quand Gilbert est mort, je me suis doutée qu'il y avait quelque chose qui m'échappait, que le calme qui avait été le tien ce jour-là avait une autre cause qu'un caractère bien trempé. »

Le film devenait la réalité. Bergomieux en avait assez de jouer les salauds pour rire, en ce moment c'était lui, Marc, qui tenait le rôle le plus terrible que l'on ait jamais écrit.

« En fait, tout était simple : tu n'as pas eu peur à partir du 30 parce que tu savais que tu ne risquais plus rien. Et si tu ne risquais plus rien, c'est pour une raison évidente : la mort ne guette que les propriétaires de cette maison, et depuis trois jours, tu ne l'étais plus. »

Voilà. Tout est dit cette fois. Oui, c'est vrai, j'ai fait cette chose.

« A Marseille, poursuivit Andréa, tu as été voir un ancien ami, maître Salcieri, et tu as légué ta maison à mon fils. Je viens de lire l'acte de donation. »

Marc se déplaça légèrement, il lui fallait s'asseoir, le siège était trop près du bureau, il craignit d'avoir l'air de vouloir se rapprocher d'elle par un geste qui aurait ressemblé à une excuse, à une demande de pitié.

« Tu ne risquais donc plus rien. Tu as sauvé ta peau, en même temps que tu as signé la condamnation à mort de Gilbert. »

Il fallait parler. Jamais cela ne lui avait paru aussi difficile.

« Les autres sont morts vieux... Quatre-vingt-un ans, cinquante-quatre ans, soixante-douze, soixante-trois... Je n'ai pas pensé une seconde que son tour viendrait si vite... C'était provisoire, je pensais donner la maison à l'Etat.

– Pourquoi ne l'as-tu pas fait?

– C'était compliqué, très long, de nombreux papiers, Salcieri m'a expliqué que l'acceptation par les services du Domaine pouvait prendre des années. J'ai couru au plus pressé. »

Andréa se pencha et ses sourcils devinrent blonds soudain, l'or des blés surmontant une caverne d'ombre. Les yeux invisibles de la mort.

« Et tu n'as pas pensé que mon fils avait neuf ans?

– Non. »

Si, j'y ai pensé, mais Haute-Pierre pouvait attendre qu'il en eût dix-huit, vingt-sept ou trente-six, nulle part il n'était dit qu'il allait mourir si vite.

Il désigna de la main les murs qui les entouraient, mais le geste signifiait davantage.

« Andréa, tu crois donc que tout cela est vrai?... Cette malédiction? »

Il lui sembla qu'elle souriait, pourtant il ne pouvait en être sûr, elle se trouvait trop loin à présent du halo de la lampe.

« Ce n'est pas une série de coïncidences. Il se passe quelque chose ici. Tu l'as senti le premier, désormais j'en suis aussi certaine que toi. »

L'horloge, le même tic-tac. Il prit conscience de la

pesanteur du lieu, de toutes ces pierres qui les cernaient. Où était le secret?

« C'est toi qui avais raison, Marc, et maintenant nous sommes d'accord. La mort de mon fils m'en a persuadée. Qui sera le prochain? Qui cette maison va-t-elle tuer à nouveau? »

La pièce parut s'élever vers Marc. Il s'était laissé glisser le long du mur. Andréa, les rayons de la bibliothèque, tout montait.

« Tu veux ma peau, n'est-ce pas? »

L'ombre creusa le sourire d'Andréa.

« J'y ai pensé. Je crois que tu ne vaudrais pas le manche du couteau qui te poignarderait. Lorsque j'ai entendu ta voiture, je me suis mise derrière cette porte et je t'ai attendu. Mais un homme qui vend un enfant à la mort mérite de continuer à vivre. S'il a un peu de conscience; peut-être aura-t-il quelques moments pénibles. Je ne voudrais pas t'en dispenser. »

La lame coula de ses doigts, rebondit parmi les papiers et le reflet explosa au centième de seconde dans la lumière. Un outil triangulaire de boucher, à l'acier massif, pour couper les tendons des carcasses pendues aux abattoirs.

Marc ramena ses genoux vers son front, encerclant ses jambes de ses bras. Qui était le vrai coupable? Il leva la tête vers elle avec effort.

« Je pense qu'il nous reste tout de même une chose à faire ensemble, la dernière. »

Leurs chemins ne se croiseraient plus.

Elle se leva la première. Pouvait-on vieillir en quelques heures? Quelque chose dans la silhouette lui parut soudain fragile, une voussure infime... Quelque chose de cassé dans le maintien. Elle vieillirait seule à présent. Pars, Andréa, pars de ma vie sans bonheur.

Ils sortirent ensemble de la pièce et ne se séparèrent qu'arrivés dans le hall d'entrée. Il faisait froid sous les pierres. Il y a quelques mois, ils s'étaient arrêtés tous trois pour la première fois sous les caissons du plafond. C'est à cet instant que le piège s'était refermé. Le buste de Dante Alighieri les fixait.

Il trébucha dans les escaliers de la cave et réapparut, les bras étirés par les deux jerricanes. En deux coups de pied le métal sonna sur les dalles et les vingt litres d'essence coulèrent. Les pseudopodes huileux poussèrent jusqu'aux murs et envahirent la cheminée. Andréa marchait au-dessus de lui, il lui semblait qu'elle repoussait des meubles... Elle emportait ce qui devait l'être. Pour lui il n'y avait plus rien.

Il monta deux autres bidons sur le palier de l'étage et avec l'un d'eux arrosa l'escalier de bois. Andréa prit le deuxième et imbiba le bas des rideaux et les matelas. Il la vit pénétrer dans la chambre où trônait le lit à baldaquin, il ferma les yeux et vit le liquide noircir les tentures incarnates, ternir l'or des entrelacs. Il n'y arriverait pas avec une allumette.

Il se rappela la lampe à souder dans l'atelier. Il ressortit de la maison et traversa le parc. Pas une étoile, tout était d'un noir d'enfer, il ne trouva pas le commutateur, craqua une allumette, et referma la main sur la poignée de l'outil.

Il revint, l'actionna et avec un vrombissement fluide la flamme jaillit d'un bleu de ciel pur. Il pensa à l'été enfui. Jamais ceux à venir n'auraient de couleur.

Andréa prit son élan et les draps dépliés se déployèrent dans la pièce, projetés au-dessus de la rambarde, ils planèrent une seconde en lents et immenses oiseaux et au contact du sol elle vit les taches ovales se former, ils semblaient aspirer l'essence par toute la trame du tissu.

La flamme sembla bondir sur lui dans un ronflement de locomotive lancée. D'un seul coup, comme un rideau de théâtre, elle atteignit le plafond et tout s'illumina pour un spectacle d'enfer, le dernier acte de Haute-Pierre.

Ils reculèrent, trébuchant sur les dalles du perron. Déjà les fenêtres des salles de l'étage s'illuminaient. Les vitres éclatèrent ensemble et le feu se rua, léchant les murs... Dans quelques instants, le brasier éclairerait la nuit.

Ils se tenaient à une dizaine de mètres à présent de la façade et la chaleur fut soudain si violente qu'ils reculèrent. Sur la pelouse, chaque brin d'herbe se doublait de son ombre. A l'intérieur, ils entendaient la charpente craquer. L'haleine étouffante d'un four monstrueux les happa.

Marc détourna les yeux, ébloui par l'éclat rouge, lorsque la main d'Andréa se posa sur son bras.

« Regarde... »

Le crépi se craquelait par plaques... C'était un de ses projets, remplacer cette couche ancienne et triste par...

Comme une écorce poussée par une force souterraine, la pellicule se souleva, dévoilant les pierres.

C'est alors qu'il vit.

Au-dessus de chacune des trois fenêtres, sous la couche léchée par les flammes sulfureuses, les incrustations apparurent : elles étaient immenses et montaient jusqu'au toit.

IX   IX   IX

Les larmes ruisselaient à présent sur le visage d'Andréa. Marc, paralysé, ne pouvait détacher son regard. Les trois signes infernaux se montraient à présent dans la lueur folle pour un ultime salut.

Personne ne les croirait jamais.

C'était un rêve, une folie...

Le hurlement de la jeune femme le glaça et il eut

l'impression qu'elle allait s'élancer vers l'incendie. Il bondit pour l'en empêcher, déjà elle courait loin de l'enfer, vers la grille et la voiture.

Marc Conrad resta alors seul, tandis qu'avec une folie de bête enragée les poignards rapides et sanglants des flammes s'élançaient à l'assaut des signes maléfiques qui jetaient un dernier défi dans la nuit immobile.

FIN

*

Marc tendit le bras et appuya sur le bouton de l'appareil. Silence. Il se retourna.

« Merde, dit Claudine, je ne suis tout de même pas si mal embouchée que ça. »

Ils rirent tous, les yeux d'Andréa restèrent fixes.

« Ton verdict », demanda Marc.

Elle se pencha et l'embrassa sur l'oreille, le baiser l'assourdit.

« Ton meilleur film. De très loin. Mais moi je l'aurais tué à la fin après ce qu'il a fait. Un vrai salaud, ce type.

— J'y ai pensé, ça aurait fait tout de même un peu trop sanglant.

— Ça m'a fait drôle quand je meurs », remarqua posément Fédor Chaliapine.

Les boucles de l'enfant s'ébouriffèrent sous les doigts de Marc.

« C'est la scène que j'ai écrite avec le plus de plaisir, dit-il, je salivais. »

Il enclencha la touche et éjecta la cassette du magnétoscope.

Philippe toussota.

« Je ne voudrais attirer l'attention de personne, je

tiens à rappeler tout de même que c'est moi qui ai réalisé ce petit chef-d'œuvre.

– Bon sang! s'exclama Andréa, on l'avait oublié. »

Ils l'applaudirent et Marc remplit à nouveau les verres de cognac.

« Tu as fait un sacré boulot », dit-il, sincèrement.

Philippe se tassa sur son siège.

« Attention à ce qui va suivre...

– L'incendie, dit Marc, un peu emphatique, et quelques gros plans de plus n'auraient pas été de trop.

– Va au diable, dit Claudine, non seulement tu te sers de nous de façon éhontée, tu utilises ta femme, tes amis, ta maison, et en plus tu viens critiquer. C'est un chef-d'œuvre. Sauf que la fille qui joue mon rôle s'habille de façon absolument lamentable. »

Andréa reposa son verre et promena son regard autour d'elle.

« Je me demande si tu n'as pas acheté cette maison uniquement pour en tirer un scénario.

– Non, pour y vivre avec toi, ange du ciel, et ton épouvantable rejeton.

– Je me demande si Pompolin va se reconnaître, soupira Chaliapine.

– Au fait, je te signale que ma fille danse tout de même mieux que ce nom de dieu de sac à patates qui joue son rôle.

– A peine, dit Marc.

– C'est le personnage de loin le plus fidèle à la réalité, constata Andréa, sans conteste. »

Marc les écoutait bavarder. Une drôle d'idée qu'il avait eue... Ce qu'avait dit Andréa n'était pas totalement faux, c'était la maison qui l'avait inspiré. C'était elle, l'héroïne et l'instigatrice... Les voix baissèrent d'intensité autour de lui comme si une main invisible avait baissé le son et il sentit comme une

278

connivence affectueuse s'établir entre lui et les lieux qui l'entouraient...

Silencieusement, au milieu des paroles et des rires atténués, il leva son verre et porta un toast muet à Haute-Pierre.

Journal V

On a vu le film de Marc. C'est nous, on y est tous, il y a même Pompolin, il l'a appelée Poupinot, mais c'est la même, sauf que la fille qui joue est moins grosse. Le garçon qui me joue est bien. C'est une histoire toute fausse, surtout quand il dit que je me fais embrasser par Pompolin, alors là, c'est vraiment du ciné parce que c'est pas qu'elle essaie pas, mais faudrait vraiment qu'elle m'attrape avant, et ça, c'est pas du gâteau assuré.

Il y a comment ils se sont rencontrés avec Andréa, qu'il était habillé en mousquetaire, l'amour tout ça, c'est un peu emmerdant, mais bon, les gens aiment bien. C'est pas une histoire de fantômes mais presque, enfin c'est assez compliqué, il y a des chiffres, ils additionnent, ils soustraient, j'ai rien compris parce que c'est des vraies mathématiques alors je ne sais pas trop.

Je suis le personnage principal et la preuve c'est que je meurs, qu'on m'enterre et que tous pleurent, là j'ai bien rigolé.

Quand je tombe c'est bien fait. Philippe a bien filmé le trucage, quand ma tête tape par terre ça fait un bruit comme un œuf qui casse, maman a pas regardé ce moment-là. Les femmes sont pas bien costaudes du caractère. Il y a vraiment tout le monde, même le crapaud qui crie tout le temps, il a vraiment rien oublié, Marc. Il s'appelle même Marc dans le film. Il a changé son nom mais pas son prénom. Enfin c'est un bath de film, pas aussi bien que les karatés mais bien.

Et puis alors de temps en temps c'est maman ou moi qui parlons, on entend juste la voix, elle c'est comme si elle écrivait des lettres et moi c'est des passages de mon journal, arrangés bien sûr, mais là c'est pas bien parce que c'est plein de fautes et il a exagéré. Il a même raconté quand je suis retourné à Paris avec Rachel voir les karatés. Elle s'appelle pas Rachel dans le film. C'est un film qui va passer dans un mois et nous on l'a vu avant les autres sur la cassette. J'aime bien aussi la fin quand ça brûle. Ça fait de belles couleurs.

A part ça, ça va l'école parce que Pâques approche et qu'on en a fini avec ce con d'hiver, dehors on sent que ça va pousser, ça fait vert pâle au bout des branches et Andréa s'active avec les fleurs, les légumes, tout son truc.

Le dirlo m'a mis dans mon carnet que je pourrais encore mieux faire. La bonne blague. Bien sûr que je pourrais mieux faire, c'est facile à dire mais ça servirait à quoi? J'ai 14 sur 20, ça suffit.

En parlant du dirlo, il est aussi dans le film, lui, le type qui joue a l'air presque aussi vache que le vrai. Je ne sais pas pourquoi ils lui ont mis des moustaches. Enfin, c'est le cinéma.

Marc a ressorti les vélos. J'ai dit les vélos parce que cette année il y en a un pour moi. Marc l'a acheté pour me consoler de m'avoir tué. Ça ne m'a pas rendu triste mais je ne lui ai pas dit pour qu'il ne reprenne pas le vélo. Il y a double dérailleur et cinq vitesses, carrément. Tout nickelé, je me demande s'il ne pédale pas tout seul tellement il fait moderne. Le plus triste de l'histoire c'est que maman a fermé la grange. Je n'y allais pas souvent mais quelquefois si, pour faire le mousquetaire dans la paille. Eh bien, c'est terminé.

C'est bien les femmes! Elles confondent le cinéma et la vie.

Je vais arrêter là parce que j'ai sommeil. Enfin, plus que deux jours et c'est les vacances de Pâques, et après l'été viendra vite. Encore un peu de temps et ça fera un an qu'on est arrivés ici. Je me demande si on va en repartir. C'est pas sûr. Ils ont l'air de bien aimer Haute-Pierre.

Richard Cœur de Lion.

IMPRIMÉ EN FRANCE PAR BRODARD ET TAUPIN
Usine de La Flèche (Sarthe).
LIBRAIRIE GÉNÉRALE FRANÇAISE - 6, rue Pierre-Sarrazin - 75006 Paris.
ISBN : 2 - 253 - 04105 - X